KB141779

춘원 이광수 전집 4

일설 춘향전

이민영 | 서울대학교 및 동 대학원을 졸업했다. 서울대학교, 홍익대학교, 세종대학교에서 강의를 했으며 현재 한국과학기술원에서 대우교수로 재직 중이다. 「1945년-1953년 한국소설과 민족담론의 탈식민성 연구」로 박사학위를 받았다. 연구 논문으로는 「"영자의 전성시대", 1970년대와 '청년문화'의 복화술」, 「한국소설에 나타난 애국포로의 서사와 반공국가의 불안」, 「해방기 이광수와 '친일'의 기표」 등이 있다.

춘원 이광수 전집 4

일설 춘향전

초판 1쇄 발행 2019년 9월 28일

지은이 | 이광수
감　수 | 이민영

펴낸이 | 지현구
펴낸곳 | 태학사
등　록 | 제406-2006-00008호
주　소 | 경기도 파주시 광인사길 223
전　화 | (031) 955-7580
전　송 | (031) 955-0910
전자우편 | thaehaksa@naver.com
홈페이지 | www.thaehaksa.com
편　집 | 조윤형·오은미·김성천
디자인 | 이보아·이윤경·김선은

값은 뒤표지에 있습니다.

ISBN 979-11-6395-035-6 04810
979-11-6395-031-8 (세트)

이 도서의 국립중앙도서관 출판예정도서목록(CIP)은 서지정보유통지원시스템 홈페이지
(http://seoji.nl.go.kr)와 국가자료종합목록시스템(http://www.nl.go.kr/kolisnet)에서
이용하실 수 있습니다.(CIP제어번호: CIP2019034271)

이 전집은 춘원 이광수 선생 유족들의 협의를 거쳐 막내딸인 이정화 여사의 주관으로 발간되었습니다.

춘원 **이광수** 전집 **4**

일설 춘향전

장편
소설

이민영 감수

태학사

이광수(李光洙, 1892~1950)

일러두기

1. 이 책은 『동아일보』 연재본(1925. 9. 30~1926. 1. 3)을 저본으로 삼고, 1929년 한성도서주식회사 간행 단행본을 참고했다.
2. 이 책은 2017년 3월 28일 문화체육관광부 고시 '한글 맞춤법'에 따라 현대어로 옮긴 것이다. 각각의 작품은 저본에 충실하되, 현대적인 작품으로 일신하고자 하였다. 단, 작가의 의도를 드러낼 필요가 있거나 사투리, 옛말, 구어체 중에서도 오늘날 의미나 어감이 통하는 표현은 가급적 살리고자 하였다.
3. 한글만 쓰기를 원칙으로 하되, 낱말의 뜻을 파악하기 어려운 한자어나 외국어의 경우 한글을 먼저 쓰고 한자 또는 해당 원어를 병기하였고, 경전·사서·한시·화제 등의 한문 문장이 인용된 경우 독음 없이 원문을 인용하되, 필요한 경우 번역문을 덧붙였다.
4. 대화는 " "로, 등장인물의 생각이나 강조의 뜻은 ' '로, 말줄임표는 '……'로 표기하였다. 읽는 이들의 편의와 문맥을 감안하여 원문의 의미를 훼손하지 않는 선에서 적절하게 문장부호를 추가, 삭제하거나 단락 구분을 하였다.
5. 저술, 영화, 희곡, 소설, 신문 등의 제목은 각각의 분량을 기준으로 「 」와 『 』로 표기하였다.
6. 숫자는 가급적 한글로 표기하되, 연도 등 문맥을 고려하여 필요하다고 판단되는 경우에는 아라비아 숫자로 표기하였다.
7. 현행 외래어 표기법을 따르되, 그 쓰임이 굳어진 것은 관례적인 표현을 따랐다.
8. 명백한 오탈자라든가 낱말의 순서 바뀜 등의 오류는 바로잡았다. 선정한 저본만으로 해결할 수 없는 경우, 다른 판본을 참조하여 수정하였다.
9. 이상의 편집 원칙에 따르되, 감수자가 개별 작품의 특성을 고려하여 유연하게, 탄력적으로 이 원칙들을 적용하였다.

발간사

춘원연구학회가 춘원(春園) 이광수(李光洙) 연구를 중심축으로 하여 순수 학술단체를 지향하면서 발족을 본 것은 2006년 6월의 일이다. 이제 춘원연구학회가 창립된 지도 13년이 되었다. 그동안 우리 학회는 2007년 창립기념 학술발표대회 이후 학술발표대회를 18회까지, 연구논문집 『춘원연구학보(春園硏究學報)』를 15집까지, 소식지 『춘원연구학회 뉴스레터』를 13호까지 발간하였다.

한국 현대문학사에 끼친 춘원의 크고 뚜렷한 발자취에 비추어보면 그동안 우리 학회의 활동은 미약하였다. 그러나 여러 가지 어려운 여건 속에서도 학회를 창립하고 3기까지 회장을 맡아준 김용직 선생님과 4~5기 회장을 맡아준 윤홍로 선생님, 그리고 학계의 원로들과 동호인들의 각고의 노력으로 우리 학회의 내일이 한 시대의 문학과 문화사에 깊고 크게 양각될 것으로 기대된다.

일제강점기에 춘원은 조선인들에게 민족의식을 일깨워주고 문학적 쾌락을 제공하였다. 춘원이 발표한 글 중에는 일제의 검열로 연재가 중단되거나 발간이 금지된 것도 있다. 춘원이 일제의 탄압에도 끊임없이 소설을 쓴 이유는 「여(余)의 작가적 태도」에 잘 나타나 있다. 이 글은 검열을 의식하면서 쓴 글임에도 비교적 자세히 춘원의 입장을 밝히고 있다. 춘원은 "읽을 것을 가지지 못한" 조선인, 그중에도 "나와 같이 젊은 조선의 아들딸을 염두에" 두고 "조선인에게 읽혀지어 이익을 주려" 하는 것이라 하면서, 자신이 소설을 쓰는 근본 동기가 "민족의식, 민족애의 고조, 민족운동의 기록, 검열관이 허(許)하는 한도의 민족운동의 찬미"라고 밝히고 있다. 춘원의 소설은 많은 젊은이에게 청운의 꿈을 키워주기도 하고 민족적 울분을 삭여주기도 했다.

뿐만 아니라 춘원은 『신한자유종(新韓自由鐘)』의 발간, 2·8독립선언서 작성, 대한민국 임시정부 수립, 임시정부의 『독립신문』 사장, 수양동맹회(修養同盟會)와 수양동우회(修養同友會), 그리고 동우회(同友會) 활동 등 독립운동과 민족운동에 참여한 바 있다.

일제는 1937년 7월, 중일전쟁 직전인 1937년 6월부터 1938년 3월까지 수양동우회와 관련이 있는 지식인 180명을 구속하고 전향을 강요하였으며, 1938년 도산(島山) 안창호(安昌浩)의 사후 춘원은 전향하고 '가야마 미쓰로(香山光郞)'로 창씨개명을 하게 된다.

당시의 정황은 우리가 생각하는 것처럼 단순하지 않다. 조선의 히틀러라 불리는 미나미 지로(南次郞) 총독이 전시체제를 가동하여 지식인들의 살생부를 만들고 그들의 생명을 위협하던 시기였다. 나라를 잃고 민족만 남아 있는 일제강점기에 우리 선조들은 온갖 고난을 감수해야만 했다. 일제에 저항하여 독립운동을 하고 옥사한 사람들도 있지만, 생존을 위해 일제에 협력하고 창씨개명을 한 이들도 적지 않았다.

해방 후 춘원은 자신의 과오를 반성하지 않고, 자신은 민족을 위해 친일을 했고, 민족을 위해 자기희생을 했노라고 했다. 이러한 주장은 많은 사람들로부터 질타를 받았다. 그럼에도 춘원을 배제하고 한국 현대문학과 현대문화를 논할 수 없으며, 그가 남긴 문학적 유산들을 친일이라는 이름으로 폄하하는 것은 온당해 보이지 않는다. 문학 연구에 정치적인 논리나 진영 논리가 개입하면 객관적인 연구가 진척될 수 없다. 공과 과를 분명히 가리고 논의 자체를 논리적이고 이지적으로 전개해야 재론의 여지가 생기지 않는다.

삼중당본 『이광수전집』(1962)과 우신사본 『이광수전집』(1979)은 편집자의 의도에 따라 많은 작품이 누락되어 춘원의 공과 과를 가리기에 어려움이 있다. 또한 현대어와 거리가 먼 언어를 세로쓰기로 조판한 기존의 전집은 현대인들이 읽기에 어려움이 있다.

따라서 춘원이 남긴 모든 저작물들을 포함시킨 새로운 전집을 발간할 필요성이 제기되었다. 춘원연구학회에서는 춘원의 공과 과를 객관적으로 평가하는 장을 마련하기 위해 춘원학회가 아닌 춘원연구학회라 칭하고 창립대회부터 지금까지 공론의 장을 마련해왔으며, 새로운 '춘원 이광수 전집' 발간을 준비해왔다.

전집 발간 준비가 막바지에 달한 2015년 9월 서울 YMCA 다방에 김용직, 윤홍로, 김원모, 신용철, 최종고, 이정화, 배화승, 신문순, 송현호 등이 모여, 모 출판사 사장과 전집을 원문으로 낼 것인가 현대어로 낼 것인가, 그리고 출판 경비는 어느 정도로 할 것인가를 가지고 논의했으나 합의점을 찾지 못했다. 2016년 9월 춘원연구학회 6기 회장단이 출범하면서 전집발간위원회와 전집발간실무위원회를 구성하였다. 전집발간위원회는 송현호(위원장), 김원모, 신용철, 김영민, 이동하, 방민호, 배화

승, 김병선, 하타노 등으로, 전집발간실무위원회는 방민호(위원장), 이경재, 김형규, 최주한, 박진숙, 정주아, 김주현, 김종욱, 공임순 등으로 구성하였다.

전집발간위원들과 전집발간실무위원들은 연석회의를 열어 구체적인 방안들을 논의하고, 또 전집발간실무위원들은 각 작품의 감수자들과 연석회의를 하여 세부적인 사항들을 논의한 끝에, 2017년 6월 인사동 '선천'에서 춘원연구학회장 겸 전집발간위원장 송현호, 태학사 사장 지현구, 유족 대표 배화승, 신문순 등이 만나 '춘원 이광수 전집' 발간 계약을 체결하였다. 춘원이 남긴 작품이 방대한 관계로 장편소설과 중·단편소설을 먼저 발간하고 그 밖의 장르를 순차적으로 발간하기로 하였다. 또한 일본어로 발표된 소설도 포함시키되 이 경우에는 번역문을 함께 수록하기로 하였다.

전집발간위원회에서 젊은 학자들로 감수자를 선정하여 실명으로 해당 작품을 감수하게 하며, 감수자가 원전(신문 연재본, 초간본, 삼중당본, 우신사본 등)을 확정하여 통보해주면 출판사에서 입력하여 감수자에게 전송해주고, 감수자는 판본 대조, 현대어 전환을 하고 작품 해설까지 책임지기로 하였다.

'춘원 이광수 전집' 발간은 현대어 입력 작업이나 경비 조달 측면에서 간단한 일이 아니어서 오랜 시일이 소요되었다. 전집 발간에 힘을 보태주신 김용직 명예회장은 영면하셨고, 윤홍로 명예회장은 요양 중이시다. 두 분 명예회장님을 비롯하여 전집발간위원회 위원, 전집발간실무위원회 위원, 감수자, 유족 대표, 그리고 태학사 지현구 사장님께 감사드린다. 아울러 실무를 맡아 협조해준 전집발간실무위원회 김민수 간사와 춘원연구학회의 신문순 간사, 그리고 태학사 관계자에게도 고마운 마음을 전한다.

2019년 9월

춘원이광수전집발간위원회 위원장 송현호

차례

연분

"여봐라, 방자야!"
하고 책상 위에 펴놓은 책도 보는 듯 마는 듯 우두커니 하고 무엇을 생각하고 앉았던 몽룡(夢龍)은 소리를 치었다.
"여이."
하고 익살덩어리로 생긴 방자가 어깻짓을 하고 뛰어들어와 책방 층계 앞에 읍하고 선다.
몽룡은 책상 위에 들어오는 볕을 막느라고 반쯤 닫히었던 영창을 성가신 듯이 와락 밀며,
"얘, 너의 남원 고을에 어디 볼 만한 것이 없느냐?"
방자는 의외의 말을 듣는 듯이 고개를 숙인 대로 눈을 치떠서 물끄러미 몽룡을 치어다보더니,
"소인의 골엔들 어찌 볼 만한 곳이 없을 리가 있습니까. 산으로 가오면 나물 캐는 것도 볼 만하옵고, 들로 가오면 농사짓는 것도 볼 만하옵

고, 우물로 나가오면 여편네들 물 길어놓고 밥솥에 밥 눋는 것도 다 잊어버리고 수다 늘어놓는 것도 볼 만하옵고, 또 행길로 나가오면 술주정꾼이 술주정하는 것, 술 취한 남편 붙들고 내외 싸움하는 것도 볼 만하옵고…….”

“에라, 이놈아!”

하고 몽룡은 괘씸한 듯이 책상을 딱 치며,

“누가 그런 소리 너더러 주워대라더냐. 어디 경치 볼 만한 곳이 있느냐 말이다. 어, 그놈.”

“네? 그렇거든 애초에 그렇게 말씀하실 게지, 소인인들 힘들여서 밥 먹은 기운을 헛소리에 다 써버리고 싶을 리가 있겠습니까……. 소인의 골에 경치 볼 만한 곳으로 말씀하오면 북문 밖에 조종산성 좋다 하옵고 서문 밖에 관왕묘도 그럴 듯하다 하오나 제일 이름이 높기는 남문 밖 나서서 광한루와 오작교온데 경개 절승하옵니다. 과시 산남에 제일 명승지라 할 만하옵지요.”

“광한루라 광한루, 오작교, 오작교.”

하고 몽룡은 혼자 입속으로 불러보더니,

“얘, 광한루 오작교 이름이 좋다. 광한루로 나가자. 나귀 안장 지어라.”

이 말에 크게 놀라는 듯이 방자가 껑충 뛰며,

“도련님, 큰일 날 말씀 마시오. 뉘 밥줄을 끊고 다리몽둥이를 분지르실 양으로 그런 말씀을 하시오? 사또께서 들으시면 마른하늘에 벼락이 내릴 것이오……. 또 공부하시는 도련님이 공부나 하실 게지 좋은 경치는 찾아 무엇 하시려오?”

하고 바로 몽룡을 경계하는 어조다. 서로 상하의 구별을 잊고 그만큼 친해진 것이다.

"공부하는 사람은 경치 구경도 못 간다더냐. 좋은 경치를 대하여야 좋은 글이 나오는 것이다. 네가 무엇을 알겠느냐. 사또 분부는 내 수쇄하마. 어서 나귀 안장 짓고 공방주모, 관청빗 불러서 자리와 술과 안주 준비하라고 일러라."

하고 몽룡은 벌써 일어나서 옷을 입는다.

몽룡은 생명주 겹바지에 당베 중의 받쳐 입고 옥색 항라 겹저고리 옷고름에 약낭을 차고 남갑사 수항배자에 옥단추를 달아 입고 당모시 중치막에 생초 긴 옷을 받쳐 입고 송금단 허리띠에 모초단 두루주머니, 주황 당사 벌매듭 끈을 달아 차고 널찍한 자주 갑사 띠를 느슨히 매었는데 나귀가 걸음을 빨리 걸을 때마다 띠 끝에 석웅황 박은 숙갑사 토막 댕기와 어울려서 펄펄 날린다.

"사또 자제, 사또 자제."

하고 나귀가 지나가는 길가 사람들이 모두 부러운 듯이 우러러본다. 오늘이 오월 단오라 울긋불긋하게 새 옷 입은 아이들은 떼를 모아 몽룡의 나귀를 따라온다. '사또 자제 이 도령이 얼굴 잘생기고 재주 있다.' 하는 것은 남원부 내에서 모르는 사람이 없었다. 그의 희고 넓은 이마, 광채 있는 눈, 높은 코하며, 후리후리한 키하며, 아직 나이는 열여섯 살이라 애티는 있지마는 과연 호남자의 풍격이 있었다.

사람들이 자기를 모두 우러러볼 때에 몽룡도 기뻤다. '잘났다.', '재주 있다.' 하는 말을 어려서부터 들어온 몽룡은 조선 팔도에 자기가 으뜸인 것같이 생각하였고 장차 자기는 글 잘하고 벼슬 높은 사람이 되어 이름이 크게 떨칠 것을 스스로 믿었다.

몽룡은 의기양양하여 일부러 나귀를 천천히 천천히 몰고 분홍 당지 승두선을 한가로이 부치면서 광한루로 향하였다.

광한루는 처음에는 잘 지었던 모양이나 매우 퇴락하여서 단청도 다 벗겨지고 기왓고래에 묵은 풀이 우거지었으며 마루청 널조차 여기저기 떨어지어버렸다.

몽룡은 방자가 자리를 까는 동안에 마루로 이리저리 거닐며 사방의 경치도 바라보고 들어와 벽에 붙인 글귀와 지나간 사람들의 성명 새겨 붙인 것도 보더니 매우 불만한 듯이,

"여봐라, 방자야!"

하고 방자를 부른다.

"여이."

"광한루라고 이름만 좋았지 어디 좋은 것 있느냐. 네가 이것을 삼남 제일승지라 하니 과연 상놈의 눈이나."

방자는 몽룡의 얼굴에 불만한 빛이 있는 것을 보고 가장 수심 된 듯이 두 어깨를 축 늘이고,

"그러길래 소인이 여쭈었지요. 공부하시는 도련님이 가만히 글이나 읽고 계실 것이지 승지 찾으시기 당치 않다고……. 아직 도련님께서는 경치 보시는 눈이 열리지를 못하셨으니까……."

하고 손으로 뒤통수를 긁으며 혀를 끌끌 찬다.

몽룡은 기가 막혀 웃으며,

"어디 경치 잘 보는 네 이야기 좀 들어보자. 네 눈에는 광한루가 그렇게 좋으냐."

"좋다 뿐이겠소?"

하고 방자는 혹은 왼편 팔을 들어 왼쪽을 가리키고, 혹은 오른편 팔을 들어 오른쪽을 가리키고, 혹은 고개를 번쩍 들어 하늘을 우러러보며, 혹은 손가락을 빳빳이 해가지고 땅을 가리키면서 노랫가락으로 광한루의 좋은 연유를 설명한다.

"가까운 산은 초록이요 먼 산은 퍼렁이요 훨쩍 더 먼 산은 회색이라. 가까운 산에 아지랑이요 먼 산에 안개오니 동남서 삼방으로 둘러선 첩첩 산이 그 아니 좋사오며, 일망무제 넓은 들에 물 있으면 논이 되고 물 없으면 밭이 되어 도련님네 같으신 양반님네 진지 짓는 벼며 소인네 같은 상놈들이 먹는 밥이 되는 조와 피와 보리, 밀 파릇파릇 자라나니 그 아니 좋은 경치오며, 꽃 피는 산일랑 등에 지고 붕어, 메기, 송사리 떼 노는 개천일랑 앞에 두고, 무거운 기와도 말고 끌어오기 어려운 돌도 말고 가볍고 아무 데나 있는 풀과 흙으로만 지은 농가가 둘씩 셋씩 셋씩 둘씩 조는 듯이 꿈꾸는 듯이 배부른 송아지들처럼 풀 속에 누웠으니 그 아니 절묘한 경치오며, 눈을 들어 우러러보오면 연옥색 하늘에 양 떼 같은 구름 점이 오락가락 널려 있고 이따금 이렇게 서늘한 바람이 슬슬 불어와서 소인의 등에 맺힌 향기로운 땀을 씻어가니 그 아니 상쾌한 경치요? 게다가 이름 좋다 광한루에 좋은 술과 안주까지 있으니 이런 좋은 경치가 또 있겠소? 어깨춤이 절로 나네, 좋을, 좋을, 좋을시고."

하고 얼씬얼씬 춤을 춘다.

"허, 그놈!"

하고 말없이 듣던 몽룡은 방자의 어깨를 툭 치며,

"얘, 너 그런 재담을 다 어디서 배웠니?"

방자 춤추기를 그치고 시치미를 뚝 떼며,

"말씀이야 바로 소인의 고을에 무슨 그리 좋은 경치가 있겠습니까. 그러하오나 다 보는 눈에 있사옵지요. 소인같이 천 줄 곰보 만 줄 곰보로 빡빡 얽어맨 주제도 소인의 계집의 눈에는 선풍도골로 보이는 모양으로 이만한 경치도 보시는 눈을 따라 과히 안 좋지는 아니하옵지요."

"과연 네 말이 유리하다. 네 말과 같이 광한루를 천하제일 승경으로 치고 술이나 먹고 놀자."

하고 몽룡이 먼저 자리에 앉아,

"여봐라, 너희들도 다들 올라앉아라. 우리 오늘은 상하의 별 다 걷어치우고 친구가 되어서 트고 놀자. 자, 다들 올라앉아라."

이 말에 방자가 먼저 몽룡 맞은편에 펄썩 앉으며,

"도련님이 오르라시니 오르려무나."

하고 어깨를 으쓱한다.

"아니다!"

하고 몽룡은 손을 들어 자기에게 권하는 술잔을 막으며,

"향당(鄕黨)에는 막여치(莫如齒)라니 좌중에 누가 제일 나이가 많으냐? 우리 나이 차례로 순배를 하자."

방자가 좌중을 휘둘러보더니,

"아마, 이 후배 놈이 제일 연장자일 듯하오. 보기에는 요렇게 땅딸보라도 정녕 마흔 살은 넘었을 것이오."

"어, 그러면 내게 존장은 넉넉하구나. 첫 잔은 후배에게로 돌려라."

하고 몽룡이 손수 술잔을 들어 후배를 권한다. 본래 용렬한 후배는 도련님의 손에서 술잔을 받는 것이 너무도 송구하여 잔 잡는 손이 벌벌 떨린다.

"이놈아, 이것은 강신을 하느냐, 술은 왜 엎질러?"
하고 방자가 자기 옷에 떨어진 술 방울을 떨어버린다.

한 순배 두 순배 쉴 새 없이 돌아서 병의 술도 거의 다하고 안주 그릇도 하나씩 둘씩 비었다.

안주라야 과일포, 암치, 문어 따위에 불과하건마는 그런 것을 좀처럼 얻어먹어보지 못 하던 판이라 모두 접시굽을 핥을 지경이었다. 몽룡의 얼굴에 홍훈이 돌고 숨결이 빨라진다. 용렬한 후배도 술잔이나 들어가니 몽룡을 두려워하는 마음도 줄고 제법 고갯짓을 하며 떠든다. 제비 한 쌍이 처마 밑으로 들었다 나왔다 하는 것을 보고 후배는 흥에 못 이겨 하는 듯이,

"강남 갔던 구제비야, 옛집 찾아 예 왔느냐, 옛집은 예 있건만, 옛 사람은 간 곳 없네. 아따, 너도 술이나 한잔 먹어라."
하고 제 잔에 먹다 남은 술을 제비를 향하여 뿌린다.

"좋다!"
하고 방자가 젓가락으로 장단을 친다.

몽룡은 슬며시 자리를 떠나 난간에 의지해 앉아서 담배를 피웠다. 네 사람은 여전히 술병을 기울이고 웃고 떠든다.

몽룡은 심신이 상쾌하여 이리저리 경치를 바라볼 적에 오작교 저편 큰길 건너 늙은 수양버들 밑에서 녹의홍상으로 차린 처녀 삼사 인이 그네를 뛰는 양을 보았다. 치맛자락이 펄렁, 댕기 끝이 너울, 앞으로 굴러 뒷가지를 차고 뒤로 굴러 앞가지를 찰 때에 흐느적흐느적 흔들리는 수양버들 잎사귀가 햇빛에 번뜻번뜻한다.

처녀들이 그네 뛰는 것을 처음 보는 것이 아니건마는 오늘따라 몽룡은

심사가 산란함을 깨달았다. 더구나 그네 뛰는 처녀들 중에 분홍치마 노랑저고리 입은 한 처녀가 이상하게 몽룡의 맘을 끌었다. 동안이 뜨므로 그 얼굴까지는 볼 수가 없으나 그네 위에서 몸 가지는 태도가 다른 처녀와는 유별하게 아름답다. '그네를 뛰는 것이 아니라 춤을 추는 것이로구나.' 몽룡은 이렇게 생각하였다. 담배도 잊어버리고 몽룡은 그 처녀만 뚫어지게 바라보노라니 가슴은 두근거리고 눈은 아뜩아뜩하였다.

견디다 못하여,

"여봐라!"

하고 몽룡은 방자를 불렀다.

"도련님, 담뱃불에 중치막 타오."

하고 방자가 몽룡의 중치막 자락을 걷어치운다.

"애, 저게 누군지 아느냐?"

하고 몽룡은 중치막 자락 디는 것은 본 체도 안 하고 부채로 그네 맨 수양버들을 가리킨다.

눈치 빠른 방자는 얼른 몽룡의 뜻을 알아차렸다. '하기는 그럴 나이가 되었는데.' 하고 빙끗 웃었으나 일부러 시치미를 뚝 떼고,

"그것은 보따리를 지고 가는 것을 보니 아마 먼 길 가는 행인인가 보오."

"아니! 그것 말고 저것 말이다. 저기 저것 말이여!"

"네. 그것은 아마 엿장수인가 보오."

"에익, 그놈!"

하고 몽룡은 화를 내어 벌떡 일어나서 부채는 걷어치우고 손가락으로 가리키며,

"저기, 저 지금 그네에서 내리는 저 처녀 말이다."

"어허, 도련님! 공부하시는 도련님이 남의 여자만 바라보시고 담뱃불에 옷 타는 줄도 모르시니 참 딱한 일이오."

하고 방자가 머리를 쩔레쩔레 흔들며,

"오늘이 오월 단옷날이오니 여염집 계집아이들이 그네 뛰는 것이옵지요."

"아니다. 네가 모른다. 닭의 떼에 학처럼 뛰어난 저 계집아이가 예사 계집아일 리 만무하다."

"도련님도 취하셨소. 여기서 이렇게 보고 학인지 따오긴지 어떻게 아신단 말이오. 당년한 계집애들은 먼발치서 보면 다 미인같이 보입니다. 가까이 가보면 다 그렇고 그렇지요."

"아니다. 그렇고 그런 것이 아니다. 그래, 네 눈에는 저 네 계집아이가 다 같이 보인단 말이냐?"

하고 몽룡은 화증을 낸다.

"소인 보기에는 다 같은걸요."

하고 방자가 고개를 돌려대고 픽 웃는다.

몽룡은 물끄러미 그네 터를 바라보며,

"어허, 눈에도 상목 반목이 있어서 상놈은 눈도 양반만 못하단 말이냐. 네 한 번 더 자세히 보아라. 저기 저 분홍치마에 노랑저고리 입고 지금 막 그네를 뛸 양으로 줄을 갈라 쥐고 한 발을 올려놓는 저 아가씨를 보아!"

방자도 몽룡이 가리키는 곳을 이윽히 보는 체하더니 이제야 알아본 듯이 손뼉을 딱 치며,

"네, 저 애 말씀이시오?"

"그래, 네가 그 애를 아느냐?"

"네, 그 애 말씀이야요? 나는 누구라고……. 그 애 같으면 안다 뿐이겠소. 소인이 길러내다시피 한 계집앤걸요……. 아이 똑똑하지요. 매우 얌전할걸요."

"이놈아, 길러내기는 네가 나이가 몇 살인데 길러내?"

"네. 소인의 나이가 지금 갓 서른이오. 남과 같이 돈냥이나 있어서 일찍 장가만 들었다면 저만한 딸을 둘을 두었겠소."

몽룡은 다시 난간에 기대앉고 방자의 소매를 끌어 곁에 가까이 앉히며 나직한 어조로,

"얘, 아무리 보아도 그 아가씨가 범상한 여자가 아니다. 네가 길러냈다 하니 너는 그를 잘 알리라. 대관절 그가 누구냐?"
하고 은근히 묻는다.

"미상불 도련님 눈도 어지간하시오. 그 애는 본읍 퇴기 월매의 딸 춘향이라 하옵는데, 절대가인만치는 모르겠소마는 우리 호남 제일 미인이라고 소문이 장히 높지요. 어지간하지요."

"오, 그러면 기생이로구나."

"아니요, 기생은 아니지요. 대비 바치고 속량하여 기안에 이름을 에웠으니 기생은 아니오."

기생 아니란 말에 몽룡은 잠깐 머쓱하더니,

"얘."

"네."

"그 어찌 좀 불러올 수 없을까."

"누구를요?"

"춘향이 말이다."

"춘향이를 이리로 부르셔요?"

하고 방자는 펄쩍 뛰며,

"어림도 없소. 그 계집애가 양반의 씨라고 도고하기가 백두산 꼭대기 같아서 앉아서 도련님을 부를 지경인데 그 계집애를 불러와요? 어림도 없는 일은 생념도 마시오."

몽룡은 더욱 숨결이 높으며,

"그렇게 도고하냐?"

"두말하면 헛말 되지요. 관속 건달들은 말할 것도 없거니와 호남에 누구누구 하는 양반님네 선비님네도 수없이 얼러본 모양입니다마는, 그 애가 거들떠보기는커녕 대문 안에 들여놓아야 정하배라도 하지요. 다들 대문에 붙인 입춘만 바라보고는 뒤통수치고들 돌아갔나 봅디다."

하고 진저리가 나는 듯이 고개를 절레절레 흔든다.

분홍치마는 여전히 오르락내리락, 버들가지는 흐느적흐느적 몽룡의 가슴은 갈수록 설렌다.

"얘, 네가 내 맘을 졸이느라고 거짓말을 하나 보다. 아무러기로 그토록 도고하랴."

하고 몽룡은 방자의 눈치를 보려고 곁눈으로 방자의 얼굴을 보았다.

방자는 성난 듯이 한 걸음 뒤로 물러나며,

"소인이 거짓말 아니 하는 줄은 도련님도 아시겠소그려. 소인은 거짓말을 하면은 듣는 사람이 거짓말인 줄 알 리 만치 하옵지, 듣는 사람이 속을 거짓말은 일생에 한 일이 없소. 그러니 아예 춘향이 불러오실 일은 생념도 마시고 그만치 노시었으면 들어가십시다. 또 사또께서 걱정하시리다."

하고 하인들을 돌아보며,

"얘들아, 도련님 들어갑신다. 나귀 내고 자리 치워라."

하고 제 맘대로 분부를 한다.

몽룡은 짐짓 성을 내어 담뱃대로 마룻바닥을 두드리며,

"이놈아, 내가 불러오라면 불러올 게지, 웬 잔말이냐."

하고 소리를 높인다.

방자는 마지못하여 하는 듯이 시무룩하여 그네 터를 향하고 건너간다. 버들가지 하나를 심술궂게 뚝 꺾어서 잔가지를 우지끈우지끈 다 다듬어서 거꾸로 집고 군노사령의 걸음 본으로 충충충 걸어간다. 오작교 큰길 건너 잠깐 집 모퉁이에 들어 안 보이더니 그네 터에 썩 나서며 바로 그네에서 내려오는 춘향의 뒤로 발사쉬 소리 없이 사뿐사뿐 뛰이기서 목을 쑥 빼며,

"춘향아!"

하고 소리 질렀다.

춘향이 깜짝 놀라 그넷줄을 탁 놓고 떨어지는 듯이 땅에 내려서서 '후유' 하고 한숨을 지며,

"이 주리를 할 녀석이 왜 그다지 소리를 질러? 하마터면 낙상할 뻔했구나."

하고 방자를 흘겨본다.

방자 능청스럽게 놀라는 모양을 보이며,

"거 안 되었구나. 네가 요새 서방 만나서 거드럭거리고 잘 논단 말은

들었지마는, 아직 젖내 나는 계집애가 어느새 아기를 밴 줄은 몰랐구나. 거 가엾구나."
하고 고개를 기웃거린다.
"예끼, 망할 녀석! 누가 애기 뱄다니?"
하고 춘향은 얼굴을 빨갛게 붉히고 돌아선다. 방자는 춘향의 앞으로 따라가며,
"지금 낙태할 뻔했다고 안 했니? 그러면 배지 아니한 아기를 낙태부터 한단 말이냐? 아무려나, 내 딸이 낙태나 안 하면 다행이다."
"듣기 싫어! 이 망할 녀석이 왜 오늘은 술이 잔뜩 취해가지고 나를 못 견디게 굴어?"
하고 춘향은 방자를 피하여 집으로 들어가려고 하나 방자는 허리를 구붓하고 이리 왔다가 저리 갔다가 춘향의 가는 길을 막는다. 춘향의 불그레한 얼굴에 이슬땀이 맺히었다.
"춘향아!"
하고 방자는 갑자기 점잔을 빼고 불렀다.
"왜야?"
하고 춘향의 대답에는 여전히 독살이 있다.
"애야, 춘향아, 그것은 다 웃는 말이고……. 내가 할 말이 있다."
하고 방자가 춘향의 곁으로 가까이 간다. 춘향은 방자가 가까이 온 만치 뒤로 물러서며,
"할 말이 있거든 저만치 서서 하려무나. 내가 귀를 먹었단 말이냐. 왜 바싹바싹 대들어?"
"큰일 났다."

하고 방자는 과연 무슨 큰일이나 생긴 듯이 고개를 끄덕끄덕한다.

"무슨 큰일?"

하고 춘향도 방자의 말에 주의를 한다.

"오늘이 오월 단오가 아니냐."

"그래."

"오늘이 오월 단오라고 책방 도련님이 광한루 구경을 나오시어 지금 저기 앉아 계신데, 네가 그네 뛰는 것을 보시고 그만 눈동자가 곤두박이를 치어서 날더러 너를 불러오라고 야단이시니 이를 어찌하느냐. 어느 명이라고 거역할 수는 없고 부득불 잠깐 네가 가서 보아야겠다."

몽룡이 자기를 부른다는 말에 춘향은 못마땅한 듯이 눈초리를 샐쭉 끌어올리며,

"얘, 그 말 같지 않은 소리 말아라. 책방 도련님이 내가 누군 줄 알고 오니라 말아라 한단 말이냐?"

하고 잘 믿지 않는 태도를 보인다.

방자 한 손을 이마에 대어 볕을 가리고 한 손을 넌짓 들어 광한루를 가리키면서,

"얘, 내가 언제 거짓말하더냐. 네 저기를 바라보아라. 저기서 남쪽 끝기둥에 비스듬히 기대어 서서 부채질하는 이가 책방 도련님이 아니시냐."

춘향도 방자의 가리키는 편을 바라보았다. 서편으로 기울어진 볕에 눈이 부시어 자세히는 분간할 수 없어도 방자의 말대로 어떤 소년 하나가 비스듬히 기둥에 기대어 섰는데, 그 차림차림이 귀한 집 공자일시 분명하고 이곳에 귀공자라면 책방 도련님일시 분명하다. 책방 도련님이 풍채

좋고 재주 있단 말은 춘향도 들었던 터이라 한번 보았으면 하는 마음도 없지 아니하건마는 그렇게 부른다고 수월히 갈 리야 있으랴.

"글쎄, 그이가 책방 도련님인지는 모르겠다마는 그이가 나를 누군 줄 알고 부르신단 말이냐. 공연히 말 많고 일 많은 네가 묻지 않는 말을 춘향이니 난향이니 하고 일러바친 게지."

"말이야 바로 하지. 네가 춘향이란 말은 내 입으로 나왔다마는 네 이름도 알기 전에 네 모양만 보고 벌써 혼이 반은 빠지어 달아나서, 날더러 네가 누군가 알아 올리라 하시니, 내가 먹을 것이 있어서 내일부터라도 삼문안 구실을 안 다니면 몰라도 어찌 도련님을 그일 수가 있느냐. 그래서 말이야, 바로 내 입으로 바른 대로 일러바쳤다."

하고 방자는 춘향의 귀에 입을 가까이 대고 한층 말소리를 낮추어,

"얘야, 말이야 바로 책방 도련님이 과연 네 배필이 될 만한 양반이다. 풍채 좋고 마음 착하고 그러고도 시원시원하고, 글이야 내가 아느냐마는 글도 잘하신다더라. 밤낮 글만 읽으니 그만치 읽으면 우리 집 도야지 놈도 글을 잘 못하고는 못 견딜 것이다. 나도 너를 친동생같이 아니 말이지, 도련님 말을 잘 들어보아라. 해롭지 아니할라."

"응. 너, 나를 호려내려 드는구나."

하고 춘향이 방그레 웃더니 다시 정색하고 방자더러,

"가서 이렇게 도련님께 여쭈어라. '불러주시는 뜻은 감격하오나 규중 처자로서 모르는 남자의 전갈 듣고 따라가옵기는 옛 성현의 훈계에 어그러지니 못 갑니다.'라고……. 또 '공부하시는 도련님이 소창을 나오시면 소창이나 하실 것이지, 남의 집 처자더러 오라 말아라 하시는 것이 점잖으신 체면에 어그러지지 않습니까.'라고. 그렇게 가서 여쭈어라. 나

는 갈 수 없다."
하고 칼로 똑 끊는 듯이 말하고는 뒤도 안 돌아보고 새침하고 집으로 들어가버리고 만다.

방자는 하도 어이없어서 춘향이 대문으로 들어가 안 보이도록 얼빠진 듯이 섰다가,

"허, 그년 참 맵다. 사뭇 후추알이로구나."
하고 혼잣말로 중얼거리고 두 어깨를 축 처뜨리고 기운 없이 오던 길을 도로 광한루로 건너간다.

이때에 몽룡은 껄떡껄떡 침만 삼키고 춘향이 오기만 기다리다가 춘향은 어디로 가버리고 방자만 어슬렁어슬렁 기운 없이 돌아옴을 보고 분함을 못 이기어 발로 광한루 마루를 탕탕 구르며,

"글쎄, 이 못생긴 놈아! 널더러 춘향이 불러오라고 했지, 들여 쫓고 오라고 하더냐. 저런 못생긴 놈이 어디 또 있남!"

방자는 무안한 듯이 처분만 기다리는 듯이 허리를 굽히고 계하에 읍하고 서며,

"소인이 별소리를 다 해도 고개 하나 까딱 아니 하옵고 욕만 톡톡히 얻어먹었습니다. 도련님께서 진실로 춘향이를 보시려거든 군노사령을 내보내시어서 붙들어나 오셔야지, 여간 전갈로 부르시기나 해가지고는 명년 이때까지 부르시더라도 춘향이는커녕 난향이도 못 보시리다. 오늘 보니까 그 애의 매서운 양이 사뭇 칼이요, 칼."
하고 실심한 듯이 먼 산을 바라본다.

방자만 책망하여도 쓸데없는 줄을 알고 몽룡은 다시 은근한 어조로,

"얘, 이리 올라오너라……. 그래, 내가 부른다고 했니?"

"네."

"무어라든?"

"가서 이렇게 도련님께 여쭈라고요."

"무어라고? 그런데 왜 내게 말을 안 했어?"

"말씀도 다 안 들으시고 벼락이 나리시니 언제 말씀할 새가 있소?"

"그래, 내가 잘못했다……. 그래, 무에라든?"

"불러주시는 뜻은 감격하오나."

"응, 그래."

"규중처자로서 모르는 남자의 전갈 듣고 따라가옵기는……."

하고 방자는 말 구절을 잊어버린 듯이 고개를 기웃거리고 머리를 긁는다. 몽룡은 방자가 전하는 춘향의 말을 한번 입속으로 외워보고,

"응, 그렇지……. 그리고 또."

"'옛 성현의 훈계에 어그러지니 못 갑니다.'라고."

"흥, 옳은 말이다……. 그러면 춘향이가 글도 읽었느냐?"

"아마 도련님만치는 읽었지요."

몽룡은 고개를 끄덕하며,

"그래, 그 밖에는 다른 말은 없더냐?"

방자가 말하기 어려운 듯이 머리를 긁적긁적 긁으며,

"고 계집애가 버릇없이 도련님 노여워하실 말을 하여요."

"내가 노여워할 말? 옳은 말에 노여워할 내가 아니다. 바로 말해라."

"그러면 바로 아뢰오. 또 '공부하시는 도련님이 소창을 나오시면 소창이나 하실 것이지, 남의 집 처자더러 오라 말아라 하시는 것이 점잖으신 체면에 어그러지지 않습니까.'라고."

말을 마치고 방자는 몽룡의 얼굴을 치어다보았다. 몽룡은 잠깐 머쓱해지더니 다시 얼굴에 화기가 돌고 뜻에 맞는다는 듯이 고개를 끄덕끄덕하며,

"과연 절절히 옳은 말이다. 내가 부끄럽다."

하고 이윽히 고개를 숙이고 무엇을 생각하더니 오늘 글 짓는다고 가지고 나왔던 새 황모무심필에 부용당 먹을 흠뻑 묻혀서 빛 좋은 태문지에 서너 줄을 휘휘 둘러 쓰더니 봉투에 넣어 꼭 봉하여 방자를 불러,

"얘, 너 춘향 아씨 집에 다시 가서 아까 전갈한 것은 잘못되었다고 사죄하는 말 하고 이 편지 드리고 답장 받아오너라."

방자 그 편지를 받아 들고,

"또 욕이나 얻어먹으러 가요?"

하고 주저하는 것을,

"네 곧 나녀오너라!"

하고 몽룡이 호령 소리를 높이므로 방자는 다시 마지못하여 어슬렁어슬렁 아까 돌아올 때보다도 더 느린 걸음으로 길가에 버들잎, 풀잎 뜯어 피리 불어가며 춘향의 집을 향하고 건너간다.

방자는 춘향의 집 대문을 들어서자 기운을 내어서 중문으로 퉁퉁퉁퉁 발을 구르고 뛰어들어가며 목을 길게 뽑아,

"춘향아!"

하고 불렀다.

춘향은 마침 산란한 심서를 풀 양으로 거문고 줄을 고르고 앉았다가 방자의 소리에 깜짝 놀라 거문고를 무릎에서 떨어뜨리고 영창으로 아까 그네 뛸 때에 상기했던 것이 식지 아니하여 아직도 불그레한 대로 있는 얼

굴을 내밀며,

"이 주리를 할 녀석이 왜 또 와서 지랄이야. 춘향아, 춘향아 하고 온 동네가 떠나가게 부르니 춘향이가 네 집 종의 자식의 이름이더냐?"

하고 눈살을 찌푸린다.

방자도 골을 내는 듯이 눈을 부릅뜨고 우뚝 층계 앞에 서면서,

"이년의 계집애, 나를 보면 언필칭 주리를 할 녀석이니 내가 네 집 종의 자식이란 말이냐. 네 집에 밥을 얻어먹으러 왔단 말이냐. 팔자 기박하여 삼문안 구실을 다녀 밤낮 아이 어른한테 이놈아, 저놈아 소리를 식은 죽 먹듯 하고 살아는 간다마는 너한테까지 이 녀석, 저 녀석 소리를 들을 까닭이야 있느냐."

하고 마당에 가래침을 '탁' 뱉는다.

방자가 하도 야단을 하니 춘향이 좀 누그러지며,

"네가 행세를 잘해도 그래?"

하고 방자를 힐끗 본다.

방자는 여전히 성이 안 풀리는 듯이 춘향을 위아래로 훑어보며,

"애야, 내 행세가 잘못 간 것이 무에냐. 네가 남 없이 낯바닥이 예쁘장하게 생겨먹고 행실이 바르지를 못하여서 남을 걸음을 걸리지그려. 낸들 좋아서 너한테 욕이나 얻어먹으러 다니는 줄 아느냐. 어, 참 아니꼬운 일 다 보겠네."

하고 또 한 번 퉤하고 침을 뱉는다.

행실이 바르지 못하단 말에 풀리려던 춘향의 두 눈초리가 다시 쫑긋하고 올라가며,

"이 녀석, 내가 행실이 바르지 못하다니 무엇이 바르지 못하냐. 네

집에 가서 무엇을 훔쳐왔느냐, 남의 집에 불을 놓았느냐. 내 행실이 바르지 못하다니 어디 바르지 못한 연유를 일러보아라. 혓바닥을 잘라버릴라."

방자 창 앞으로 한 걸음 바싹 다가서며,

"오냐, 네 행실이 바르지 못한 연유를 들어보아라! 과년 된 계집애가 행실이 바를 양이면 동넷집 수고양이 눈에라도 띄울세라, 네 집 안마당으로 다니더라도 고개를 고부슴하고, 네 집 후원으로 거닐더라도 행여 재채기 소리라도 밖에 들릴세라 조심을 할 것이지, 그렇지 않아도 예쁘장한 계집애가 새 옷 입고 단장하고 백주 대로변에 네 활개 활짝 뻗고 치맛자락, 속곳자락까지 펄렁거리며 굼틀굼틀거리니 길 가던 행객까지 발이 길바닥에 딱 붙고 입이 헤벌어져서 정신을 잃어버리게 하니, 그래 이러고도 네 행실이 바르다 할 것이냐. 네가 얌전스럽게 처녀답게 가만히 네 방 안에 들어앉아서 글이나 읽든지 바느질 수놓기나 하든지 심심하기던 징동당동 거문고 가야금이나 울리든지. 설사 고양이가 고양이를 낳고 제 버릇 개 못 준다고 장구나 둘러메고 얼씬얼씬 엉덩춤을 춘다기로 네 집 방 안에서만 할 양이면, 아무리 책방 도련님이 잘 아는 데는 중방 밑 귀뚜라미라 하기로 네 집 담벼락까지 뚫고 너라는 계집애가 있는지 없는지 들여다볼 리는 만무하지 아니하냐. 그런데 제 허물을 모르고 애꿎은 날더러만 주리를 할 녀석이니 서방을 삼을 녀석이니 하니 내가 그렇게 만만하더냐."

춘향이 방자의 말을 한참 우두커니 듣고 앉았더니 기가 막히는 듯이 웃으며,

"어쨌든 입심은 좋다. 방자 노릇 하기는 아깝다."

춘향 모 월매가 안방에서 옛 친구 이삼 인을 청하여가지고 오늘이 오월 단오라고 술 먹고 있던 차에 춘향이 방에서 떠드는 소리 나는 것을 보고,

"이 애, 누구허고 이렇게 언쟁을 하니?"

하며 신을 찔찔 끌고 나온다. 나이는 육십이 가까웠으나 아직도 옛날 남원 명기로 들날리던 빛이 남았다.

"아가, 누가 왔니?"

하다가 방자가 굽실하고 절하는 것을 보고,

"오, 네더냐. 구실이나 잘 다니고 어머니도 무고하시냐. 네 처도 잘 있고 어린것도 잘 자라느냐?"

"네. 앓지나 않지요. 아주머니는 점점 젊어가시는구려."

하고 방자는 춘향을 돌아보며 웃는다.

젊어간다는 말에 월매는 생긋 웃으며,

"죽을 날이 가까워오는 년이 젊어가는 게 다 무엇이냐, 호호호. 이 녀석, 너도 인제는 어른 다 되었구나. 이 녀석, 그새 한 번도 아니 오더니 오늘 어째 왔느냐."

"좁쌀 여덟 섬에 모가지를 매달고 어른 심부름, 아이 심부름 하기에 나올 새가 있소?"

"그래, 무엇을 그렇게 떠들었니?"

하고 귀여운 듯이 춘향을 바라보며,

"나는 네가 누구허구 말다툼이나 하는 줄 알았구나."

춘향은 새침하고 고개를 방 안으로 돌리며,

"저 녀석이 책방 도련님보고 춘향이니 난향이니 하고 종다리 새 열쇠까듯, 경신년 글강 외듯 외어 바치어서 도련님이 나를 불러오란다고 벌

써 이 바보 녀석이 두 번째나 와서 지랄이라오."

"인제는 또 바보야? 하고 싶은 대로 다 해라."

하고 방자는 기막힌 듯이 웃고 돌아선다.

월매는 책방 도련님이 춘향을 부른다는 말을 듣고 마음이 솔깃하여 빙그레 웃으면서,

"아가, 그러지 마라. 이 애가 일러바치지 않으면 도련님이 네 이름 모르랴."

하고 방자를 향하여,

"그래, 얘기가 무에라든?"

"아까 하도 도련님이 발광을 하시길래 이 애 그네 뛰는 데 와서 도련님 말씀을 전하였더니 이 애가 세 길 네 길 뛰며, 주리를 할 녀석 오라질 녀석 하고 욕을 닷 섬이나 얻어먹고, 닭 쫓아가던 개 모양으로 뒤통수 툭툭 치고 도련님한테 돌아가서 이 애 하던 말을 여쭈었지요. 했더니 도련님 골이 댕기 끝까지 흘러내려가서 또 이놈 저놈 하고 어르지요. 어쩌면 이놈의 팔자는 나이로 말하면 내 아들딸이라고도 할 만한 어린것들에게 이놈, 저놈, 이 녀석, 저 녀석 소리만 듣고 살게 되니 참으로 기가 막히외다."

"그래서 도련님이 또 가보라고 하시어서 네가 왔니?"

하고 월매는 부드러운 소리로 방자를 달랜다.

"아까는 입으로 전갈을 하여서 '황송 황송합니다.' 하고 가서 아가씨께 간절히 사죄하는 말씀 사뢰고 '이 편지 드리고 답장 받아오너라.' 해서 왔다오."

월매는 춘향을 보고,

"아가, 그 편지 보았니?"

춘향은 말없이 고개만 짤래짤래 흔든다.

이번에는 방자를 보고 월매가,

"도련님 편지 어쨌니?"

"어째요, 여기 있지요."

하고 방자는 허리춤을 가리킨다.

"왜 춘향이 안 주었니?"

"정신을 차려야 주지요. 오는 길로 벼락이 내리니 정신이 들었다 났다 하오."

하고 방자가 견딜 수 없이 불쾌한 듯이 연해 입맛을 쩍쩍 다시고 눈을 껌벅껌벅하더니만 휘끈 발을 돌려 중문간 밖으로 뛰어나가며,

"에라, 빌어먹을. 차라리 논메 강경이를 가서 모군을 서 먹든지 그도 못하면 지리산에 들어가서 중놈의 밥을 지어주고 얻어먹는 것이 낫지, 이놈의 구실은 아니꼬워서 못 해먹을레라."

하고 중얼거리며 달아난다.

춘향이 깜짝 놀라 버선발로 뛰어나오며,

"애야 방자야, 편지나 두고 가거라."

월매는 허겁지겁하는 춘향의 뒷모양을 보고 고개를 끄덕끄덕하며 빙그레 웃는다.

"애야 방자야!"

춘향은 한 번 더 높이 부른다.

방자 뛰어들어오며,

"왜 불러? 강경이 갈 노자나 주련?"

"애야, 그 편지가 노자 되느냐. 네게는 쓸데없는 것이니 편지나 두고 가거라."

하고 춘향은 수삽한 듯이 고개를 숙인다.

방자 물끄러미 춘향을 바라보다가 껄껄 웃으며 월매더러,

"요새 계집애는 다 저렇단 말이야. 아주 겉으로는 맵기가 후추알 같고 매섭기가 피장이 칼날 같으면서 속으로 딴전 치것다."

하고 편지를 꺼내어 춘향에게 주며,

"옜다, 만지고 쓰다듬고 뺨에 대고 혀로 핥고 가슴에 품고 한 자 영락 없이 잘 보아라. 그리고 답장이나 얼른 써라. 또 거행 더디다고 알경이나 치우게 말아라."

춘향은 편지를 떼어본다. 월매와 방자는 편지 보는 춘향의 얼굴만 보고 있다.

춘향이 편지를 다 보고 나서 무엇을 생각하는 듯하더니, 또 한 번 그 편지를 보고 또 생각하는 듯하더니, 또 한 번 본다.

월매 참다못하여 담뱃대를 놓고 툇마루로 올라가면서,

"어디 무에라고 하시었니. 좀 읽어보려무나. 나도 듣게."

방자도,

"옳다. 나도 좀 듣기나 하자."

"싫소……. 그것은 무얼."

"어서 읽어라. 좀 듣자."

"편지를 읽으면 네까짓 녀석이 알아듣니?"

하고 춘향이 웃으며 방자를 본다.

"왜 몰라야. 진서로 썼거든 좀 새겨보렴."

"진서는 아니다. 시조다. 글씨 참 잘 썼다."

하고 춘향은 무슨 마음에 드는 선물을 받은 어린아이 모양으로 기쁜 빛을 감추지 못하고 혼자 중얼거리더니,

"어머니, 답장 써?"

하고 월매를 보고 묻는다.

월매는 담배가 다 타버리고 연기도 안 나는 담뱃대를 집어 빨면서,

"책방 도련님이 네 맘에 드는 게로구나."

하고 생긋 웃는다.

"에그, 어머니도……. 그러면 어떻게 해요. 편지까지 하시었으니 답장은 해야지."

하고 춘향은 귀찮은 듯이 몽룡의 편지를 문갑 위에 한번 던지어본다.

"대관절 무에라고 편지가 왔는데, 너는 무에라고 답장을 할래?"

하고 월매가 문갑 위에 던진 몽룡의 편지를 집어 본다.

춘향은 그것을 빼앗으려다가 지는 체하고 월매가 읽는 대로 내버려 둔다.

월매는 편지를 한참이나 보더니 한 손으로 무릎을 탁 치며 평조로 몽룡의 노래를 읊는다.

어지어 내일이어 인연도 기이할사
언뜻 뵈온 님이 그 님일시 분명하이
광한루 옛 보던 벗이 찾아온다 일러라.

다 부르고 나서 월매는 이상한 듯이 고개를 기울이며,

"아가, 광한루 옛 보던 벗이라 하였으니, 이전에도 네가 광한루에서 도련님을 본 일이 있느냐?"
하고 춘향을 본다.

춘향은 수줍은 듯이 몸을 비비 꼬다가 월매의 손에서 그 편지를 빼앗으며,

"그 광한루가 어디 이 광한루요?"

"그럼 광한루가 또 어디 있니?"

"옥경 광한루요. 하늘에 있는 광한루 말이오. 하늘에 선관, 선녀로 있을 때에 서로 보던 벗이라고 해서 옛 보던 벗이라고 했지요."

월매가 이 말에 고개를 끄덕끄덕하며,

"참, 그렇구나. 내야 무식해서 광한루라면 남원 남문 밖 광한루밖에 아니?"
하고 이윽히 무엇을 생각하다가,

"아가, 네 말을 들으니까 도련님 글이 참으로 이상도 하다. 내가 너를 밸 때에 꿈에 한 손에는 이화를 들고 또 한 손에는 도화를 들고 선녀 한 분이 내려와서 도화 가지를 내게 주고 '잘 가꾸어두라. 후일에 앞날이 있으리라. 이화 가지를 전하러 갈 길이 바쁘다.' 하더니 이제 생각하니 너는 분명 도화 가지고 도련님은 분명 이화 가지로구나. 도련님 성씨가 이 씨가 아니시냐. 광한루 옛 보던 벗이란 말씀이 과연 허사가 아니로다."
하고 참인 듯이 말한다.

"어머니도 용하게도 꾸며대시우."
하고 춘향은 픽 웃는다.

"제길 꿈 타령은 이따가 하고 어서 답장이나 써다오."
하고 방자가 재촉한다.

"아차, 어 술이나 한잔 줄걸 그랬구나. 늙으면 잔망해서 걱정이야. 아가, 답장 써라. 오늘 저녁에라도 누옥이나마 찾아오시라고 그러려무나. 네가 말 부족하고 글 부족해 못 쓰겠니?"
하고 담뱃대를 들고 일어나 마당에 내려서며 방자더러,

"너는 이리 들어와서 술이나 한잔 먹어라. 좋은 편지 가지고 온 애를 맨입으로 보내겠니?"

이때에 안에서,

"성님! 성님! 월매 성님 무엇 하오?
하고 부르는 소리가 들린다.

월매는 신을 찔찔 끌고 걸음을 빨리하며,

"응, 들어가우……. 어서 이리 들어오너라."
하고 방자를 부른다.

"술을 주시려거든 한 사발 내보내시오. 들어가서 마나님들한테 허리 구부리기도 싫고 수다 듣기도 싫소."

월매는 더 방자를 재촉도 안 하고 안으로 들어가더니 무슨 이야기통이 터지었는지 깔깔 웃는 소리가 들린다.

춘향은 문갑 속에 꼭꼭 싸두었던 간지 한 축을 꺼내어 그중에 가장 살 좋고 윤 있는 것 한 장을 골라놓고 벼루에 먼지를 입으로 훅훅 불고 연적에 물도 알맞추 떨어뜨려서 향기 좋은 해주먹을 갈고 또 갈고 진케 간 후에 순황모 무심필을 끝을 입으로 잠깐 씹어 풀어가지고 궁체 한글 글씨로 똑똑하게 정하게 노래 한 머리를 쓴다.

이 몸의 정렬함이 삼생에 뻗었으니

천상천하에 날 안달 님 없으련만

거처로 찾으시는 님을 막을 줄이 있으랴.

이렇게 노래를 다 써놓고는 몽룡의 편지를 다시 한 번 들어보고 그 끝에 이름 쓴 것을 모본하여, "단양일에 성춘향"이라 하고 이름을 써서 혹 만일 잘못된 데나 없나 글자나 빠지지 아니하였나, 글씨나 잘못된 데나 없나 하고 두서너 번을 내려 보더니 마음에 맞는 듯이 방그레 웃고는 종이를 착착 접어 봉투에 넣고 향단이 불러 밥풀 가지어오라 하여 꼭꼭 봉하고 겉봉에 진서로, "이 수재 몽룡 씨 전"이라고 쓴 후에 봉투 왼편 밑에 좀 작은 글씨로, "성생은 근함"이라 하고 써서 봉투도 두세 번 살펴보고 붓을 던지며, 지금 막 향단이 갖다준 술 한 사발을 먹고 나서 수염을 빠는 방자더러,

"옜다, 답장 가지고 가거라."

하며 편지를 내준다.

방자는 접시에 놓인 문어 조각을 한입에 틀어넣고 우물우물 씹어가며,

"얘, 무어라고 답장했니? 오늘 저녁에 오시라고 했니? 또 내가 사초롱 들고 네 집 걸음을 하게 되었구나. 그때에는 술값이나 좋이 주어야 된다."

"술은 눈에 비지가 꾸역꾸역 나오면서도 그래도 아직도 술이 부족하냐. 그저 술독에 빠지었으면 좋겠구나."

하고 춘향이 '오냐, 네 말대로 하마.' 하는 웃음을 웃어주는 것을 보고, 방자도 좋아라고,

"애야, 그 말 마라. 너 같은 아이에게는 도련님 같으신 서방님이 있고 도련님 같으신 서방님께는 너 같은 어여쁜 아가씨가 있어서 다 그렇고 그렇고 한 좋은 일도 많지마는 나 같은 놈이야 술이나 먹어야지 무슨 좋은 일이 있느냐. 술이나 취해서 엄벙덤벙하는 때가 내 세상이다."

하고 얼씬얼씬 춤을 추며,

"얼씨구나 절씨구……. 애, 너 도련님 수청 들어 귀히 되거든 이 불쌍한 오라범 술이나 잘 먹여다오……. 잘 있거라. 저녁에 또 보자."

하고 편지를 허리춤에 감추면서 중문 밖으로 뛰어나간다.

춘향이 무엇을 잊어버린 듯이 툇마루에 뛰어나서며,

"방자야, 아까는 잘못하였으니 용서합소사고."

하고 소리를 친다.

"오냐, 염려 마라."

하는 소리가 대문 밖에서 들어온다.

이때에 몽룡은 취하였던 술도 다 깨어버리고 방자가 가던 길만 먼히 바라보고 섰더니 거기에서 사람 하나만 번뜻 보이면,

"여봐라, 저것이 방자가 아니냐?"

하고 곁에 있는 하인더러 묻는다.

"아니올시다. 방자 놈은 키가 큽니다."

또 사람 하나가 번뜻 보이면,

"여봐라, 저것은 분명 방자다."

"아니올시다. 그것은 이리로 오는 사람이 아니라 저리로 가는 사람이올시다."

"이놈이 무엇을 하고 있단 말이냐. 정녕 길을 잃어버렸나 보다."

하고 몽룡은 애를 부득부득 쓴다.

"방자 놈이 술버릇이 좋지 못하오니 아마 어디서 술을 처먹고 주정을 하고 있나 보오."

하고 몽룡의 애를 태우는 대답만 한다.

이때에 방자의 충충거리고 오작교로 건너오는 양이 보인다.

방자가 오작교를 건너오는 것을 보고 몽룡이 벌떡 일어나며,

"여봐라, 저것은 분명 방자냐?"

한 사령 일부러 한참이나 물끄러미 바라보다가,

"네. 저것은 분명 방자인 듯하오."

몽룡이 안심한 듯이 다시 난간에 기대앉아, '휘유' 길게 한숨 쉬며,

"허, 그놈 남의 애를 다 태우는구나."

하고 얼마 있다가,

"여봐라, 저놈의 걸음걸이가 기운이 있는 모양이냐, 기운이 빠진 모양이냐?"

"하, 그리 기운이 빠진 모양은 아닌가 보오."

"기운이 빠지면 저놈의 걸음이 어떠하냐?"

"두 어깨가 축 처지고 대가리가 앞으로 숙습니다."

몽룡이 안심한 듯이 고개를 끄덕끄덕하며,

"어깨는 처지었는지 들렸는지 모르겠다마는 대가리는 분명히 뒤로 젖혀지었다."

방자가 광한루 가까이 와서는 더욱 활개를 치고 몸을 우쭐거리고 껑충껑충 뛰어오더니 몽룡이 앉은 난간 밑에 와서 허리를 굽실하고 옷소매로 이마의 땀을 씻으며 씨근벌떡 씨근벌떡 하는 소리로,

"도련님! 또 욕을 한 섬이나 얻어먹고 왔소."

몽룡은 조급한 듯이 난간 위로 허리를 굽혀 방자의 술 냄새 나는 얼굴을 내려다보며,

"욕만 먹고 왔어?"

하고 소리를 지른다.

"또 술도 한 사발 얻어먹었는데 아주 맛이 썩 좋습디다. 그놈을 한 사발 들이켰더니 지금 하늘이 돈닢만 하오. 어! 더워! 휘."

하고 옷고름을 끌러 옷자락으로 부채질을 하며 짓궂게,

"참 술맛 좋습디다."

"그래, 술 얻어먹고 그러고는 어쨌어?"

하고 몽룡은 심히 맘이 조급하였다.

"술 먹고는 안주 먹었지요. 문어 발 먹었지요. 그놈 질깁디다."

몽룡이 견디다 못하여,

"이놈아, 술 먹고 안주 먹고 그것뿐이야? 편지는 어찌했단 말이냐?"

방자 능청스럽게 놀라는 듯이 한번 껑충 뛰고 머리를 긁적긁적하며,

"아차, 술맛이 하도 좋길래 길 오면서 술 생각만 하느라고 도련님 편지는 미처 생각도 못 하였소……. 편지는 갖다주었지요."

"그래서?"

하고 몽룡의 기색이 좀 풀린다.

"춘향이가 읽어요."

"그러고는?"

"또 한 번 읽어요."

"그러고는?"

"또 읽던가 보던걸요."

"이놈아, 춘향 아씨가 편지를 읽고는 어떻게 하더냐 말이야……. 허, 그놈, 사람의 애를 식은 재가 되도록 다 태워버리고야 말려는구나."

"소인의 애는 얼마나 탔는데요?"

"그래, 편지를 읽고는?"

"자세히 말씀해요?"

"그래, 자세히 말해라."

방자 잊었던 것을 생각하는 모양으로 한참이나 고개를 기웃기웃하더니,

"춘향이가 도련님 편지를 읽고는, 아마 열일곱 번은 읽나 봅디다. 한참은 몇 번이나 읽나 보자 하고 세이다가 열댓까지 세이고는 구찮아서 말았소."

"아따, 이놈아, 그래 편지를 읽고는 어찌하더냐 말이야?"

하고 몽룡이 갑갑증이 나서 발로 마루를 한번 구른다.

방자는 놀라는 듯이 두려워하는 듯이 또 한 번 껑충 뛰며,

"네, 바로 아뢰오리다. 춘향이가 그 편지를 읽더니마는, 아마 열일곱 번이나 읽더니마는 두 뺨은 발그레 두 입술은 오물오물 두 눈은 사르르 숨소리는 쌔근쌔근하더니만 제 어미 월매를 보고 '답장 써요?' 하옵디다."

하고는 방자가 코웃음을 씩 웃는다. 몽룡도 참을 수 없이 빙그레 웃는다.

몽룡은 춘향이 그 어미더러, "답장 써요?" 하고 묻더란 말이 맘에 흡족하여 나오는 웃음을 참지 못하며,

"그래, 춘향 아가씨 어머니께서 무에라고 하시더냐?"

'무에라고 하시더냐?' 하고 경대를 하는 것이 하도 우스워서 방자 허허 웃으며,

"허허, 도련님, 어느새에 춘향 어미 월매를 장모 대접을 하시오? 참, 지레짐작도 유분수요. 콩밭에 가서 비지 찾고, 밥 짓기 전에 숭늉 찾고, 장가드시기 전에 아기 낳으시겠소."

몽룡도 어이없어 웃으며,

"이놈아, 재담 그만하고 어서 할 말만 하여라. 잎사귀, 가지 다 내버리고 줄거리로만 어서 아뢰어라."

"아따, 도련님도 무척 성급하시오. 아무리 빨리빨리 성화같이 아뢰기로 첫말이 나오고야 다음 말이 나오지요. 이런 때에는 소인의 입이 여남은 구녕은 되었으면 쓰겠소. 한꺼번에 여남은 마디씩 국수틀에 국수 나오듯이 쑥쑥 나왔으면 쓰겠소. 내 빨리빨리 아뢸게 도련님도 정신 차려서 귀 떨어진 말 한마디 빼놓지 말고 들으시오."

하고 방자는 광대가 갖은 타령 주워대듯 입을 나불나불 무슨 소린지 알지 못하게 지껄인다. 그중에서 몽룡이 알아들은 것은 월매가 몽룡의 시조를 한번 불렀다는 것뿐이다.

방자는 한참이나 제비 놀이하듯 지껄이더니 숨이 찬 듯이 길게 한번 한숨을 쉬고 나서 알아들을 수 있게,

"그러고는 이 편지를 써주시며, '아까는 잘못했습니다.'라고, 용서하십시사고."

하고 춘향의 소리를 흉내 내고는 허리춤에 넣었던 편지를 몽룡에게 준다.

몽룡은 편지를 받아 우선 피봉에 쓴 글씨를 보더니,

"여봐라, 편지는 왜 네 배때기에 넣고 오라더냐. 피봉에 땀이 묻었

구나."

하고는 피봉을 뗀다.

몽룡이 이윽히 춘향의 답장을 보더니, 탄복하는 듯이 고개를 끄덕끄덕 하고 무릎을 툭툭 치며,

"과연 내 배필이다!"

하고 좋아라 한다.

방자 고개를 번쩍 들고 몽룡이 보는 편지를 치어다보며,

"그게 무에라고 썼는데 그렇게 좋아하시오? 오늘 저녁에 오시라고 하였소? 어디 소인도 좀 들어봅시다그려."

"네까짓 놈이 들으면 알겠느냐? 그래도 한번 들려주랴?"

"어디 한번 들어나 봅시다."

"그래라. 네가 내 중매가 아니냐. 내 부를 것이니 네 들어보아라."

하고 손으로 무릎을 치며 읽기를 시작한다.

이 몸의 정렬함이 삼생에 뻗었으니
천상천하에 날 안달 님 없으련만
거처로 찾으시는 님을 막을 줄이 있으랴.

부르기를 마치고 또 한 번 무릎을 치며, 몽룡은 방자를 보고,

"어떠냐? 알아듣겠느냐?"

"알아듣기는 하였는데 도련님 무릎 너무 때리지 마시오. 오늘 저녁에 또 다리 아파서 춘향의 집에 못 가시리다."

몽룡은 한 번 더 춘향의 답장을 읽어보고 소매에 넣고 춘향이 그네 뛰

던 터를 바라보고 또 바라보고,

"여봐라."

"여이."

"나귀 내어라. 인제는 광한루에 일이 없으니 들어가리라."

방자 나귀를 끌어다가 몽룡 앞에 세우며,

"여기서 볼일은 다 보시었소?"

하고 빈정거린다.

광한루에서 돌아와서 몽룡은 날이 저물고 밤이 깊어 파루(罷漏) 소리 나기만 기다렸다.

상방에 아버지를 뵈오러갔으나 아버지도 눈에 잘 보이지 아니하고, 내아에 어머니를 뵈오러갔으나 어머니도 있는 둥 없는 둥, 저녁상을 받아도 밥과 국을 분간할 수가 없고, 글을 읽으려고 책 앞에 앉으면 글자 한 자가 두 자 되고 두 자가 한 자가 되며, 『대학』을 읽노라 하는 것이 "맹자견 양혜왕"도 쑥 나오고 『맹자』를 읽노라고 하는 것이 "관관저구 재하지주로다." 하고 『시전』의 것이 나오기도 한다. '내가 이게 웬일이야?' 하고 몽룡은 마음을 진정하려 하나 풍랑 일어나는 바다 모양으로 가슴속은 설레고 눈에 보이는 것이 오직 그네를 늘여 오르락내리락하는 춘향의 모양뿐이었다.

사랑

몽룡은 안절부절못하고 앉았다 일어났다 하며 이 책 저 책 공연히 책장만 벌꺽벌꺽 넘기며 『논어』에서 한 대문, 『맹자』에서 한 대문, 『주역』에서 한 대문, 이 모양으로 정신없이 읽어 그래도 상방에 늘리리 만큼 글소리를 끊이지 아니하니, 부사는 아들이 쉬지 않고 글 읽는 것이 마음에 흡족하여 윗목에 앉아 있는 낭청더러,

"여보 낭청, 어린것이 기특하지 않소? 저렇게 불철주야하고 글을 읽으니 저도 적어도 내 걸음은 하겠지?"

낭청은 오늘 부사를 따라 조종산성에 놀이를 나갔던 까닭에 늙고 병약한 몸이라 식곤증이 나서 졸고 앉았다가 부사의 소리에 번쩍 깨며, 그러나 부사의 말은 다 듣지 못 하였으므로,

"내가 늙었지마는 걸음이야 사또를 못 따라가겠소? 그만 것을 그리 기특하다고 할 것도 없지요."

하고 생딴전을 친다.

부사는 어이가 없어,

"누가 낭청더러 기특하다오? 우리 몽룡이가 기특하단 말이지."

하고 혀를 끌끌 찬다.

낭청은 송구하여 바로 앉으며 눈을 크게 뜨고,

"예, 자제 말씀이시오? 자제야 말씀하실 것도 없지요."

부사는 맘에 기뻐서,

"재주가 그만하여 공부를 그만치 하여 소년등과는 염려 없을까 보오."

낭청은 과연 자기도 그렇게 생각하였다는 듯이 몸을 뒤로 젖히고 어성을 높이며,

"소년등과 하다 뿐이오? 자제로 말하오면 이마와 코가 좋지요. 그렇게 나고야 소년등과 하고 청백리 되고 명재상 안 되는 법이 없지요."

하고 칭찬하는 말에 부사는 더할 수 없이 마음이 흡족하여 반쯤 몸을 일으켜 비스듬히 안석에 기대어 앉으며,

"허, 낭청 과연 지인지감이 있는걸. 상도 볼 줄 아는구려."

"『마의상서』 권이나 보았지요."

하고 낭청은 겸양한다.

"여봐라!"

하고 부사는 통인을 불러,

"술 한 상 차려 올려라."

하고 분부를 내리더니,

"여보, 식후에 술을 먹는 것이 좋지 않지요?"

하고 낭청에게 묻는다.

"모르는 사람은 식후에 먹는 술이 좋지 않다고 하지요마는 아는 사람

은 식후 술이 좋다고 하지요. 식후 술은 식독을 친다고 하지요."
하고 낭청은 나오려던 술이 도로 들어갈 것이 무서워 식후 술이 좋은 것을 말한즉 부사는 의아한 듯이,

"여보, 식독이라 하니 밥에 무슨 독이 있단 말이오?"

"밥에 독이 있지요. 더구나 준민고혈하여 백성의 피를 빨아먹는 밥에는 무서운 독이 있다고 하지요."

부사 적이 불쾌한 빛을 보이며,

"그렇기로 내 밥에야 독이 있을 리가 있소?"
하고 낭청을 노려본다.

낭청은 시치미 뚝 떼고 몇 개 안 되는 아랫수염을 쓰다듬어가며,

"사또께서 잡수시는 진지에도 과히 독이 없다고는 할 수 없지요."

이 말에 부사 화를 내며,

"여보, 그게 무슨 말이란 말이오? 그러면 내가 준민고혈하는 탐관오리란 말이오? 어허, 괴이한 말을 다 듣겠군."
하고 고개를 돌린다.

"사또께서 탐관오리까지야 되겠소마는 저번 통진 논 두 섬지기와 파주 논 석 섬지기 사신 것은 잘못이지요. 그 돈이 어디서 난지는 모르되 백성들이 알 양이면 좋게 생각할 리는 없지요."

낭청의 말에 부사가 맘이 확 풀려 껄껄 웃으며,

"어, 과연 낭청의 말이 옳소. 내 생일에 선물 받은 것으로 그것을 샀소마는 낭청의 말을 들으니 어심에 부끄럽소. 내 곧 그것을 팔아다가 관고에 붙이려오."
하고 심히 흡족하여,

"여봐라, 술 올려라."

하고 술을 재촉한다.

낭청도 하마터면 못 얻어먹을 뻔하다가 술을 먹게 된 것이 기쁘지마는 그 빛은 보이지 아니하고 더욱이 충성을 보이느라고,

"주마가편이란 말이 있지 아니하오니까."

"어, 그렇지요."

"사또께서 목민지관이 되시었으니 날마다 세 번 살피시어 할 것이요, 또 자제도 더욱 몸을 삼가고 공부를 힘쓰도록 매양 훈계를 하시어야 하지요."

"어, 그렇지요. 과연 낭청의 말이 절절 탄복할 만하오."

하고 부사는 누웠다 일어나며,

"여봐라!"

하고 통인을 불러 문갑 속에서 초 두 자루를 내어 통인에게 주며,

"너, 이것 갖다가 책방 도련님께 드리고 오늘 밤 이 초 두 자루가 다 닳도록 글을 읽으시되 글 소리가 상방에 들리도록 읽으시라고 하여라."

"여이."

하고 통인이 나간 뒤에 부사는 다시 베개에 누우며,

"여보, 몽룡이도 벌써 열여섯 살이나 되었으니 이제는 장가를 들일 생각도 하여야 안 되겠소?"

"그도 그러하옵지요마는 사나이가 색을 알게 되면 공부는 못 하는 것이라고 하지요."

"과연 낭청 말이 옳소. 나도 곧잘 공부를 하다가 열일곱 살에 처음 기생 오입 맛을 보고는 그만 미치어서 공부도 다 덮어놓고 선친께서 잠만

드시면 살짝 빠지어나가서 기생집에서 밤을 새우고 들어오니 무슨 공부할 정신이 있었겠소? 허허허, 그래서 과거가 늦었지요. 나도 재주가 남만 하고 문벌이 남만 하여, 그렇지만 아니하였더면 소년등과 하여 벌써 벼슬이 삼공에는 못 미치더라도 판서깨는 하였을 것을 지금 망륙지년에 겨우 일개 부사로 있으니 가탄이지요."
하고 부사는 후회하는 빛을 보인다.

낭청도 입맛을 쩍쩍 다시며,

"다 팔자지요. 사또는 기생 오입이나 하다가 과거가 늦으시었거니와 나는 기생은커녕 색주가한테 술 한잔 사먹지 못 하고도 칠십을 바라보아 머리가 허연 것이 사또를 따라다니며 책방 윗목에서 종이노나 꼬고 있으니 내 신세가 더 딱하지요."
하고 휘유, 한숨을 진다.

술상이 들어온다.

"아따 낭청, 술이나 자시오. 우리네는 인제 늙었으니 아이들 자라나는 것이나 낙으로 삼지요."

낭청 술을 받아 쭉 들이켜고 윗수염에 묻은 것까지 쪽쪽 빨아들인 뒤에,

"사또는 좋은 자제나 두시었으니 낙도 되시려니와, 나같이 아들놈은 낳는 대로 난봉이요, 손자놈 하나도 남만 못한 병신을 둔 사람이야 낙이 무슨 낙이오니까."

"하기는 나도 저만 나이 적에 기생 오입도 하였지마는 몽룡이야 설마 그렇겠소?"
하고 혼자 웃는다.

낭청은 그렇다는 뜻인지 안 그렇다는 뜻인지 고개를 끄덕끄덕하며,

"허기야 자제야 설마."

그리하고 지금까지 점잔 빼던 태도는 다 없어지고 뼈만 남은 두 어깨가 축 처진다.

몽룡은 하도 글을 읽기는 싫고 춘향의 모양만 눈에 알른거려 읽던 책 위에다가 아까 광한루에서 받은 춘향의 글을 펴놓고 보고 또 보고 외우고 또 외우고, 그래도 시원치 아니하여 마침내 종이를 내놓고 춘향의 글씨를 그리기를 시작하여 마지막 "성춘향"이라는 '춘' 자를 그리느라고 열이 났을 때에 방자가,

"도련님! 큰일 났소!"

하고 창밖에서 부른다.

"오냐, 큰일이 무슨 큰일이냐. 파루 소리가 났느냐, 상방에 불을 물렸느냐?"

하고 몽룡이 창을 여니 방자는 초 두 자루를 내밀면서 퉁명스럽게,

"파루가 다 무엇이오? 아직 초경도 안 되었소. 상방에 불을 물리기는 커녕 사또께서는 이 초 두 자루가 다 닳도록 도련님 글 읽으시는 소리를 들으시고야 불을 물리시거나 말거나 하신다오."

몽룡은 초를 받아 방바닥에 홱 내던지며,

"이놈아, 누가 널더러 이것 가지고 오라든? 늙은이가 참견도 퍽도 하네."

하고 화를 낸다.

"아따, 그렇게 화를 내실 것이 무엇이오?"

하고 방자가 빈정거린다.

"어찌해 화가 안 난단 말이냐. 이 초 두 자루를 다 태이려면 노루 꼬리

만 한 여름밤이 다 새지 않겠느냐."
하고 두통이나 나는 듯이 몽룡은 두 손으로 이마를 고이고 고개를 숙인다. 그것을 보고 방자는 혼잣말 모양으로,

"멀었소."

몽룡이 고개를 번쩍 들며,

"무엇이 멀어?"

"도련님 아직 기생 오입하기 멀었단 말이오."

"왜?"

"그렇게 서서 똥 누게 꼿꼿해가지고 시하에 계신 미장가 도련님이 기생 오입을 어찌한단 말이오?"
하고 방자는 돌아서면서 조롱하는 듯이 픽 웃는다.

방자의 말을 듣고 생각하니 과연 그렇다. 아버지를 속이기 전에는 춘향의 집에 갈 도리가 없을 것이나.

"얘, 그러면 어찌하면 좋으냐. 좀 가르치어다오."
하고 몽룡은 몸을 문지방에 기대고 방자를 가까이 오라고 손짓을 한다.

방자는 짐짓 못 들은 체하고 하늘만 바라보며,

"내일은 비가 오겠는걸."
하고 딴전을 친다.

몽룡은 좀 소리를 높여,

"여봐라!"
하고 부른즉 방자는 껑충 뛰며,

"여이."
하고 소리를 지른다.

"이놈아, 왜 그리 소리를 질러? 이리 오너라. 눈치 없는 놈 같으니."

방자 가까이 가며,

"버릇이 되어서, '여봐라.' 소리만 들으면 그렇게 큰 소리가 저절로 나가는구려."

"얘, 어찌하면 좋으냐?"

하고 몽룡이 답답하여 묻는다.

"그것 힘 안 드는 일이오. 도련님께서 사또 분부를 반만치라도 들으실 생각이 있으시면 그 초 두 개를 한꺼번에 켜놓고 글을 읽으시어도 좋고, 그렇지 않고 사또 분부는 잠깐 집어치우고 어서 춘향이 집에만 가고 싶으시거든 사또께서 초저녁 잠 드시기를 기다려서 그 초 두 자루를 소매에 넣고 춘향이 집에 가시어서 춘향의 방에다 턱 켜놓고 밤이 새도록 노시면 안 좋소. 내일 아침에 다 닳은 초 밑동 둘만 가지고 들어가서 사또 보시게 하면 그만 아니오?"

방자의 말을 듣고 보니 그럴 듯하나 자식 된 도리에 어버이를 속이는 것이 죄스러워,

"얘, 부모를 속이는 것이 죄가 안 될까?"

"죄다 뿐이겠소?"

"그러면 네가 날더러 불효의 죄를 지으란 말이로구나."

"그러길래 소인이 아뢰었지요. 아예 광한루에 나가시지도 말고 춘향을 보실 생각도 마시라고."

"하지마는 춘향을 안 보고는 못 배기겠구나."

"그러시거든 오늘 밤에는 저 초 두 자루가 다 닳도록 공부를 하시어서 내일 하실 효도까지 오늘 밤에 다 해놓으시고 내일 밤에 춘향을 찾아가시

구려."

몽룡이 이윽히 생각하여보더니,

"얘, 그럴 게 아니다. 어떻게 내일까지 참는단 말이냐. 오늘 밤에는 부명을 거역하고라도 춘향을 찾아가고 내일 네 말대로 이틀 효도를 한꺼번에 해버리련다."

방자 킥 웃으며,

"그것도 좋소. 도련님같이 글공부를 잘하시면 그런 묘책도 나나 보오."

몽룡은 그렇게 결심을 하여놓고 책상 앞에 앉아서 글을 두어 대문 읽다가,

"여봐라!"

"여이."

"상방에 불 물렸나 보아라."

"초저녁에 불은 무슨 불을 눌려요?"

몽룡은 『서전』을 펴놓고 또 두어 대문 읽다가,

"여봐라!"

"여이."

"얘, 너 상방에 가서 사또 주무시나 엿보고 오너라."

방자 상방에 갔다 오더니,

"사또께서 낭청 나리하고 약주 잡수십디다."

몽룡은 이번에는 『시전』을 펴놓고 또 두어 장 읽다가,

"여봐라."

"여이."

"상방에 가서 사또 주무시나 보아라."

"금시 이야기하시던 어른이 금시에 어떻게 주무시오?"
하고 방자 역정을 낸다.

"여봐라."

"여이."

"어떻게 사또를 주무시게 할 수가 없느냐?"

"낭청 나리 때문에 좀처럼 못 주무시겠습디다. 사또께서 잠이 드실 만하면 이야기를 꺼내고 또 잠이 드실 만하면 이야기를 꺼내는 모양이니 아마 파루 치기 전에는 주무실까 싶지 아니합디다."

"여봐라."

"여이."

"얘, 파루 치는 놈을 술을 한잔 먹이고 지금 곧 치라고 하려무나! 얘, 내가 마음이 졸여서 감수하겠구나."

방자 어이없어 껄껄 웃으며,

"내 어디 상방에 가보고 오리다. 약주를 잡수시었으니 노인들이라 금시에 곯아떨어지었는지도 모르지요."
하고 사뿐사뿐 동헌으로 간다.

이윽고 방자 돌아오더니,

"되었소, 되었소!"
하고 소리를 지른다.

도련님 좋아라고,

"주무시더냐?"

"곯아떨어지었습니다. 사또께서는 코를 고시고 낭청 나리는 잠꼬대를 하시니 이 일이 안 되고 무엇이 되었소."

하고 떠든다.

"이놈아, 떠들지 말아라. 모처럼 곤하게 드신 잠 깨실라. 늙은이들이 잠귀가 밝아서 자면서도 듣느니라."

"어림도 없소. 묶어가도 모르겠습디다. 자! 가시려거든 어서어서 나서시오. 다른 사람 자는 것을 보니 내가 졸려서 못 견디겠소."

몽룡은 남편 잠든 새에 도망하는 여편네 모양으로 소리도 안 나게, 그러고도 빠르게 옷을 주섬주섬 주워 입고 나선다.

"자! 가자! 문소리 내지 말고 살그머니 나가자."

삼문 밖에 나서서 방자는 사초롱에 불 켜 들고 앞서고 몽룡은 뒤를 따라 나가니 뒤에서 무엇이 따라와서 뒷덜미를 짚는 듯하여서 몽룡은 공연히 발이 이리 놓이고 저리 놓이어 두어 번이나 방자의 신 뒤축을 밟는다. 방자 웃고 고개를 돌리며,

"노련님, 웬일이오. 풍이 동하시었소? 왜 발이 제 길을 못 찾소?"

"얘, 상방에 들릴라."

"상방은 왜, 상방에 발이 달려서 따라옵디까. 상방은 벌써 여기서 십 리나 되오."

그제야 몽룡이 마음을 놓고 걸음을 헌거로이 걸으며,

"얘, 너도 아버지 있느냐?"

"소인도 아비가 있길래 났겠지요마는, 아비가 퍽 성미가 급했던지 소인이 배 속에 있을 때에 벌써 소인의 아비는 땅속으로 들어갔다 하오."

"그러면 네가 유복자로다. 잘되었다. 나도 유복자나 되었다면 좋겠다."

초승달은 벌써 넘어간 지 오래고 천지는 깜깜한데 수없는 별만 졸리는 듯이 깜박깜박하고 부중 민가에서도 거의 다 불을 끄고 여기저기 한두 집

등잔불이 반짝반짝하는 것은 앓는 사람이나 있는 집인가, 오래 그리워하던 사람이 만나서 밤 깊은 줄도 모르고 끝없는 정담이나 하는 집인가, 또는 일이 뜻같이 아니 되어 밝는 아침에는 서로 동서로 갈릴 사람들이 차마 이별의 회포를 이기지 못하여 서로 붙들고 서로 맥맥히 바라보며 눈물을 흘리는 집인가. 이러한 생각을 할 때에 어디 여자의 느껴 우는 소리가 들려온다. 몽룡은 문득 비감한 생각이 나서,

"얘."

하고 방자를 불렀다.

"왜 그러시오?"

"웬일인지 내 마음이 비감하여지는구나."

"너무 기쁘면 슬퍼도 집니다. 기쁨과 설움은 쌍둥이라 하고 웃음과 눈물은 오누이라 하오."

"과연 그런가 보다. 사람이란 나면 늙고, 늙으면 죽되, 늙으면 다시 젊을 수가 없고, 한번 죽으면 다시 살아날 수가 없구나. 인생 백 년이 하루살이 같지 아니하냐. 만나면 떠나고 다시 만나기 어려우니 인생 백 년에 기쁠 날이 없는 모양이다."

"도련님, 왜 그렇게 흉한 소리를 하시오? 동방화촉야에 절대가인을 만나 백년해로하시기를 언약하니 인생이 여기서 더 기쁜 일이 없거든 왜 그런 슬픈 생각을 하시오. 나 같으면 이따가 죽어도 눈물 한 방울 안 나오겠소. 슬픈 것, 괴로운 것, 모든 좋지 못한 것은 이 팔자 사나운 방자 놈이 도매로 다 맡아올 것이니 도련님은 기쁜 생각만 하고 거드럭거리고 잘 노시오."

하고 방자 얼신얼신 춤을 추며 노랫가락으로,

"이날이 어떤 날이냐. 도련님께서 동방화촉야에 고운 님 만나시는 날이로구나. 인생이 몇 날이리. 초로 같은 인생일진대 풀잎에 이슬방울이 지기 전에 맘대로 놀 것이 아니냐. 얼씨구절씨구 지화자 좋을씨구."

"얘, 남 볼라."

"보면 어떠오?"

"고맙다."

"무엇이 고마워요?"

"네가 나를 그렇게 생각해주니 고맙단 말이다."

"고마울 것 있소? 나도 내 멋에 그러지요."

"거진 다 왔니?"

"이 천변 끼고 내려가서 배다리만 건너면 고대요."

천변을 끼고 내려가서 배다리를 건너 늙은 향나무를 지나니 어디서 개가 콩콩 짖는다.

방자 몽룡을 돌아보며,

"춘향이 집 청삽사리요."

하고 웃는다.

"선방(仙尨)이로구나. 개도 나 오는 줄을 아나 보구나."

"개야 무얼 알겠소? 아무나 와도 짖지."

마침내 춘향 문전에 다다라 방자가 우뚝 섰다. 안은 고요하고 불빛조차 없다. 등불 빛에 '국태'라, '민안'이라 하고 대문에 써 붙인 '입춘'이 보이고, '계마문전류(繫馬門前柳)'라고 대문 기둥에 써 붙인 것도 보인다. 과연 문전에는 애버들 한 그루가 섰다.

몽룡은 마음에 가득하여,

"왜 섰느냐?"

하고 얼빠진 듯이 섰는 방자더러 묻는다.

"그러면 앉아요?"

하고 방자 퉁명을 부린다.

"어떻게 들어가게 해주어야지."

"들어갈 줄도 모르시오? 집에 들어갈 때에는 대문으로 들어가는 법이니 대문으로 들어가시오구려."

몽룡이 손수 대문을 밀어보니 꼭 닫혀서 삐걱 소리도 안 난다.

"얘, 대문이 걸렸구나."

"지금 한밤중에 대문 안 걸린 집이 객사 동대청 말고야 어디 있어요?"

"그러면 어찌하면 좋으냐?"

"대문을 열라시거나 그럴 뱃심도 없으시거든 저 담을 넘어가시구려. 넘어가신다면 나도 거들어는 드리리다."

"얘, 담이야 어떻게 넘느냐. 네가 문을 좀 열게 하려무나."

이렇게 사람들이 두런거리는 소리에 개는 더욱 콩콩콩콩 짖는다.

"문까지 날더러 열어달라시니 이따가는 춘향이 옷까지 날더러 벗겨달라겠구려."

방자의 말은 차차 버릇이 없어진다.

"얘, 춘향의 옷일랑 내가 벗길게. 너는 문이나 열어다오. 애먹이지 말고."

방자가 등을 번쩍 높이 들더니 솥뚜껑 같은 발을 들어 대문을 쾅쾅 차며,

"문 열어라! 춘향아, 문 열어라!"

하고 모가지에 시퍼런 핏줄이 솟도록 소리를 지르니 대문은 부서질 듯이 소리를 내고, 동넷집 개들까지 일시에 짖는다.

몽룡이 민망하여 눈살을 찌푸리며,

"이놈아, 그다지 야단을 할 것이야 무엇이냐. 가만가만 부를 게지."

"가만가만히 부르면 잠든 사람이 듣소?"

하고 또 한 번 아까보다도 더 힘 있게 대문을 차며,

"춘향아, 문 열어라!"

하고 소리를 지른다.

고요하던 집 안에 인적이 나고 불이 켜지더니,

"이 개!"

하고 짖는 개를 꾸짖으며 신 끄는 소리가 나고 중문 열리는 소리가 나고 대문간으로 오더니 대문 빗장을 손으로 잡기만 하고 열지는 아니하면서,

"거 누구야? 누가 이 아닌 밤중에 호기스럽게 '문 열어라.' 하고 남의 집을 헐려 들어?"

분명 월매의 소린 줄은 방자는 안다.

"쉬! 어서 문 열어라."

"쉬라니, 걘는 누군데 누구더러 쉬래!"

방자는 웃음을 참으면서, 또 한 번,

"쉬!"

"또 쉬야! 쉬라니! 어디 구렁이가 나왔단 말이냐. 어린 애기 오줌을 누인단 말이냐. 누구라고 말은 안 하고 쉬가 무슨 쉬야?"

하고 가장 분이나 난 듯이 떨컥하며 빗장을 열더니 방자가 섰는 것을 보고,

"이 녀석, 네더냐. 못된 녀석 같으니. 내 집에 왔거든 '아주머니, 문 열어줍시오.' 하는 것이 아니라 '문 열어라.'는 무엇이며 '쉬'는 다 무엇이냐."

"쉬! 나보다 높으신 양반이 오시었소."

월매 놀라는 듯이 소리를 낮추며,

"너보다 높으신 양반이라니 누구시란 말이냐?"

"우리 도야지놈하고 애꾸눈이 마누라밖에야 조선 팔도에 두 발 달린 사람치고 나보다 안 높은 사람이 어디 있겠소마는 정말 대단히 높으신 양반이 오시었소. 책방 도련님 행차시오!"

책방 도련님이란 말에 월매 깜짝 놀라는 듯이 고개를 내밀어보니 아무도 없다.

"이 녀석 거짓말이다. 어디 계시냐?"

방자도 뒤를 돌아보니 계셔야만 할 도련님이 간 곳이 없다.

도련님이 간 곳이 없음을 보고 방자도 놀라는 듯이 눈이 둥그레지며,

"문을 열라면 열 게지, 공연히 늙은이가 물색없이 불공한 입을 놀려서 도련님께서 노여우시어서 돌아가시었소. 이 일을 어찌한단 말이오. 나는 모르우, 나는 모르우."

하며 어슬렁어슬렁 돌아나간다.

월매 바짓바람으로 대문 밖으로 뛰어나오며,

"얘, 방자야, 이 일을 어찌한단 말이냐. 늙은 것이 물색없어서 그랬으니 네가 어서 따라가서 모시고 오너라. 애고, 내 일이야. 들어오는 복을 내 주둥아리로 거슬러버렸구나."

하고 쩔쩔매고 돌아갈 때에 몽룡이 담 모퉁이에서 썩 나서며,

"날세, 아니 가고 여기 있네."

월매 잠깐 몽룡에게 허리를 굽히고 어두운 그늘로 피하여 서며,

"에그, 이를 어찌하나. 치마도 안 입었는데. 도련님께서 행차하시는 줄을 미리 분부나 계시어 알았더라면 이럴 리는 없을 것을. 애고, 이를 어찌하나."

몽룡이 대문 앞으로 가까이 오며,

"늙은이가 아무러기로 상관있나. 내가 도리어 미안하이."

월매 안으로 뛰어들어가며,

"아가, 향단아, 아니다 아가! 자느냐. 일어나거라. 책방 도련님이 너를 보시려고 행차하시었다. 향단아? 향단아! 일어나 불 피워라. 아니다, 불 켜고 불 피워라. 애고, 이 일을 어찌하나. 어찌하면 도련님도 오신다는 선문도 없이 이렇게 오신담. 자, 도련님, 어서 들어오시오. 이리로 들어오시오. 아차, 내가 아직도 지마를 아니 입고 발광을 하네."

하고 월매는 안으로 뛰어들어가고 춘향이 중문까지 나와 몽룡을 맞으며,

"이리 들어오십시오."

하고 고개를 숙일 때에 방자, 곁에 있다가 초롱을 들어 춘향의 얼굴을 비추고 한 번은 몽룡의 얼굴을 비춘다.

몽룡은 춘향의 수그린 얼굴을 초롱불에 번뜻 보고 공연히 낯을 붉히면서,

"내가 오늘 밤에 찾아올 줄 몰랐더냐?"

하고 춘향에게 말을 붙인다.

춘향이 고개를 잠깐 들어 몽룡을 보며 수삽한 태도로,

"오실 줄은 알았사오나 밤이 깊도록 아니 오시기로 내일이나 오시나

하였습니다."

하고 또 고개를 숙이며,

"들어오십시오."

한다.

몽룡은 어서어서 말 한마디라도 더 붙이고 싶고 춘향의 말소리를 한마디라도 더 듣고 싶어서,

"네가 앞서라."

"도련님 먼저 들어가시오."

"매사는 간주인이라니 주인이 앞서라."

"매사는 간주인이라니 주인 하라는 대로 합시오."

방자 옆으로 돌아서며,

"이러다가는 중문간에서 밤을 새우시겠소."

하고 웃는다.

마침내 몽룡이 앞서고 춘향이 뒤를 따라 화계 앞을 지나 향나무 밑을 지나 '부용당(芙蓉堂)'이라고 액자를 붙인 춘향의 방 마루에 올랐다.

몽룡이 잠깐 마루에 섰는 동안에 춘향은 먼저 방에 들어가 자리를 바르고,

"누추하오나 이리 들어옵시오."

하고 몽룡을 청하여 들인다.

몽룡은 꿈인가 의심하며 춘향이 시키는 대로 방에 들어가 춘향이 시키는 대로 아랫목에 앉고, 춘향은 금시에 밖으로 나가려는 듯이, 마치 어른한테 걱정 들으러 들어온 어린아이 모양으로 문 밑에 고개를 숙이고 앉았다. 그렇게 앉은 모양도 좋다.

몽룡은 무슨 말을 어떻게 할는지 몰라 공연히 무릎만 들었다 놓았다 하다가 마침내 용기를 내어,

"왜 거기 그렇게 앉았느냐?"

춘향이 잠깐 눈을 들어 몽룡을 바라보며,

"여기도 좋습니다."

하고는 또 여전히 고개를 숙인다. 몽룡은 또 한참이나 무릎을 들었다 놓았다 하고 방 안도 휘휘 둘러 살피다가 또 한 번 기운을 내어,

"이리 좀 가까이 와 앉으려무나."

춘향은 또 잠깐 눈을 들어 몽룡을 보며,

"여기도 좋습니다."

방자 문 밖에서 이 광경을 엿보다가 갑갑한 듯이 혼잣말로,

"허, 모두 타락(駝酪) 송아지들이로구나."

하고 어디로 가버린다.

아무리 하여도 춘향과 말이 어울리지 아니하여 몽룡은 갑갑증이 났다. 그러나 그대로 있을 수 없어 또 한 번 기운을 내어,

"나이 몇 살이냐?"

하고 물었다.

"열여섯 살이오."

"허, 나와 동갑이로구나. 생일은 언제냐?"

"삼월 초하룻날이오."

"참 신통도 하다. 생일까지 같구나. 어느 시에 났느냐?"

"유시요."

"네가 유시에 났으면 나보다 한나절 떨어지어 났구나, 나는 인시다. 참

신통도 하다. 시간까지 같았더라면 너와 나와 사주 동갑 될 뻔하였구나."

그러고는 또 말문이 막혀버렸다.

몽룡은 사벽에 붙인 그림도 보고, 장지에 바른 글씨도 보고, 세간도 보고, 문갑 위에 쌓인 책과 문방제구도 보고, 윗목 구석에 세운 거문고도 보고, 장판도 보고, 깔고 앉은 보료도 만지어보고, 벽에 걸린 춘향의 치맛자락도 만지어보고, 그러고는 또 춘향의 소곳하고 앉았는 양을 보고, 이리하기를 몇 번이나 되풀이를 하여도 말문이 열리지를 아니하여 겁겁증이 나려 할 때에 알맞추 월매가 향단에게 술상을 들리고 나온다.

월매 술상을 앞에 놓고 웃어가며,

"도련님, 이렇게 내 집에 오시기 참으로 의외요. 안주는 없으나 약주나 한잔 잡수시고 가시오."

하고 춘향을 보며,

"아가, 도련님이 너 글 잘한다고 소문 들으시고 널 보시러 이렇게 찾아오시었는데 왜 그러고 앉았느냐. 에그, 이를 어찌해. 담배도 아직 안 붙이어드렸구나."

하고는 다시 몽룡을 향하여,

"도련님, 노여워 마시오. 이 애가 아직 나이가 어리고 또 집구석에서 열인(閱人) 못 하고 자라나서 이렇게 수줍어 그래요."

하고는 다시 춘향을 향하여,

"아가, 도련님 약주나 따라드리려무나."

하고 술 주전자를 춘향의 앞으로 밀어놓는다.

춘향이 마지못하여 돌아앉으며 주전자를 들어 잔에 술을 가득히 부어 두 손으로 몽룡을 주며,

"약주 잡수세요."

하고 낯을 붉힌다.

몽룡이 춘향의 손에서 술잔을 받아 마시지 아니하고 상 위에 놓으며,

"술을 먹기 전에 내가 한마디 할 말이 있네. 그 말을 들어주면 내가 이 술을 먹겠지만 그 말을 안 들어주면 이 술을 먹을 수가 없네."

월매는 웬 영문을 모르고 잠깐 놀라는 듯이,

"무슨 말씀이신데 이렇게 허두가 대단하시오?"

하고는 다시 상긋 웃는다.

몽룡은 하도 가슴이 설레어 잘 두서도 차리지 못하고,

"다른 말이 아니라 춘향을 나를 주게."

월매 깔깔 웃으며,

"에그, 도련님도 우스운 말씀도 하시오. 춘향은 내가 약낭에 넣어두었단 말이오? 벽상에 감추어두었단 말이오? 여기 앉았는 춘향을 누구더러 달라시오?"

"아닐세. 그런 것이 아니라 춘향과 나와 인연을 맺어 백년해로하게 하여달란 말일세. 내가 춘향을 보니 나와 천정배필이니, 안 보았으면 모르거니와 이렇게 보고는 놓고 갈 수 없네. 춘향을 내게 허락하소!"

월매 문득 시무룩하여지며,

"도련님은 그런 말씀일랑 마시오. 그것은 할 수 없소."

하고 몽룡의 청을 뚝 잡아뗀다.

몽룡이 언성을 높이며,

"어찌하여 못 한단 말인가?"

월매 길게 한숨지며,

"말씀하지요. 못 할 연유를 말씀하지요. 이 애가 비록 월매의 딸로 태어났으나 근본은 양반이오. 회동 성 참판 영감이 보의로 남원에 좌정하여 나를 수청을 들이시었다가 몇 달 만에 이조참판으로 승차하여 내직으로 들어가실 적에 날더러 가자고 하시는 것을 노모가 계신 고로 못 가고, 이별한 그달부터 잉태하여 이 애를 낳았는데 그 연유로 영감께 고목하였더니, 젖줄 떼는 대로 이 애를 데려가마 하시더니 운수불길하여 영감께서 그해 겨울에 이별하시니 하릴없이 이 애를 내가 기를 제 금이야 옥이야 중문 밖에도 안 내놓고 꼭 글공부만 시켰지요. 이 애도 근본이 양반의 씨라 재주로나 행실로나 어느 대가 댁 아가씨한테 밀리지 아니하지요. 이렇게 힘써 애써 고이고이 기른 딸을 양반 집에 주자 하니 내 지체가 부족하고 상사람을 주자 하니 내 딸이 아깝구려. 그렇다고 남의 첩으로나 주기는 죽어도 싫고, 이리하여 상하사불급으로 혼기만 늦어가니 낸들 아니 걱정이오? 도련님은 명문의 귀공자로 춘절 나비 꽃 본 듯이 일시는 이 애를 사랑하시나 사또께서 내직으로 승차하시와 올라가시는 날이면 도련님도 따라가실 것이니 그때에 이 애를 생각이나 하시겠소? 그리되면 옥 같은 내 딸은 생과부가 되어 송죽 같은 그 절개로 개가할 리 바이없고 일생에 독숙공방 눈물로만 지낼 터이니 그 아니 딱하고 못 할 일이오? 그러니 도련님은 그런 말씀 아예 마시고 약주나 잡수시고 놀다가는 가시오."

하고 칼로 베는 듯이 잡아떼인다.

월매의 말은 도리어 몽룡의 마음을 끌었다.

"알아들었네. 그러면 이리하게. 춘향도 미혼 전 처녀요, 나도 미장가 전 총각이니 우리 둘이 혼인하세. 부모 허락 안 계시니 육례는 못 이루거니와 대장부 한번 말하면 변할 리 만무하니 내 맹세함세. 평생에 춘향이를 백년해로할 아내 삼기로 맹세함세. 불충불효하기 전에야 하늘이 무너진들 그 맹세 저버릴 내 아니로세."

몽룡의 말에 월매 솔깃하여 춘향을 보며,

"아가, 도련님 말씀 너도 들었으니 네 뜻에는 어떠하냐?"

하고 묻는다. 춘향은 더욱 고개를 숙일 뿐이요, 말이 없다.

월매 싱그레 웃으며,

"말 없으면 좋다는 뜻으로 본다."

하고 몽룡을 보며,

"도련님께서 진실로 그러시면 나도 허락하지요."

하고 잠깐 쉬어서,

"그렇지만 육례도 못 이루니 혼서예장 겸 사주단자 겸 필적이나 한 장 써주시오."

하고 지필을 끌어당기어 몽룡의 앞에 놓는다.

몽룡은 서슴지 않고 붓을 들어 백릉운화간지에 글씨도 뚜렷하게,

천장지구(天長地久)

해고석란(瀣枯石爛)

천지신명(天地神明)

공증차맹(共證此盟)

상지 삼년 오월 오일(上之三年五月五日)

이라고 썼다.

월매 그 종이를 들어 춘향을 주며,

"아가, 도련님 쓰신 것 보아라. 내야 진서를 아느냐."

춘향은 몽룡이 쓴 때에 벌써 보았다.

"에그, 어머니도."

하고 종이를 손으로 밀친다.

월매는 그 종이를 꼭꼭 접어 허리춤에 넣고,

"자, 도련님, 인제는 내 사위요. 약주나 잡수오."

하고 춘향을 향하여,

"아가, 이 술은 식었으니 딴 잔에 부어라."

춘향이 다른 잔에 술을 부어 두 손으로 몽룡을 권하니 몽룡이 그 잔 받아 들고 월매를 권하며,

"내가 먼저 받을 수 있소? 장모 먼저 받으오."

월매 선뜻 그 잔을 받으며,

"새 사위가 권하는 잔을 안 받을 수가 있나. 그러면 내가 먼저 먹소."

하고 무심코 한 모금을 마시더니 잔을 입에서 떼어 손에 들고 비창한 빛을 보이며 치마끈으로 눈물을 씻는다.

몽룡이 놀래어,

"장모, 웬일인가?"

월매 술을 엎지를까 보아 잔을 상 위에 놓으며,

"이런 좋은 날을 당하니 돌아가신 영감 생각이 나는구려. 영감이 생존하시어서 이날을 보시었더면 오죽 기뻐하실까."

하고 연해 눈물을 씻는다.

월매가 우는 것을 보고 춘향도 일생에 보지도 못한 아버지를 생각하고

고개를 돌려 눈물을 씻는다. 몽룡은 말없이 두 사람이 우는 양을 보다가,

"여보 장모, 울지 마오. 장인 영감 생각하고 슬퍼하는 것도 당연하지마는 새 사위 나를 보아 울지 마오. 가는 자는 물과 같으니 아니 가든 못할 것이요, 가고 아니 오더라도 슬퍼하기 부질없소. 자, 술이나 드오."

월매 눈물을 거두며,

"도련님, 노여워 마시오. 기뻐 웃어야 할 때에 눈물을 보이는 것이 도시 늙은이의 망령이오."

하고 상긋 웃으며 놓았던 잔을 들이마시고 손수 주전자를 당기어 잔에 가득 부어 몽룡을 권하며,

"옜소. 늙은 장모의 술 한잔 잡수오."

몽룡이 잔을 받아 단숨에 쭉 들이켜고 춘향더러,

"장모 술은 먹었으니 인제는 네 술 한잔 먹자. 잔 가득 부어라."

춘향이 주전자를 들어 잔 가득 부어 두 손으로 받들어 몽룡을 권한다.

"잡수시오!"

몽룡이 잔을 받으려고도 아니 하고,

"아니다. 내가 오늘 너를 만나 백년가약을 맺고 네 손에 첫 번 잔을 받을 때에 무미하게 그냥 마실 수가 있느냐. 권주가나 하나 불러라."

몽룡이 권주가를 부르라는 말에 춘향은 들었던 잔을 놓을 수도 없고 내밀었던 팔을 돌이킬 수도 없어 엉거주춤하고 얼굴만 붉히며,

"몰라요."

한다. 몽룡이 춘향의 뜻 알아차리고,

"내가 널더러 권주가 부르라 하니 혹 너를 기생으로나 여기고 희롱하는 줄 아나 보다마는, 내가 어찌 평생 배필을 희롱할 리가 있느냐. 영가

무도라 하여 노래하고 춤추는 것은 옛 성인도 가르치신 바라, 후일에 나는 백수재상이 되고 네가 정경부인이 되더라도 노래 한마디는 부를 것이니 나쁘게 알지 말고 한마디 불러라."

이 말에 춘향이 한 무릎 세우고 단정히 앉아 사양 안 하고 권주가를 부른다.

"잡으시오. 잡으시오. 이 술 한잔 잡으시오. 이 술 한잔 잡으시면 만수무강하오리다. 이 술이 술이 아니라 한무제 승로반에 이슬 받은 것이오니 쓰나 다나 잡으시오. 인간 영욕 헤아리니 묘창해지일속이라, 술이나 취코 노사이다. 꽃을 꺾어 주를 놓고 무궁무진 잡수시오. 우리 한번 돌아가면 뉘라 한잔 먹자 하리. 춘풍에 지는 꽃은 봄이 되면 다시 피되 우리 한번 백발 되면 다시 검기 어려워라. 백년 신세는 아침 이슬이요, 일대 부귀는 한바탕 꿈이로다. 아니 취코 무엇 하리. 술이나 취코 노사이다."

몽룡이 다 듣고 나서 한 손으로 무릎 치고 한 손으로 잔 받으며,

"좋다! 노래도 좋거니와 목소리 더욱 좋이. 네가 주는 술을 쓰나 다나 안 먹을 수 있느냐."

하고 고개를 번쩍 들고 남아답게 쭉 들이켠다.

몽룡이 손수 잔에 술을 부어 춘향을 주며,

"이것이 합환주니 나만 먹으랴. 너도 한잔 먹어라."

"먹을 줄 몰라요."

하고 춘향은 하얀 손을 들어 술잔을 막는다.

"술도 먹을 줄 알고 모르고가 있느냐. 물 먹을 줄 알면 술 먹을 줄 아는 게지."

"그래도 먹을 줄 몰라요."

월매 곁에서 딱하여,

"아가, 도련님이 주시는 술을 사양도 한두 번이지 어서 받으려무나."

몽룡이 웃으며,

"아차, 내가 잘못하였다. 부부는 일체라 널더러는 권주가를 하라고 하고 나는 아니 해서 쓰겠느냐. 나도 권주가 하마."
하고 부른다.

"대장부 세상에 나서 하올 일이 무엇이냐. 위로 성주를 도와 국태민안하고 가급인족하게 하온 후에 아래로는 덕 있고 재주 있는 절대가인 만나 나비와 꽃이 서로 즐기듯, 거문고 비파 서로 화하듯, 주고받고 받고주고 즐겁게 사오리라. 만일에 유자생녀하여 효자 충신 문장 열녀 문호를 빛낼진댄 그 더욱 좋을시고. 나도 장부로 나서 오늘에 절대가인 너를 만나 백년 인연 맺었으니 기쁨도 그지없네. 저 님아, 이 술 한잔 받으시라. 이 술이 여남은 술이 아니라 백년해로 멩세주니 쓰니 디나 받으시라. 취코 놀까 하노라."

노래를 마치고 잔을 춘향에게 주니 춘향이 마지못하여 받아 마신다.

"도련님이 권주가도 잘하시거니와, 아가, 너도 술을 곧잘 먹는구나."
하고 월매는 마음에 흡족하여 웃는다.

이 모양으로 사오 순배가 돌아가니 워낙 술도 좋은 술이거니와 몽룡이나 춘향이나 주량이 클 리가 만무하여 모두 낯에는 홍훈이 돌고 어음에 취태가 보인다.

월매도 늙었는지라 기쁨과 술을 아울러 마시니 반장이나 넘어 취하여 딸 자랑 사위 아양 늙은 잔소리가 끝없이 나온다.

이런 때에는 월매가 눈치를 채고 안으로 들어가주었으면 좋으련마는 늙은이가 눈치도 무디어 좀체로 잔소리가 끝날 것 같지 아니한 것을 보고, 몽룡은 춘향더러 술상을 물리라고 눈짓을 하니 춘향이 알아듣고 방자를 불러 술상을 내준다.

그제야 월매도 눈치를 채고,

"늙으면 입에만 힘이 올라서 걱정이야. 도련님 지루해하시는 눈치도 모르고 잔소리만 하여서 잔뜩 미움만 받았지."

하고 일어나며,

"도련님, 편히 주무시오. 아가, 불 더 때랴?"

하고 생글생글 웃으며 나가버린다.

춘향이 월매를 따라 마루 끝까지 나가서,

"어머니, 넘어지시리다."

월매의 신소리가 멀어질 만한 때에 몽룡은 다리 쭉 뻗고 안석에 기대어 앉으며,

"내 집 늙은이나 남의 집 늙은이나 참견하고 잔소리만 말았으면 좋을러라."

춘향은 월매 나가기를 기다렸던 듯이 마루에서 들어오는 길로 장문을 열고 맛 좋은 진안초 한 줌을 내놓더니 그중에서 한 잎사귀를 골라내어 꿀물에 홀홀 뿜어서 왜간죽 부산죽에 가득하게 담아 들고, 청동화로 재를 살짝 헤치고 빨간 백탄 숯불에 잠깐 달여 불그레한 입술로 한 모금 담박 빨고 치맛고리로 물부리를 싹 씻어 둘러 잡아 몽룡을 주며,

"옜소. 도련님 담배 잡수."

몽룡이 황송한 듯이 안석에 기대었던 몸을 벌떡 일으켜 두 손으로 받아 퍽퍽 빨면서,

"허허, 이게 꿈이냐 생시냐?"

춘향이 몽룡의 곁으로 와 앉으며,

"꿈이어서 되겠소?"

"아마도 이것이 꿈이로다. 꿈이면 깨지를 말아라!"

이때 방자 먹다 남은 술과 안주 배껏 양껏 다 먹고,

"도련님, 소인 들어갑니다. 춘향 아씨, 나 들어가오."

"오, 오늘 애썼다. 안목이나 단단히 살펴보아라."

"도련님 대사나 평안히 지내시오."

하고 충충거리고 나가버린다.

월매도 가고 방자도 가니 밤은 벌써 깊어 삼경이 지났다.

춘향이 일어나 비를 들어 먼지 안 일 만큼 방을 치우고 '어쩔까나.' 하는 듯이 윗목에 우두커니 서서 몽룡을 바라보더니,

"들어가세요?"

하고 묻는다.

"누가?"

"도련님이."

"내가 어디로 들어가?"

하고 몽룡의 눈이 둥그레지는 것을 보고 춘향이 웃으며,

"그러면 여기서 주무시고 들어가세요?"

하고 부끄러운 듯이 고개를 숙인다.

몽룡이 웃으며,

"내가 아나? 마누라 처분이지."

춘향이 보에 싸 얹었던 금침을 내어 활활 펴고, 아랫목에는 큰 베개 놓

고 그 곁에 조그마한 낡은 베개를 놓고 나서 몽룡의 곁에 와 서며,

"옷 끄르세요."

몽룡이 일어나 띠 끄르고 도포 벗으니 춘향이 받아 차곡차곡 개어 병풍에 걸어놓고,

"곤하신데 어서 주무세요."

"너는 안 잘래?"

"먼저 옷 끄르고 누우세요. 그러면 나도 자지요."

몽룡이 여자 앞에서 옷 벗기가 장히 거북하여,

"너 먼저 벗고 누워라."

"어서 도련님 먼저 벗으세요."

몽룡이 저고리 고름에 손을 대이다가 그치고,

"아니다. 네가 주인이니 네가 먼저 벗어라."

춘향이 웃으며,

"주인 말대로 어서 도련님 먼저 벗으세요."

몽룡이 하릴없이 춘향이 하라는 대로 바지저고리 벗어놓고 중의적삼 바람으로 우두커니 서서,

"자, 인제는 너도 벗어라."

"내 불 끄고 눕게, 어서 들어가 누우세요."

몽룡이 잠깐 어찌할 줄 모르고 두리번거리다가 나는 듯이 춘향의 뒤로 돌아가서 춘향의 겨드랑 밑으로 손을 넣어 저고릿고름, 치마끈 활활 끌러 벗긴 후에 듬썩 안아다가 이불 속에 넣고 한삼 소매를 들어 놋등경에 옥등잔 불을 확 끄고는 더듬더듬 자리 속에 들어갔다.

"꼬끼오. 꼬끼오."

하고 닭이 운다. 한 홰 울고 두 홰 울고 세 홰 울 때에 일찍 깨인 파리 소리 나고 동창이 훤하여지며 노고지리 지저귀는 소리 들린다.

"도련님! 도련님!"

하고 춘향은 곤하게 잠든 몽룡의 귀에 입을 대고 두어 마디 부르나 대답이 없으므로 손으로 어깨를 가만가만히 흔들며,

"도련님! 도련님!"

하고 깨운다.

그제야 몽룡이 눈을 번쩍 뜨며 춘향의 손을 잡고,

"왜?"

"어서 일어나세요. 사또 걱정하시지요. 사또 기침하시기 전에 어서 들어가세요."

하고 춘향이 몽룡의 옷을 끌어다가 몽룡의 곁에 놓는다.

몽룡이 마지못하여 일어나며,

"사또가 무엇이냐. 아버지지."

하고 춘향의 등을 만지니 춘향은 몽룡의 아버지를 아버지라고 못 부르는 것이 설운 듯이 한숨을 지며,

"아버님이라고 불러도 좋은가요?"

하고 눈물을 떨군다.

춘향이 비감하여 눈물을 흘림을 보고 몽룡이 한 손으로 눈물을 씻어 주며,

"왜 울어? 내가 제일이지 아버지가 제일이야?"

하고 위로한다.

춘향이 고개를 들어 몽룡을 보며,

"그렇지요. 도련님만 나를 안 버리시면 나는 복 있는 사람이오. 육례를 못 이루면 어떠며 첩의 첩이라면 어때요. 도련님 댁 종의 종이 되더라도 한이 없지요."

"그런 생각 마라. 누가 널더러 첩이랄 리가 있느냐. 지금은 비록 육례를 못 이루더라도 우리 둘이 마음 맞아 백년을 맹약하였으니 그것이면 그만이지, 그까짓 퀴퀴하고 뒤숭숭한 육례는 다 무엇 말라죽은 것이냐. 네 뜻만 변치 마라, 내 뜻이야 변할쏘냐."

"도련님 뜻이 변하면 변하지, 내 뜻이야 변하겠소?"

"네 뜻만 안 변할 양이면 나는 네 집 더부살이 놈의 더부살이가 되어도 좋다."

하고 소세하고 옷을 입고 일어나려 할 때에 춘향이 몽룡의 소매를 붙들며,

"잠깐 기다리세요."

"아나, 향단아! 도련님 소세하시었다."

향단이 자개로 아로새긴 통영 칠반에 짤짤 끓는 미음 한 그릇 강릉 석청을 덤뿍 치고 따뜻한 약주 두어 잔 과일 한 접시 놓아 내온다.

"마시세요."

하고 춘향이 숟가락 들어 권하니 몽룡이 감지덕지하여,

"너도 먹어라."

"나는 나중 먹어요."

"이것 내가 다 못 먹겠다. 같이 먹자."

"잡숫다가 남기세요."

몽룡이 약주 한잔 먹고 과일 두엇 집어 먹고 미음은 반 그릇쯤 마시곤 일어나며,

"나는 간다. 저녁에 또 오마."

하고 나갈 적에 춘향이 중문까지 따라나가며,

"안녕히 가세요. 길이나 아시나."

"길 모를까. 어서 들어가 편히 쉬어라. 곤하겠다."

"안녕히 가세요."

"파루 치거든 오마."

몽룡의 발자취 소리 안 들릴 때까지 마루 끝에 우두커니 동천에 해 떠오르는 붉은 구름을 바라보고 섰는 춘향의 모양은 수심을 띤 듯 부끄러움을 머금은 듯하였다.

이로부터 몽룡은 밤이면 춘향의 집에 와서 놀고, 이야기하고, 자고, 새벽이면 춘향이 정성으로 만들어주는 잣죽이나 깨죽이나 양즙이나 미음이나 원미나 약주 한잔 받치어 마시곤 들어갔다.

날이 갈수록 사랑은 더욱 깊어가고 피차에 수줍은 생각도 더욱 줄어드니 친구같이 내외같이 어떤 때에는 이야기 동무, 어떤 때에는 글 동무, 글씨 동무, 또 어떤 때에는 장난 동무, 가댁질 동무, 또 어떤 때에는 변변치 아니한 일로 옥신옥신 말다툼도 하다가 춘향이 울면 몽룡이 빌고, 몽룡이 간다고 일어서면 춘향이 울고 붙들었다.

"아버지 아마 내가 밤이면 빠지어 나오는 눈치를 채었는지 오늘 밤 안으로 이 책 한 권을 외워서 내일 아침에는 아버지 앞에서 따로 외워 바치라는데 이것 큰일 났다."

하고 밤이 깊도록 글을 읽으면 춘향은 몽룡이 글 외는 정신 헛갈릴까 봐 자는 늣 죽은 듯 그린 듯이 가만히 앉아 책이나 보고 혹 일어나 나갈 일이 있으면 아기 재우고 일어나는 어머니처럼 바삭 소리도 안 나게 일어나서 발끝으로만 사뿐사뿐 문도 사르르 가만히 열고 나가고, 그러다가 어찌어찌하여 무슨 소리를 내면 춘향은 '이를 어찌하나.' 하는 듯이 나무로 깎은 사람 모양으로 우뚝 서서 곁눈으로 몽룡의 눈치를 보아 몽룡이 여전히 글을 읽으면 그제야 안심한 듯이 휘, 숨을 내쉬고 그 자리에 가만히 앉는다.

몽룡이 비록 글 외우기에 작심한다 하더라도 맘의 절반은 항상 춘향에게 있으니 춘향이 이렇게 하는 일동일정을 모를 리가 있으랴. 죄다 알고 있다. 그러다가 이따금 부러 귀찮은 듯이,

"이거 부스럭거려서 어디 글 읽어먹겠나."

하고 픽 돌아앉으며 춘향을 흘겨보면 춘향은 정말로만 여기고 낯을 붉히며,

"잘못했소."

하고는 밖으로 나가버린다.

춘향이 밖으로 나가버리면 몽룡은 정신이 어디로 빠져 달아난 것 같아서 공부도 안 되고 몸이 찌뿌드드해지고 하품만 난다. '제가 가면 어디를 가랴, 곧 돌아오리라, 돌아오거든 한번 놀래주리라.' 하고 가만히 병풍 뒤에 들어가 쭈그리고 앉아 있노라면 춘향도 몽룡이 자기를 기다릴 줄을 짐작하고 발소리 안 나게 가만가만 들어온다. 와본즉 몽룡은 간 곳이 없다. 춘향이 놀라며,

"에그, 노해서 가셨나 봐."

하고 두리번두리번하다가 병풍에 걸린 몽룡의 옷을 보고,

"옷은 여기 있는데."

하며 이리저리 돌아볼 때에 몽룡이,

"어홍!"
하고 병풍 뒤에서 뛰어나와 뒤에서 춘향의 눈을 두 손으로 꽉 가리면 춘향이 웃으며,
"아이고 깜짝이야. 숨겠거든 옷을 감추고 숨어야지 옷을 두고 숨으면 누가 속소?"
몽룡이 춘향을 놓고 아랫목에 두 손으로 깍지 껴 베개 하고 네 활개 쭉 뻗고 나가자빠지며,
"어이구 공부하기 싫어! 공자 맹자가 내 큰 원수요, 우리 아버지가 내 작은 원수다."
"공부가 하기 싫으면 무엇을 하고 싶소. 바느질이나 하시랴오?"
하고 춘향이 짓다가 둔 몽룡의 세모시 적삼을 마저 지으려고 반짇고리를 끌어당기어 등경 앞에 앉으며 물으면, 몽룡은 누운 대로 등잔불에 비친 춘향의 얼굴을 모으로 보고 콧마루 예쁘다 하면서,
"응, 나도 공부니 무에니 다 집어치우고 종일 너하고 마주 앉아서 바느질이나 했으면 좋을 터라."
춘향이 실 끝을 이빨로 잘근잘근 씹어 똑 끊어 바늘귀를 꿰면서,
"숭해라! 누가 대장부가 바느질을 하오?"
"얘, 절에서는 중들은 제 손으로 모두 옷을 짓는다더라. 그 가사라고 안 있느냐, 조각보 같은 것 말이다. 그것도 다 중들이 짓는다더라."
"그러면 도련님도 중이 되시랴오?"
"공부만 안 한다면 중도 되고 싶다. 땡땡 종이나 치고 새벽 일찍이 일어나서 긴 장삼 입고 나무아미타불 에헤헤 하는 것도 보기 좋더라."
춘향이 실을 꿰어 적삼 겨드랑 솔기를 감치며,

"숭해라! 도련님 중 되시면 나는 어찌하고?"

"너도 승 되지. 나무아미타불 관세음보살 딱딱."

하고 몽룡이 벌떡 일어나 합장하는 흉내를 낸다.

춘향이 힐끗 돌아보고 한번 웃고 여전히 감치면서,

"숭해라! 왜 하라는 공부는 안 하고 숭한 소리만 하고 앉았소? 중도 아내 있고 승도 남편 있소?"

"참 그렇구나. 중은 안 될란다. 너도 애여 승 될 생각은 말아라."

"숭해라! 누가 승 된다오? 어서 글이나 읽으시오. 어린애 소리 그만 하고."

몽룡이 한참 글을 읽으나 글에 마음이 없다. 또 돌아앉아 구석에 세운 거문고를 가리키며,

"저게 무엇이냐?"

춘향이 시끄러운 듯이 고개도 안 돌리고,

"무엇 말이오?"

"저기 저 구석에 시커먼 자루를 쓰고 섰는 저놈 말이다. 내가 네 집 처음 온 날부터 저놈이 무엇인지 몰라 항상 무시무시하였다."

춘향이 돌아보며,

"그거 '어비'요. 도련님 공부 아니 하고 잔소리만 하시면 '어흥' 하는 '어비'요."

"천하 만물에 이름 없는 것 어디 있느냐. 어비라 하니 성은 '어'가, 이름은 외자 이름으로 '비'란 말이냐?"

"어비는 기생 모양으로 성은 없고 이름뿐이라오."

"이름이 무엇이냐?"

"거문고."

"거문고라 하니 옻칠한 게냐, 먹칠한 게냐?"

"검어서 거문고가 아니라 줄 타는 것이오."

"줄은 타면 하루 얼마나 가느냐?"

"가는 것이 아니라 뜯는 것이오."

"종일 잘 뜯으면 몇 조각이나 뜯느냐?"

"그렇게 뜯는 것이 아니라 손으로 줄을 이렇게 이렇게 희롱하면 풍류 소리가 난다오."

하고 춘향이 웃으니 몽룡이 춘향 곁으로 앉은걸음으로 가까이 오며,

"정녕 그러할 양이면 한번 들어볼 만하구나."

몽룡이 하도 거문고를 타라고 보채니 춘향이 마지못하여 바느질감에 바늘 꽂아 반짇고리를 한구석으로 밀어놓고 치마 떨고 일어나, 칠현금 거문고를 내리어 무릎 위에 비스듬히 안고 술대를 빼어 스르릉둥당 줄을 고르고 흰 손을 넌짓 들어 큰 줄을 울리니 "둥" 하고 청학의 울음이다.

춘향이 손을 멈추고,

"오늘 공부는 다 했소?"

"염려 마라! 내일 아침 안 외워지거든 머리가 아프다거나, 배가 아프다거나 꾀병하면 그만이지. 나도 외아들이라, 아프다고만 하면 아버지도 꼼짝 못 한다. 어서 한 곡조 들려라."

춘향이 일변 타고 일변 부르니,

"님은 창송이 되고 나는 녹죽이 되어, 낙목한천에 우리 둘만 푸르러 있어, 전산에 잎진 초목들을 부러워하게 하리라."

몽룡도 풍류를 아는 남자라 거문고 소리를 들으니 홍이 나서 무릎을 턱

치며,

"좋다, 너 혼자 하느냐. 내 소리도 들어보아라. 구절마다 거문고를 높게 맞추어라."

하고 천자 뒤풀이를 내인다.

높음도 높을사, 넓음도 넓을시고, 대장부 기개같이, 호호 탕 하늘 천.

높으면 산이요, 깊으면 바다로다, 만물을 생육하니 어머니의 덕이로구나, 자비할손 따 지.

삼월이라 삼짇날 춘풍세우 날릴 적에 강남 갔던 옛 제비 옛 주인을 찾아오니, 어허 너도 정 있구나 가뭇가뭇 검을 현.

김제 만경 너른 벌에 추풍 건듯 불어가니, 고개 숙인 벼이삭이 굽실굽실 물결 진다, 금년 농사도 잘되었네 벼이삭이 누를 황.

뫼시옵고 우리 둘이 금슬 좋다, 고대광실 집 우.

안득광하 천만간 억조창생 집 주.

한강수 푸른 물이 하늘에 닿아 넓을 홍.

부귀영화 믿지 마라 황당할사 거칠 황.

오늘 가고 내일 가 이팔청춘 다 늙네, 진시황의 채찍 얻어 붙들고저 날 일.

강릉에도 경포대 둥두렷한 달 월.

수령방백 인두영치 호반한량전통 암행어사 삼마패 절대가인 울금향나 같은 서생일랑 필랑이 제격이라 주룽주룽 찰 영.

잔 가득 술 부어라 넘쳐간다 기울 측.

북두칠성 북극성 멍에 다문 모재기 쌍태성 삼태성 하늘 가득 별 진.

원앙베개 비취이불 활짝 벗고 잘 숙.

이틀 이레 안성장에 팔로물화 벌 렬.

야반무인 사창하에 온갖 정담 베풀 장.

백설이 만건곤하니 독숙공방 찰 한.

어허 그날 참도 찰사 어서 오너라 올 래.

동지섣달 차다 마소, 유월염천 더울 서.

정든 님 언제 올꼬 기약이나 두고 갈 왕.

금풍이 소슬한데 잎 떨리는 가을 추.

님 손수 지은 농사 내 손 대어 거둘 수.

춘하추풍 다 보내고 어허 춥다 겨울 동.

밤을 새워 지은 옷을 입을 님은 안 오시네, 홍안에 두 줄 눈물 장문 열고 감출 장.

천시에도 군것 있다 삼 년 일 차 윤달 윤.

님 가신 데 어드메냐, 천리만리 남을 여.

이 몸이 훨훨 날아가서 만나기나 이룰 성.

일 년 열두 달 삼백예순 날 이리저리 다 보내고 송구영신 해 세.

본처 박대하지 마소, 대전통편 법칙 률.

네 입 내 입 마조 대니 옴짝 없는 법칙 려.

소리를 다 마치고 몽룡이,

"어떠냐?"

"그 무슨 소리오? 참 재미있소."

"또 하나 하랴?"

"잘하신다니까 아주 신이 나셨구려. 그럼 또 하나 하오. 꼭 한마디만 더 하고는 공부해야 되어요."

"그까진 공부는 아무 때 하면 못 하랴. 뒷간에 가서 할 일 없는 때나 하기로 하고 홍 난 김에 소리나 하고 놀자. 거문고 타라, 아까 것과는 좀 장단이 다르것다."

"어서 소리나 하오. 내 걱정은 말고."

춘향이 거문고를 다시 무릎 위에 올려놓으며,

"이번에는 또 무슨 좋은 소리를 하시랴오?"

"이번에는 좀 점잖은 소리를 하여볼란다. 만고, 영웅, 호걸, 충신, 절사, 일색들을 모아보리라."

"참 듣지 못하던 별소리요. 어서 하오, 타오리다."

"타라!"

하고 몽룡이 소리를 낸다.

성터에는 속절없이 벽산 달만 비치이고, 고목은 모다 창오구름에 싸였어라 하던 이태백으로 한짝 치고, 저 소리 관산달에 삼 년을 울었으니 만국이 싸우는 바람에 초목조차 스러졌다 하던 두자미로 한짝 치고, 떨어지는 놀에 외기러기 날고 가을 물은 하늘과 한빛일세 하던 왕자안으로 웃짐 치고, 이슬은 강에 빗겼는데 물빛은 하늘에 닿았것다 하던 소동파로 말 몰려라.

둥덩둥덩덩징지루 덩징덩 날이 맞도록 나무 그늘에 맑은 냇물에 이 몸을 씻었노라 하던 한퇴지로 한짝 치고, 세 번 악양에 오되 아는 이 없사오며 부질없이 읊조리고 동정호를 지나니라 하던 여동빈으로 한짝 치고,

잔을 곡수에 흘릴 제 봄바람이 더욱 조희하던 왕희지로 웃짐 치고, 늠실 늠실 금물결에 벽 그림자 잠겼세라 하던 범중엄으로 말 몰려라.

어양비고 울어 올 제 예상우의 가엾구나 하던 백낙천으로 한짝 치고, 떠날 때 자네 줄 것 일편심뿐이로세 하던 맹호연으로 한짝 치고, 울 밑에 국화를 따다가 멀거니 남산을 바라노라 하던 도연명으로 웃짐 치고, 만고의 영웅을 내 다 알고 제왕의 흥망을 내 보노라 하던 사마천으로 말 몰려라.

국은을 갚기 전에 몸이 먼저 죽단 말가 하던 장순으로 한짝 치고, 이 몸은 죽을지언정 절의야 변할쏘냐 하던 허원으로 한짝 치고, 머리카락은 하늘로 뻗고 눈초리 찌어지던 번쾌로 웃짐 치고, 충의는 하늘에 뻗고 정성은 금석을 뚫어 맹세코 송나라를 회복하리라던 악붕거로 말 몰려라.

오호 편주 흘리저어 범소백을 따라가던 서시로 한짝 치고, 한번 상긋 웃는 웃음 온갖 아양 다 나오니 육궁에 보는 미인 안색이 없을 터라 하던 양옥진으로 한짝 치고, 해하영 옥장 밑에 항왕을 부여잡고 추파에 눈물 지던 우미인으로 웃짐 치고, 영웅의 굳은 뜻을 일조에 이간하던 초선으로 말 몰려라.

궁 뜰에 봄 깊으니 백화 우거진대 연작은 날아와서 기쁘다 지저귀네 하던 이소화로 한짝 치고, 님 위하는 충성된 마음 혼이라도 넋이라도 따르리라 떠날 것가 하던 가춘운으로 한짝 치고, 북파 영중에 달 그림자 흐르놋다 옥문관 외에 봄빛이 희구나 하던 심요연으로 웃짐 치고, 청수담에 수절하니 음곡에 봄이 오다 하던 백능파로 말 몰려라.

벽담에 추월 같고, 녹파에 부용 같고, 글 읽으리고 밤낮 잔소리하는 춘향으로 한짝 치고, 낙양 과객 풍류호사 놀기만 좋아하는 이 도령으로 한짝 치고, 춘향의 무릎 베고 비스듬히 누워 있어 이 도령의 소리 맞추는 거문고로 웃짐 치고, 오월 오일 광한루에 월로승 되던 방자 놈으로 말 몰려라.

춘향이 거문고를 내려놓으며,

"다요?"

"왜 더 듣고 싶으냐?"

"아니, 더 듣고 싶든 않소마는 잘도 하오. 대관절 그게 어디 본때나 있는 소리오, 도련님이 되는대로 꾸며대는 소리오?"

"만고 문장 이몽룡이 남 지은 노래를 부를 리가 있느냐."

"어쨌든 용하시오. 잘도 주워대시오. 그런데도 다 무슨 뜻이 있으니 신통하오."

몽룡이 목이 마른 듯이 입을 다시더니,

"무얼 좀 먹고 싶구나."

춘향이 창으로 고개를 내밀고 향단을 부르니, 향단이 벌써 알아차리고 준비하였던 밤참 상을 들고 나온다.

상에 술이 없는 것을 보고 몽룡이 픽 돌아앉으며,

"이건 누가 굶어 다니는 줄 아느냐. 밤낮 배부를 것만 주니 내가 개걸 주머니나 차고 다니는 줄 아나 보구나."

춘향이 새침해지며,

"그럼 이훌랑 안 드리지요. 아따, 향단아, 이 상 물려라."

하고 춘향도 다른 창을 향하고 돌아앉는다.

두 사람은 등을 지고 말이 없는데 등잔불만 춤을 춘다.

춘향이 먼저 말을 붙이었으면 하고 기다리다 못하여 몽룡이 먼저 돌아앉으며,

"또 노했구나. 왜 그렇게 발끈하기를 잘하느냐?"

춘향은 더욱 고개를 다른 데로 돌리며,

"나는 그래도 정성껏 해드리는 것을 칭찬은 못 해도 그렇게 퉁명부릴 게야 무엇이오?"

"허, 네가 모른다. 사내란 아내보고 퉁명부리는 맛에 사는 것이란다."

춘향도 웃고 돌아앉으며,

"여편네도 남편한테 발끈하고 잔소리하는 맛에 산답니다."

"그도 그렇구나. 그러면 내 퉁명과 네 발끈과 쓱싹 에워버리고 술이나 한잔 다오."

춘향 잠깐 눈살을 찡그리며 뾰롱뾰롱하게,

"글쎄, 공부하는 이가 오늘 밤에 해야 할 공부는 두고 술만 찾으니 어찌하오?"

"그래, 안 줄 테야?"

"안 돼요."

"이런 말이 있느니라. 본처 두고 첩 하는 놈, 첩 한다고 강짜하는 년, 아내더러 술 내라고 조르는 놈, 내라는 술 안 준다고 떼는 년 다 못쓴다더라. 한바탕 소리를 했더니 목이 갈하구나 한잔 다오."

춘향이 마지못하여 술을 내온다. 몽룡이 손수 병을 들고 큰 잔에 부어 거푸 두 잔을 마시곤 또 한 잔을 따르려는 것을 춘향이 막으니,

"삼배에 통 대도라고 이태백이 말하였고, 한 잔 술에 눈물 난다는 말도 있으니 한 잔만 더 먹자."

몽룡이 석 잔을 따라 먹으니 한 병 술이 없어진다. 술을 먹고 나니 또 공부할 마음은 없어지고 놀 마음만 생긴다. 그래도 춘향의 잔소리가 무서워 억지로 책을 보자니 취한 눈에 글자가 바로 보이지를 아니한다. 몽룡이 책을 닫고 돌아앉으며,

"어디 배가 불러 공부가 되나, 밥이나 내릴 겸 우리 수수께끼 하나 하자."

"수수께끼라니 저 먼 산 보고 절하는 것, 그런 것 말이오?"

"그까짓 게 무슨 수수께끼냐. 내 하나 할게, 알아보아라. 홍두깨 알 낳는 게 무에냐?"

"그게 무에요? 모르겠소."

"총 놓는 것이니라."

춘향이 가만히 생각하더니 방그레 웃으며,

"참 그렇구려. 내 하나 할게. 알겠소?"

"어디."

"타러 갈 제 타고 가서 타면 못 타고 못 타면 타는 것이 무엇이오?"

"얘, 그건 과연 모르겠다."

"그것이 환상 타러 가는 소라. 환상을 타러 갈 제는 소를 타고 가지요? 환상을 타면 못 타고 오고 원님이 유고하여 환상을 못 타면 타고 오지 않소?"

"참 그렇구나. 시골 수수께끼를 내가 알 수 있느냐?"

"걸핏하면 시골이라지. 시골 덕으로 사는 줄 모르고."

"참 그도 그렇구나. 천지를 지으시기는 하느님덕, 나를 낳아 기르시기는 부모님덕, 천황씨는 목덕, 지황씨는 화덕, 인황씨는 수덕이요, 천하

태평하니 상감님덕이요, 몹쓸 놈의 배은망덕 단단한 목덕이요, 물렁물렁한 쑥덕이요, 너 낳아주기는 장모덕이요, 이 도령 술 먹을 제 벌덕벌덕이요……. 가만있자 내 무슨 소리를 하려다가 잊었니? 옳다. 우리네가 먹고 입기는 시골 농사꾼의 덕이로구나."

"밤낮 그런 재담 생각만 하니 무슨 공부가 되겠소? 내 신세도 꺼벅꺼벅하오."

몽룡이 먹은 술이 점점 취하여 올라오니 솟는 흥을 걷잡을 수가 없다.

"수수께끼 따위로 부른 배와 솟는 흥을 누를 수가 없으니 춤을 좀 추어야겠다. 영가무도라 하였으니 노래하고 춤추는 것은 성인의 일이라. 나도 성인을 배우는 사람이니 입으로만 배워 쓰겠느냐. 몸소 행하여보리라."

하고 일어나 얼씬얼씬 춤을 추다가,

"혼자 추니 무미하구나. 부창부수라니 지아비 하라는 대로 너도 일어나 추어라."

하고 춘향을 끌어 일으킨다.

춘향도 처음에는 몽룡이 끄는 대로 억지로 끌려 돌아갔으나 본래 배웠던 춤이라 점점 흥이 나서 한바탕 어우러져 추었다.

"좋다. 인생행락이 마땅히 이러할 것이다. 너만 나고 내가 안 났어도 이렇게 즐거울 수가 없고, 나만 나고 네가 안 났어도 또한 그러하리라. 하늘이 우리 둘을 내신 것이 어찌 뜻이 없으시겠느냐. 좋다!"

몽룡이 한참 동안 춤을 추더니 흥을 견디지 못하는 듯이 어머니가 아기를 안는 모양으로 덥석 춘향을 들어 안고 아기를 달래는 듯이 이리 왔다 저리 갔다 아랫목에서 윗목으로 윗목에서 아랫목으로 얼씬얼씬 춤을 추며 사랑의 노래를 부른다.

어허둥둥 내 사랑이야, 네가 내 사랑이로구나. 이리 보아도 내 사랑 저리 보아도 내 사랑이다. 아무리 보아도 내 사랑이로구나. 어허둥둥 내 사랑. 앉거라 보자 내 사랑, 서거라 보자 내 사랑이다. 들고 보아도 내 사랑, 놓고 보아도 내 사랑, 어허둥둥 내 사랑. 사랑, 사랑, 내 사랑, 아무리 하여도 내 사랑, 이생에서도 내 사랑, 저생에서도 내 사랑, 극락엘 가거나 지옥엘 가거나 어디를 가도 내 사랑, 너를 두고는 못 살리라 어허둥둥 내 사랑.

춘향이 발을 버둥거리며,

"팔 아프시겠소. 그만하고 내려놓으시오."

"가만있거라. 한 마디 더 하자. 어허둥둥 내 사랑이로구나. 무산 선녀도 나는 싫어, 서시 옥진도 나는 싫어. 아무도 나는 싫다. 어허둥둥 내 사랑, 네가 오직 내 사랑."

"에그, 그만해요. 팔 아프시겠소."

하고 춘향이 몽룡의 팔을 뿌리치고 방바닥에 내려선다.

"이번에 날 좀 안고 사랑의 노래를 불러다오."

"무거워서 어떻게 안소?"

"그러면 업고."

"숭해라!"

"안 숭하다."

하고 몽룡이 춘향의 등에 업힌다.

춘향이 머리를 앞으로 끌어오고 몽룡을 업고 외씨 같은 발을 안짱다리로 사뿐사뿐 옮겨놓으며,

"자장 자장, 우리 아기 잘도 잔다."

몽룡이 등 위에서,

"내가 네 아들이냐. 자장자장은 다 무에야. 사랑가! 사랑가!"

"에그 퍽도 보채네. 그럼 두어 마디만 하리다."

하고 사랑의 노래를 부른다.

사랑, 사랑, 사랑, 내 사랑이로구나. 우리 도련님 내 사랑 어허둥둥 내 사랑. 천상선관도 나는 싫소. 삼공육경도 나는 싫소. 어허둥둥 내 사랑 도련님이 내 사랑. 한강수 물결같이 끊임없는 내 사랑. 동해 바다 푸른 물 끝 모르는 내 사랑. 어허둥둥 내 사랑. 남산 칡덩굴같이 엉키고 엉킨 내 사랑. 연평 바다에 조기 잡는 그물같이 맺히고 맺힌 내 사랑. 아무리 보아도 내 사랑. 어허둥둥 내 사랑.

"자요, 그만 내리오."

"좋다. 한 마디만 더 해라."

하고, 몽룡은 춘향의 어깨에 꼭 달라붙는다.

춘향이 또 얼씬얼씬 몽룡을 업고 거닐면서 사랑의 노래를 부른다.

높고 높은 하늘에 닿고 남는 내 사랑. 삼천대천세계에 차고 남는 내 사랑. 죽고 나고 죽고 나 삼생을 두루 돌아도 변치 않는 내 사랑. 북망산 일분토살과 뼈가 다 썩어도 썩지 않는 내 사랑이야. 님께 드린 내 사랑이로구나. 어허둥둥 내 사랑.

"좋다."

"자, 인제는 내리오. 아이고, 팔이야."

몽룡이 춘향의 등에서 내려오며,

"나를 업어보니 어린애 업고 싶은 생각 안 나느냐?"

"숭해라!"

"왜 숭해? 하나 낳아라. 네가 낳으면 반드시 좋은 아이가 나리다."

"지금 아이를 낳으면 아이들이 아이를 낳았다고 남들이 웃지 아니하오?"

"남모르게 이 방에다 감추어놓고 우리 둘이만 들여다보고 앉았지."

"감추어두면 모르오? 아이가 울면 우는 소리가 안 들리오?"

"그도 그렇구나."

"그렇게 어느새에 아들이 보고 싶소?"

"네가 낳은 것이라면 오줌똥을 받으면서라도 안아도 주고 업어도 주고 싶구나."

춘향이 시무룩해지며,

"아기가 나도 걱정이오."

"왜?"

"호적에도 못 오르고 나 모양으로 아버지 없는 자식이 되어 천덕구니가 되겠으니 어떻게 갓을 쓰고 다니겠소?"

몽룡이 춘향의 등을 어루만지며,

"언짢아 마라. 내 힘써 공부하여 늦어도 삼 년 안에는 대과급제하여 너를 서울로 데려갈 터이니 행여 언짢아 말아라."

이별

기쁜 세월은 빠르고 슬픈 세월은 더디다는 옛말과 같이 몽룡이 춘향을 만나 서로 사랑하여온 지가 벌써 추월춘풍 일 년이 지내었다. 그동안에 옥신각신 사랑싸움 발나둠도 있었고 춘향이나 몽룡이나 혹은 감기로 혹은 복통으로 앓기도 하였고, 또 그리 큰 걱정 근심은 있을 것도 없지마는 그래도 잔걱정은 늘 있었다. 그러나 가을 일기에도 하루 종일 맑아가지고 있는 날은 없거든 인생 생활에 그만 걱정을 걱정이라 하랴. 꽃 같은 춘향과 몽룡은 인생의 봄을 즐길 대로 즐기고 놀 대로 놀았다. 그러나 홍진비래는 면치 못할 일이라, 찬 달은 이지러지고 핀 꽃은 이우나니 단꿈 같은 춘향 몽룡의 사랑놀이에도 슬픈 이별의 날이 오게 되었다.

하루는 몽룡이 책방에서 글을 읽다가 상방에서 부른다 하기로 들어간즉, 부사는 기쁨을 이기지 못하는 듯이 풀갓끈에 뒷짐 지고 이리저리 거닐면서 낭청과 무슨 이야기를 하며 웃다가 몽룡이 들어와 읍하고 섰는 것을 보며 잠시 거닐기를 그치고,

"몽룡아. 국은이 망극하여 내가 이조참판 내직으로 승차하여 승일상래하라신 전교가 계시니 가문의 경사라, 넨들 아니 기쁘겠느냐. 하루도 지체할 수 없이 곧 발정 상경하여야 할 것이로되, 나는 미진한 공사나 마치고 문서 중기 마감 후에 발정할 것이니, 널랑 사당 모시고 너의 어머니 배행하여 명일 일찍 떠나게 하여라."

몽룡이 이 말을 들으니 정신이 아득하고 금시에 눈물이 쏟아질 것 같다.

"아버지 먼저 행차하시면 소자가 하기 닦고 가오리다."

부사 몽룡을 흘겨보며,

"무엇이 어찌어?"

하고 한참이나 있다가,

"이 자식, 너 어디를 요새에 날마다 다니느냐?"

"광한루 갔다 왔어요."

"광한루는 무엇 하러 날마다 가?"

"용한 문필도 보고 글도 짓느라고 갔다 왔어요."

"내 들으니 밖에 괴악한 말이 간간 있으니 양반의 집 자식이 아직 이십도 못 되어서 청루주사에 다닌다는 것이 외문이 창피하고 또 만일 그런 소리가 서울까지 들린다 하면 혼인길까지 막힐 것이요, 또 미장가 전 아이놈이 하향 천기 작첩을 하였다면 사당 제사 때도 참례를 못하는 법이야. 내가 해괴한 소리를 들은 지 오래되어 네가 그치기만 기다리고 아무 말도 하지 않았다마는 다시는 용서치 못할 것이니 썩 나가거라!"

몽룡이 하릴없이 일어나 나올 제 부사가 낭청을 보고 분한 어조로,

"낭청은 어찌하여 벌써부터 알면서도 내게 말을 아니 하였단 말이오?"

하고 소리를 지르는 것이 들린다.

"두고 갈까 데려갈까. 데려가도 못할 터이요, 두고 가도 못할 터이니 이 사세를 어이하나."

몽룡이 이렇게 자탄하면서 기운 없이 춘향의 집을 찾아가니 춘향은 그런 줄도 모르고 반가이 내다르며,

"오늘은 어찌 늦었소? 손님이 왔었소?"

하고 묻다가 몽룡의 얼굴에 수심 빛과 눈물 흔적이 있는 것을 보고 한 걸음 물러서며,

"웬일이오? 사또께 꾸중 들으시었소?"

몽룡이 기운 없이 방에 들어가 고개 푹 수그리고 앉으며,

"꾸중 아니라 곤장을 맞았기로 울 내냐?"

"그러면 웬일이오? 본댁에서 편지 왔다더니 어느 일가 양반 돌아갔다고 부고 왔소?"

"일가 양반이 만 명이 죽으면 어때?"

"그러면 웬일이오? 어디가 편치 않으시오?"

하고 손으로 몽룡의 손을 쥐어보고 이마를 만지어보더니,

"열기는 없으신데 배가 아프시오?"

"……."

"왜 말이 없소? 도련님 슬픔이 내 슬픔이요, 도련님 걱정이 내 걱정이니, 도련님 그렇게 슬퍼하시면 내 맘이 어찌 편하겠소? 내가 누구를 믿고 사오? 도련님 한 분만 믿고 도련님께 대롱대롱 매달려서 사는 년을 왜 이렇게 괴롭게 하시오. 어서 말이나 하오."

춘향의 말을 들으니 몽룡은 더욱 비감하여진다. 눈물을 씻으면서,

"아버지가 간단다."

"가시다니 어디를 가시오?"

"이조참판인가 되어가지고 내직으로 들어간단다."

"에그, 경사로구려. 이조참판 승차하시었으면 그런 경사가 어디 있소? 너무 기뻐서 우시오?"

"기쁘기는 무엇이 기뻐? 차라리 아버지가 이 골 좌수나 되어서 물러앉았으면 좋겠다."

"어찌해 그러시오? 내가 안 따라갈까 봐 그러시오? 서울이 멀다기로 도련님 따라가지 않을 내 아니오. 울지 마오! 울지 마오! 오늘이나 내일이나 도련님 떠나시는 날이면 내 따라갈 것이니 울지 마오! 울지 마오!"

춘향의 이 말에 몽룡은 더욱 슬픔을 이기지 못하여 춘향의 손을 잡으며,

"너를 데리고 갈 양이면 내가 왜 슬퍼하랴."

춘향이 깜짝 놀라 한 걸음 물러앉으며,

"그럼 나를 두고 가시려오?"

하고 어성이 날카롭다.

"글쎄, 내야 데리고 가고 싶지마는……."

"아니 글쎄, 나를 못 데려가신단 말씀이오?"

춘향의 얼굴은 푸르락누르락한다.

"글쎄, 나는……."

"여러 말씀 하실 것 없이 외마디로 대답하오! 나를 데리고 가시랴오? 두고 가시랴오?"

"아버지가, 늙은이가 고집꾸러기여서 양반의 자식이, 미장가 전 아이놈이 하향 천기 작첩하였다면 혼인길이 막히고 사당 제사 참례도 못 하

는 법이라고…….”

춘향이 몽룡의 손을 뿌리치고 저만큼 물러앉아 눈썹이 빳빳해지며,

“다 알았소. 그만두오. 다 알았소. 다 알았소. 도련님 속도 다 알았소. 그럭저럭하야 나를 버려두고 도련님 혼자만 올라가신단 말이구려. 흥, 하향 천기! 그런 말이 몇 마디나 있소? 어디 있는 대로 다 해보오. 옳소. 내가 하향 천기요. 도련님은 쩡쩡 우는 연안 이씨 이 참판의 자제시로구려. 날 버리고 올라가서 귀가문에 장가들어 부디부디 잘 살으오. 나는 그런 줄 몰랐네. 그런 줄 몰랐네. 도련님이 바다가 마르고 돌이 다 녹아 없어지더라도 변치 아니하마 하시기에 그럴 줄만 믿었더니 날 속였구려, 날 속였구려……. 아이고, 이를 어찌하나. 내 신세를 어찌하나.”

하고 쓰러져 운다.

몽룡이 한 팔을 들어 춘향을 안아 일으키려 하나 춘향은 몽룡의 팔을 뿌리친다.

몽룡이 어찌할 줄 모르고 춘향의 곁에 쭈그리고 앉으며,

“춘향아, 울지 마라. 내가 가면 아주 가며, 아주 간들 널 잊으랴. 장부의 굳은 맹세 변할 줄이 있겠느냐. 너만 맘 변치 말고 다시 보기 기다려라.”

춘향이 와락 달려들어 몽룡에게 매달리며,

“못 가리다. 못 가리다. 나를 두고는 못 가리다. 날 데려가오! 날 데려가오! 못 데려가겠거든 죽이고 가오! 도련님께 들인 몸이니 맘대로 죽이고 가오! 살려두고는 못 가리다.”

하고 몽룡의 허리를 안고 무릎 위에 얼굴을 비비고 느껴 운다.

이때에 월매는 방에서 잠이 들었다가 춘향이 우는 소리에 깨어,

“또 저것들이 사랑싸움을 하는군.”

하고 그대로 도로 누워 자려다가 울음소리가 하도 수상하므로 가만가만히 걸어 나와 춘향의 방을 이윽히 엿보더니,

"이것들이 이별을 하는구나."

하고 도로 방으로 들어서 옷을 주워 입고 나와 크게 기침하고 영창을 후닥닥 열며,

"허허, 이게 웬 울음이냐. 내가 잠을 잘 수가 없으니 동네 사람은 자겠느냐. 이 밤중에 요망하게 대고 우니 미쳤느냐, 사가 들렸느냐. 아비가 없으니 어미 하나 있는 것을 어서 죽어지라고 이게 웬 방정이냐. 사오 세부터 사서삼경 배운 행실이 이것이냐. 이게 무슨 행실이냐. 대관절 무슨 일이냐. 말이나 해라."

하면서 문안에 들어앉는다.

월매가 들어오는 것을 보고 춘향은 몽룡의 무릎을 떠나 저만치 물러가 한 손으로 턱을 고이고 치마끈만 물어뜯으며 흐득흐득 느끼고 앉았다가 월매가 무슨 곡절이냐고 묻는 말에,

"도련님이 가신다오."

"도련님이 어디로 가시어?"

"사또께서 이조참판 승차하시어 내직으로 들어가신다고 도련님은 내행 모시고 명일 일찍이 서울로 가신다오."

이 말에 월매 깔깔 웃으며,

"이 애 댁에 경사 났구나. 도련님이 경사시면 내 집도 영화여든 울기는 왜 우느냐. 너무 좋아서 우느냐. 도련님 가시면 나는 같이 못 갈망정 널랑 같이 치행하여 도련님과 같이 가되 행차 앞에 가지 말고 오 리만큼 십 리만큼 따름따름 가다가 밤이 되거든 만나보고 낮이면은 그렸다가 밤

되거든 또 만나볼 터인데 욕심 많은 도적년이 낮에 못 볼 것이 애가 타서 남 다 자는데 애고지고 대고 우니 도련님을 꼭 매어서 네 옷고름에 채워 주랴? 울지 마라, 울 것 없다. 날랑은 세간 방매하고 천천히 갈 터이니 널랑은 어서 속히 치행하야 도련님 따라가려무나. 나는 무슨 큰일이나 났다고."

"도련님이 나를 못 데려가신다오."

하는 춘향의 말에 월매 웃던 웃음도 집어치우고 우두커니 방바닥만 들여다보고 앉았는 몽룡을 돌아보며,

"왜 못 데려가? 정녕 그렇소?"

몽룡은 외면하며,

"그렇다네."

월매 무르팍걸음으로 몽룡의 앞으로 바싹 다가앉으며,

"어찌하여 못 데리가오?"

"낸들 데려가고 싶은 맘이야 태산 같지마는 양반의 자식이 미장가 전에 외방작첩하면 청문이 사나울뿐더러 사당 제사에도 참례하지 못한다고 부명이 지엄하시니 낸들 어찌하나. 잠시 서로 떠났다가 후 기약을 기다리세."

월매 얼굴이 붉으락푸르락하며 두 주먹을 발끈 쥐더니,

"너 이년, 죽어라. 어느 놈이 살인율은 질 터이니, 너 이년 썩 죽어라. 도련님 올라가면 뉘 간장을 녹이라느냐. 요년아, 썩 죽어라!"

하고 몽룡의 앞으로 바싹 대들며,

"여보게, 나하고 말 좀 해보세. 그래, 어찌해 내 딸을 못 데려간단 말인가. 가만히 있는 아이를 감언이설로 꾀어내어 일 년 이태나 되도록 진

탕치듯 버려주고, 이제 와서 안 데려간다니 웬 말인가. 내 딸이 어떠한 딸로 알았던가. 늙은 년이 그것 하나를 길러낼 제 고생인들 어떠하였겠나. 말년에 그것으로나 낙을 볼 양으로 하늘같이 믿었더니 이제 자네가 안 데려간다 하니 웬 말인가. 아, 이 사람아, 말 좀 하게. 양반의 자식의 행세는 그러한가. 자네 집 사당 제사 참례만 중하고 내 딸 죽는 것은 중하지 않단 말인가. 말게, 말게, 못 하네."

하고 소리를 바락 지르며,

"가랴거든 데리고 가고, 못 데려가겠거든 죽이고 가게. 살려두고는 못 가리! 이 사람아, 말해보세. 내 딸이 행실이 그르던가. 언행이 불손턴가. 무슨 죄가 있던가. 칠거지악 없으려든 백옥 같은 내 딸을 무슨 연유로 버리랴나. 꽃 같은 청춘에 생과부를 만들어서 독숙공방에 내 딸을 말라 죽게 하랴나. 이 사람아! 내 딸이 그렇게 만만해 보이던가. 내 딸 버리고 가는 놈은 내가 그놈의 간을 내어 아작아작 씹어 먹을라네."

하고 몽룡에게로 대들어 다리를 꼬집고 어깨와 팔을 물어뜯는다.

몽룡이 황망하여,

"여보 장모, 이럴 것 없소. 내가 춘향을 데리고 가리. 두고 간다던 것이 내 망발이로세. 데려가리, 데리고 가리."

하고 춘향을 향하여,

"춘향아, 어서 행장 수습하여라. 명일 아침에 나하고 함께 떠나자."

이 말에 월매 물러앉으며 춘향을 보고,

"그래라, 이년아. 따라가거라 따라가. 이년아, 네 서방 따라가거라. 물고 매달려서라도 따라가거라."

춘향이 한숨 쉬며,

"어서 어머니는 건너가오. 만사는 다 내가 알아 할 테니 어머니는 건너가 주무시오."

월매는 적이 안심한 듯이 담뱃대를 들고 일어나 나가며,

"꼭 따라가라. 이번 놓치면은 영 놓치는 게다. 갈 적에 안 온다는 님 없고, 온다고 오는 님 없느니라. 여보 도련님, 당신도 잘되랴거든 데리고 가오. 일부지원 고한삼년이라고 안 데리고 가면 도련님도 안되리라."

하고 마루에를 내려섰다가 다시 오며,

"만일에 못 데려가겠거든 먹고살 것이라도 주고 가야 하오리다."

월매 들어간 뒤에 춘향이 눈물을 거두고,

"도련님, 어머니 망령을 노여워 마오."

몽룡이 두 손바닥으로 눈물을 씻으며,

"노여운 게 무에냐. 장모 말이 모두 옳은 말이다. 애초에 내가 너를 두고 간다는 게 말이 아니니다. 백년을 같이하자고 굳게 맹약한 너를 혼자 두고 간다는 게 말이 아니니다. 같이 가자, 같이 가. 데려가마, 데려가마. 사당 제사에 참례를 못 하면 말고, 우리 아버지가 나를 내쫓거든 너와 나와 둘이서 어디 가서 농사를 지어 먹든지 막벌이를 하여 먹든지 이 집 저 집으로 돌아다니며 문전걸식을 하더라도 같이 가자, 같이 가. 너를 두고는 못 가리라. 내 데리고 가마, 데리고 가마."

춘향이 고개를 좌우로 흔들며,

"안 될 말씀이오. 안 될 말씀이오. 도련님 부모시자 내 부모시니 도련님이 부모 명령 거역하시면 낸들 불효가 아니오? 남의 자식이 되어선 봉제사를 못 하게 된다 하면 그런 불효가 또 어디 있소? 안 될 말이오. 애여 날 데려갈 생각은 하지도 말고 도련님이나 부디 평안히 가시오. 내행 모

시고 천리원정에 조심조심히 가시오. 서울 올라가시거든 내 생각도 마시고 약주도 과히 잡숫지 마시고 공부나 잘하시어 대과급제하시고 한림학사나 되신 뒤에 아버님께 여짜와서 날 데려가게 하여주시오. 내 걱정은 말으시오. 도련님 가신 뒤면 나는 대문 중문 굳이 닫고 혼자 가만히 숨어 있어 도련님 입신양명하시기만 천지신명 전에 빌고 도련님이 부르시기만 기다리고 있을 터이니 내 염려랑 애여 마시고 부디 평안히 잘 가시오. 천리원정 노중에서나 가신 뒤에나 천금같이 귀중한 몸을 부디부디 보중하시오. 공부하시다가 한가하신 때나 남원 오는 인편 있는 때에 두어 자라도 좋으니 자주자주 편지나 하여주시오."

말을 다 못 마치고 춘향은 새로운 설움이 복받치어 방바닥에 쓰러지어 울며,

"백년이 다 맞도록 님 떠나지 마잤더니 굳이 가신다네. 아니 가든 못하신다네. 한양 천리에 그린 님 보내옵고 이 몸이 홀로 어이 살려나, 어이 살려나. 떠나면 멀어지네, 멀어지면 잊는다네. 떠나서 못 뵈옴도 애끓도록 설우려든 저 님이 잊으실진댄 어이 살리 어이 살까나. 차라리 죽어 잊으랴. 죽도 못 하고 살아 기다리랴. 그 더욱 어려워그려. 아이고, 내 신세야."

창자가 끊어지는 듯한 춘향의 울음에 몽룡도 목이 메어 울며 춘향의 손을 부여잡고,

"울지 마라, 울지 마라. 너 잊을 내 아니다. 네 뜻이 그러하니 너를 두고 가거니와 두고 가는 내 맘인들 그 아니 슬플쏘냐. 구곡간장이 다 끊는 듯하다마는, 하늘이 무너지고 바다는 마를지언정 너 잊을 리 만무하니, 네 말대로 내 힘써 공부하여 대과나 한 연후에 너를 데려가마, 데려가마.

네 부디 나 간다고 설워 말고 몸조심하여 나 오기를 기다려라."
하고 화류집 사릉경을 남대단 두루주머니 끈 아울러 끌러서 춘향의 손에 쥐여주며,
"대장부 세운 뜻이 명경과 같을진댄 천만년 지나간들 변할 줄이 있을 건가. 내 뜻이 거울과 같아야 변할 줄이 없으리니 이것을 몸에 지니어 날 본 듯이 보아라."
춘향이 일어나 그 거울 받아 품에 품고 왼손 무명지에 꼈던 옥지환 한 쌍을 벗어 몽룡에게 주며,
"여자의 곧은 절개 옥빛과 같을진댄 천만년 진토에 묻혔은들 변할 줄이 있으리까. 내 절개 이와 같아야 변할 줄이 없사오리니 부디 이것을 날 본 듯이 지니시오."
몽룡이 춘향의 지환을 받아 약낭에 집어넣고 옷을 떨고 일어서며,
"닭이 우네, 벌써 세 홰째니 우네. 짧은 여름밤이 얼마 아녀 밝으리라. 잘 있거라. 나는 간다. 다시 볼 때까지, 네 부디 잘 있거라."
춘향이 일어나 몽룡의 품에 안기니 몽룡이 춘향을 껴안고 느끼어 운다.
이슥히 둘이 서로 안고 울다가 춘향이 몽룡에게서 물러서며,
"도련님, 나는 이제부터는 살아도 도련님 댁 사람이요, 죽어도 도련님 댁 사람이니 도련님 손수 내 귓머리나 풀어주오. 도련님 떠나시기 전 내 머리 얹은 양이나 보고 가시오! 비록 팔자에 없어 도련님과 육례는 못 갖춘다 하더라도 도련님 손수 내 귓머리를 풀어주시면 그것이 육례보다 낫지 아니하오!"
하고 삼단 같은 검은 머리채를 어깨 위로 끌어넘겨 몽룡에게 준다.
몽룡은 춘향의 말에 깊이 감격한 듯이 이슥히 춘향의 눈물 흐르는 눈을

물끄러미 바라보더니 말없이 춘향의 머리채를 받아들고 댕기를 풀고 땋은 것을 훌훌 풀고 왼편 귓머리를 먼저 풀고 오른편 귓머리를 마저 풀고 나서 자기의 머리채를 춘향에게 주며,

"네 귓머리를 내가 풀었으니 내 귓머리도 네가 풀어라."

춘향이 잠깐 머뭇머뭇하더니,

"내가 어떻게 도련님 귓머리를 풀겠소? 그런 법도 있소?"

하고 고개를 내두른다.

"나는 총각이요, 너는 처녀라. 너는 처녀의 몸을 내게 주어 내 지어미되고, 나는 총각의 몸을 네게 주어 네 지아비 되니, 지아비와 지어미는 한몸이라. 내가 네 귓머리를 풀어 너로 내 지어미를 삼노라 하는 표를 보이거든 네가 내 귓머리를 풀어 나로 네 지아비를 삼는 표를 아니 보여야 되겠느냐. 내 손으로 한 번 푼 네 머리 다른 남자가 풀지 아니할 것과 같이 네 손으로 한 번 푼 내 머리를 다른 여자가 풀지 못하리라. 자, 사양 말고 풀어라."

그래도 춘향이 감히 몽룡의 머리에 손을 대지 못하고,

"뜻은 아오마는 그런 법이 없소."

하니 몽룡이 언성을 높이며,

"없는 법이어든 내가 새로 내마."

하고 뜻이 굳은 양을 보인다.

춘향이 마지못하여,

"그러실진댄 머리를 빗겨나 드리리다."

하고 몽룡의 머리채를 활활 풀고 조심조심히 두 귓머리를 다 풀 때에 몽룡은 감격을 못 이기어 사근사근하는 춘향의 잦은 숨소리를 듣는다.

춘향은 몽룡의 귓머리를 다 풀고 나서 어이없는 듯이 몽룡을 바라보며,

"나는 머리를 얹지마는 도련님은 어찌하시랴오?"

하니 몽룡이 잠깐 생각하다가,

"내 생각 같아서는 아주 상투를 짜버렸으면 좋겠다마는 그럴 수야 있느냐. 귓머리만 풀고 도로 땋아라."

"앗으시오! 내 손수 한번 풀어드렸으니 푼 셈 치고 다시 땋읍시다."

춘향이 빗접을 내놓고 몽룡의 머리를 얼레빗으로 고르고 참빗질도 몇 번 한 뒤에 동백기름 두어 방울을 손바닥에 떨어뜨려 서너 번 싹싹 비벼 몽룡의 머리에 바른 뒤에 또 한 번 얼레빗으로 살살 빗겨 빗살 자국이 어질러지지 않도록 가만가만히 이리 만지고 저리 만지어 대목을 한 줌 덤뻑 놓고 처음에는 느슨느슨 차차 힘을 주어 땋은 뒤에 석웅황 박은 갑사댕기 끝을 입으로 물어 꼭 졸라매고, 그러고도 차마 그 머리채를 놓기가 아까운 듯이 만지고 또 만지고 쓰다듬더니,

"그래도 도련님은 가시는구려."

하고 몽룡의 등에 얼굴을 대고 운다.

몽룡이 고개를 돌리며,

"울지 마라. 머리를 풀어 헤치고 우느냐?"

하는 말에 춘향이 깜짝 놀라 눈물을 씻고 제 머리를 빗어 되는대로 땋아 한 손으로 머리채를 들고 일어나 반닫이를 열고 서랍 속에서 백지에 꽁꽁 싸서 목함에 넣었던 금비녀를 내어 몽룡의 손에 쥐여주며,

"이것을 도련님 손으로 내 머리에 꽂아주시오. 이 비녀는 우리 아버지가 어머님께 주신 비녀, 내가 시집가거든 주신다고 어머님이 안 쓰시고 두었던 것이라오."

하고 머리쪽을 만들어 손으로 잡고 몽룡에게로 고개를 돌리니, 몽룡이 일어나 비녀를 꽂아준다.

머리를 얹고 나서 두 사람이 맥맥히 마주 앉았을 제 닭이 재우쳐 운다.

"자던 닭이 우네. 먼동 트게 되었네. 이러고 있으면 끝이 있소? 가실 길은 가시어야지."

하고 춘향이 향단을 부르니 향단도 아직 자지 않고 일어나 있다가,

"예."

하고 나온다.

"도련님은 가신다. 멀리멀리 서울로 가신단다. 약주나 한잔 따뜻이 데우고 포나 놓아 내오너라."

하고 향단을 시키고 춘향은 장문을 열고 백지에 싸두었던 담배를 내어 한 잎을 골라 붙이어 몽룡을 주며,

"마지막으로 내가 붙인 담배나 한 대 잡수시오."

하더니 남은 담배를 다시 싸서 장에 넣으며,

"도련님 가시면 이 담배는 누가 먹나. 도련님 다시 와서 이 담배를 잡술는지……. 부디 다시 오시어서 이 담배 잡수시오!"

하고 다시 거문고를 내어 장도를 빼어 들고 거문고 줄을 드윽 끊으니, 스르룽, 하고 소리가 난다.

"너도 다 쓸데없다. 님 안 계신데 거문고는 무엇 하리. 누구를 위해 거문고는 타리?"

다시 경대를 열고 연지분곽 기름 항아리 모두 내어 내던지며,

"도련님 안 계시거든 누구를 위해 단장하리. 님 뵈잔 단장이니 님 가시면 뵐 이 있나. 면경도 쓸데없고 연지분도 쓸데없네. 방 안에 뵈는 것이

모두 도련님 만지시던 것이니 도련님 가신 뒤에 저것들을 보고 내 어찌 살까나."

하고 또 쓰러지어 운다.

몽룡이 춘향이 흩어놓은 것을 다시 제자리에 놓으며,

"잠깐이다, 잠깐이다. 세월이 잠깐이니 만날 날도 잠깐이다."

향단이 술상을 들고 나와 이 광경을 보고 눈물을 씻으며,

"아씨! 약주 가지어왔소."

춘향이 일어나 잔에 술을 부어 몽룡을 주니 몽룡이 받아 마시고, 이번에는 몽룡이 손수 부어 춘향을 주니 춘향이 또 받아 마시다가, 반을 다 못 마시고 목이 메어 울며,

"이별주, 이별주, 말로는 들은 지 오래건만 내가 이별주 마실 줄은 뜻하지 못하였네."

하고 또 쓰러진다.

향단이 울며 춘향의 어깨를 흔들며,

"아씨! 아씨! 아씨가 이러시면 도련님 마음은 어떠시겠소! 먼 길 떠나시는 도련님을 보아서 이러시지 마오."

춘향이 눈물 씻고 일어나며,

"오냐, 네 말이 옳다. 그런 줄을 알건마는 북받치어 오르는 눈물을 어찌하느냐."

하고 몽룡의 손을 잡아 일으키며,

"자, 인제는 가시오. 나로 하여 밤을 새웠으니 얼마나 곤하실까."

하고 중문까지 나와,

"도련님, 부디 평안히 행차하시오."

"부디 잘 있거라."

향단이 대문까지 나가서,

"도련님, 부디 안녕히 행차하시오."

"오냐, 부디 잘 있거라. 아씨 잘 시봉하고 위로해드려라."

"도련님 가신 후에 아씨께 편지나 자주 하시오."

하는 향단의 말에,

"오냐, 그리하마. 아씨 잘 위로하여라."

몽룡이 춘향의 집 대문을 나서니 벌써 동편 하늘이 훤하다. 차마 떠나지 못하고 문전으로 배회하다가 천천히 걸어간다. 가다가는 돌아보고 가다가는 돌아보니 향단이 아직도 대문에서 바라보고, 정들인 청삽사리 어디서 자다가 깨어 꼬리를 치며 몽룡의 뒤를 따라온다. 몽룡이 걸음을 멈추고 개의 머리를 쓸어주며,

"너도 내게 정이 들어 따라오는데 춘향이를 두고 가는 내가 무정한 놈이다."

하고 춘향의 집을 향하고 두어 걸음 가다가 다시 돌아서서 간다.

이튿날 평명에 이른 조반 먹고 부사께 하직하고 육방 관속의 하직 받고 사당 내행 모시고 몽룡은 나귀를 타고 오래 부리던 방자 경마를 잡히고 정든 남원을 다시금 돌아보면서 서울길을 떠났다.

이때는 오월 하순이라, 사면 청산에 아직 아침 안개는 스러지지 아니하고 푸르게 늘어진 오류정 버들가지는 흔드는 바람도 없어 오직 벗 부르던 꾀꼬리가 사람에 놀래어 푸드득 날아가는 바람에 잎사귀 위에 잠자던 구슬 같은 이슬방울을 뚝뚝 떨굴 뿐이었다. 몽룡은 맘이 비감하여,

임루사남원(눈물로 남원을 작별하고)

함비향경로(슬프게 서울로 향하노라).

하는 글귀를 읊조리다가 경마 잡은 방자를 향하여,

"벌써 오류정이로구나."

방자 몽룡을 돌아보며,

"누가 아니라오?"

"어허, 춘향이 있는 남원은 점점 멀어가는구나!"

"소인의 계집도 점점 멀어가오."

몽룡이 나귀를 세우고 고개를 돌려 안개에 싸인 남원 부중을 물끄러미 바라보고 있을 때에 버드나무 그늘에서 향단이 뛰어나오며,

"도련님!"

하고 부른다.

몽룡이 놀라 돌아보니 향단이라, 깜짝 놀라 몸을 굽혀 향단을 보며,

"웬일이냐. 네가 어찌하여 여기 왔단 말이냐?"

향단이 찬합 하나 술병 하나를 방자에게 주며,

"이것은 도련님 노중에서 잡수시라고, 우리 아씨가 보내시는 것이오."

몽룡이 나귀 위에서 사방을 둘러보며,

"너만 나왔느냐. 필경 아씨도 나왔을 것이니 아씨는 어디 계시냐?"

"아씨는 오시다가 저기 앉아 계시오."

하고 향단은 손을 들어 가리키며,

"혹 사람이 보더라도 도련님 체면에 안될까 봐 소녀더러 이것 갖다가 도련님 드리고 부디 편안히 행차하시라고 전갈하라 하시오."

향단이 손 들어 가리키는 곳을 보니 길가 늙은 소나무 밑에 춘향이 홀로 서서 치맛자락으로 눈물을 씻고 씻고 이곳을 바라본다.

몽룡이 나귀에서 뛰어내려 춘향에게로 따라가서,

"예까지 나왔느냐. 날 보내려 나왔느냐?"

하고 춘향의 손을 잡으니 춘향이 울며,

"한 번 더 뵈온다고 시원할 것 없으련만, 하도 아쉬운 맘에 먼발치로 도련님을 한번 뵈오랴고 여기까지 나왔소. 도련님 이제 가시오면 언제나 오시랴오? 천리 한양에 도련님 보내옵고 내 어찌 살라오?"

"울지 마라, 울지 마라. 몸은 비록 한양으로 가거니와 마음은 너 있는 남원에 두고 가니 울지 말고 몸조심하여 다시 만나기만 기다려라."

둘이 마주 잡고 한참이나 울다가, 춘향이 눈물을 거두며,

"도련님, 어서 가시오. 길 늦겠소. 대부인께서 걱정하시오리다. 어서 가시오."

하고 몽룡의 손을 놓으니 몽룡은 차마 떠나지 못하여,

"내 사랑아, 잘 있거라."

하고 한 걸음 나오다가는 또 한 걸음 들어가고, 또 한 번,

"부디 잘 있거라, 들어가거라."

하고 두어 걸음 나오다가는 또 두어 걸음 들어가니 이러할수록 피차에 떠나기 슬픈 생각은 더욱 깊어간다.

"어서 가시오!"

"오냐, 잘 있거라. 나는 간다."

"부디 원로에 평안히 가시오."

"내 걱정은 말고 잘 있거라. 하늘이 무너져도 널 데리러 내 다시 오마.

마음이나 변치 마라."

춘향이 손을 들어 소나무를 가리키며,

"내 마음은 이 소나무와 같소. 도련님이나 변치 마오."

몽룡은 손을 들어 해를 가리키며,

"내 마음은 저 백일과 같다. 너 부디 잘 있거라."

"도련님, 부디 평안히 가오."

그러나 이 모양으로 작별하는 인사만 하고 또 할 뿐이요, 두 사람은 언제까지나 떠날 줄을 모른다.

이때에 방자가 두 사람이 섰는 곳으로 뛰어오며,

"도련님, 야단났소. 대부인께서 앞참에 가마를 머무시고, '도련님 왜 안 오시느냐. 어서 오시라.' 합신다고 급창이 놈 발광하오……. 이별을 하실 때에 '도련님, 부디 평안히 가오.', '오냐 춘향아, 부디 잘 있거라.' 이만할 일이지그려. 웬 이별을 이렇게 끈질기게 하시오? 그만하고 어서 가십시다."

몽룡이 하릴없이 춘향의 손을 놓고,

"나는 간다. 아니 가든 못 하리니 너를 두고 나는 간다. 대장부 이별할 때 눈물 안 뿌린단 말 낸들 어찌 모르랴만 아마도 그 사람이 이별 안 해본 사람인가 보다."

"부디 평안히 가오."

"오냐. 부디 잘 있거라."

몽룡은 한 걸음에 돌아보고 두 걸음에 돌아보고 손을 흔들며 나귀를 몰아가는네 춘향은 땅에서 솟은 사람 모양으로 입만 벙긋벙긋하며 몽룡을 바라본다. 사람은 차차 작아가고 음성은 차차 멀어간다. 몽룡이 탄 나귀가 박석치를 넘어설 때 몽룡의 옷자락이 한번 펄렁 보이더니 요만큼 뵈다가 조만큼 뵈다가 밥지내를 지나서야 아주 깜빡 아니 뵌다.

"향단아!"

"예."

"도련님 가시는 것이 보이느냐?"

"안 뵈어요."

춘향이 정신없이 섰던 곳에 펄썩 주저앉아 잔디 잎을 박박 쥐어뜯으며,

"그만 갔네. 참으로 갔네. 인제는 아주 가시었구나. 지금 여기 있던 양반 금시 간 곳 없네그려. 어쩌면 가오? 나를 이곳에 혼자 두고 어쩌면 도련님 혼자만 가오! 에그, 무정도 해라."

하고 목을 놓아 운다.

향단도 눈물을 씻으며,

"아씨, 울지 마오. 도련님 오시리니 울지 마오. 마님 걱정하시리다. 들어갑시다. 들어가요."

그러나 춘향은 일어나지 못하고 땅바닥에 엎드려 느껴 운다.

이때에 월매, 춘향이 오래 안 돌아오는 것이 걱정이 되어서 따라 나오며,

"이년아, 이게 무슨 행실이란 말이냐. 새파랗게 젊은 년이 백주대로변에 펄떠리고 앉아 애고지고 대고 우니 남이 부끄럽지 아니하냐. 그토록 섧겠거든 네 서방을 따라갈 것이지 가는 놈은 보내고서 울기는 왜 우느냐. 들어가자 들어가, 어서 집으로 들어가."

춘향이 월매를 보며,

"어머니도 어찌 그리 무정하오. 내가 그렇게 설워하면 달래는 말씀 한

마디라도 하는 것이 아니라 어쩌면 그리도 무정하오?"

월매 후회하는 듯이 언성을 부드럽게,

"자식에게 무정한 어미 어디 있다더냐. 네가 우는 꼴을 보니 애가 타서 그러는 것이다. 울지 마라, 울지 마라. 울지 말고 들어가자. 너를 두고 가는 놈을 생각하는 네가 어리석다. 어젯밤에 이가 놈이 너를 데리고 가마고 능청스럽게 그러길래 귓문 넓은 늙은 년이 그놈의 말을 참으로만 믿었더니, 그놈이 마침내 너를 두고 가버렸네. 그럴 줄 알았다면 내가 그놈의 자식의 코라도 물어 떼고 넓적다리 살이라도 한 점 큼직이 물어 떼어주었을 것을. 그놈의 자식이 날 속이고 갔네그려. 이놈 이가 놈아, 내 딸을 버리고 간 이가 놈아. 네놈이 십 리 안짝에 배가 갈라지어 즉살을 하리라."

춘향이 월매의 입을 손으로 막으며,

"어머니, 이게 웬 말이오? 망령이오? 웬 말이오? 나를 두고 가는 도련님의 심산들 오죽하겠소?"

월매의 입을 가리는 춘향의 손을 물리치며,

"아서라. 네 그리 착한 체를 말아라. 가장 열녀인 체도 말아라! 네가 아직 철이 없어 사람 볼 줄을 몰라서 그런다. 이가 놈이 외양은 번뜻하고 말은 그럴듯하게 하건마는 그놈이 천하에 흉물스럽고 전깍쟁이 놈이다. 어쩌면 감언이설로 살이라도 베어 먹일 듯이 너를 꼬여내어 질탕 치듯 놀다가 우물쭈물 너를 속여 내버리고 가면서도 돈 한 푼 피륙 한 자 이러한 말 없이 가니 그런 전깍쟁이 놈이 어디 있나. 나는 생각하기를 이가 놈이 너는 못 데려가더라도, 적더라도 논 섬지기 돈 천 냥은 주고 갈 줄 알았더니, 그 밀 지 말 없이 가니, 요놈이 전깍쟁이가 아니고 무엇이란 말이냐. 작년 이때부터 금년 이때까지 준 일 년을 더우나 추우나 늙은 년이 밤잠도 못 자고 저를 위해 밤참을 차린다, 술상을 본다 하느라고 내 시쟷돈 수천 냥을 모조리 없앴거든 어쩌면 고놈의 아들 놈이, 고맙소 말 한마디 없이 가버린단 말이냐. 요 이가 놈아! 요 전깍쟁이 재리 놈아! 요놈아, 네 행세가 전중이나 거지밖에는 더 못 되리라."
하고 몽룡이 지나간 길을 향하여 악을 쓴다.

춘향이 월매의 팔을 붙들고,

"그리 마오, 그리 마오. 어머니, 그리 마오. 시하에 달린 도련님이 돈인들 어디 있으며 설사 있어 주신다기로 어머니는 받으며, 나는 받겠소?"

"왜 안 받아? 왜 안 받아? 주는 돈을 왜 안 받아? 세상 천하에 돈밖에 더 좋은 것 있다더냐. 주는 돈을 왜 안 받아? 서방이 좋다 해도 사랑 절반 돈 절반이라, 사랑 없는 서방은 써도 돈 없는 서방은 못 쓴단다. 사랑 먹고 산다더냐, 돈 있어야 먹고산다. 너는 아직 나이 어려 이 일 저 일 모르거니와 젊었을 제 내 천 냥 만들어야지 내 천 냥 못 만들곤 이렁저렁 늙어지면 밭고랑 베고 죽는단다. 아따 그놈 이가 놈, 갈 놈이면 잘 갔다. 그놈이 일 년만 더 있었더면 내 집 팔아넘길 뻔했네."
하고 춘향의 손을 끌며,

"아가, 들어가자. 들어가서 아침이나 먹자. 그 후레아들 놈 잘 갔으니 학질 뗀 줄만 알고 들어가자. 내 돈 먹고 가서 고놈이 배지가 안 터지나 보자."

춘향이 월매에게 끌려가며,

"아이고 어머니, 말을 왜 그렇게 하오? 도련님은 내 남편이니 내 남편이자 어머니 사위 아니오? 사위도 반자식이라니 어쩌면 그토록 악담을 하시오? 어머니, 그리 마오."

"딸 본 사위라고 너를 보아 그 깍쟁이 놈을 귀애했지, 너를 두고 가는 놈은 물어뜯어 죽여도 아깝지 않거든 악담 좀 하기로 어떠하리."

"어머니, 그리 마오. 도련님이 아주 가실 리가 만무하고 아주 가시더라도 날 잊으실 리 만무하니 어머니, 그리 마오."

"누구나 첫서방한테는 정이 더 드는 법이라, 나도 처음에는 그랬다만, 갈 때에 오마, 아니 하는 님 없고, 오마 하고 오는 님 없더라. 네가 아직 경난 못 하여 그놈의 소리를 믿는구나."

"어머니, 그럴 리 없소! 천하 사람을 다 못 믿어도 우리 도련님을 나는 믿소."

월매 비웃으며,

"오냐. 첫서방 적에는 누구나 다 그러니라. 너와 같이 믿나니라. 그 서방 죽으면 따라 죽을 것도 같고 일생에 다른 서방 대하지도 아니할 것 같으니라."

춘향이 기가 막혀 길바닥에 펄썩 주저앉으며,

"어쩌면 어머니, 그런 말씀을 하시오. 이 자식이 이 자리에서 목접이하는 것을 볼 양으로 그런 말씀을 하시오? 나는 죽소! 나는 죽소!"
하고 몸부림하고 운다.

월매는 범연하게 웃으며,

"오냐 오냐. 어서 가기나 하자. 첫서방 적에는 나도 그리하였더니라. 그러하지마는 새서방 맛만 보면 첫서방만 못지 아니하니라. 너도 이삼 일 사오 일 지나면 이별 설움도 잊어버리고 그럭저럭 신관 사또 도임하면 또 책방 도련님 있을 터이니 어디 서방 흉년 들었더냐. 염려 마라. 울지 말고 집에 가서 아침이나 먹자."

춘향이 생각하니 아무리 말하여도 월매의 마음 못 돌리고 자기 마음 월매에게 알리지 못할 줄 알고 울음을 그치고 일어나 따라갈 제, 한 걸음에 돌아보고 두 걸음에 돌아보고, 몽룡의 나귀 지난 길을 다시금 돌아보며 월매와 향단에게 붙들려 집으로 돌아온다.

춘향이 몸은 비록 집으로 끌려오나 혼은 몽룡의 나귀를 따라 산을 넘고 물을 건너 한양으로 행한다. 눈앞에 알른알른 박석치 넘어가는 몽룡의 모양이 보이고 오류정에서 손길을 부여잡고 이별하던 양이 보이니 눈물이 앞을 가리어 길이 보이지를 아니한다. 몇 번이나 돌에 차여 넘어질 뻔하나 아픈 줄도 모르고 춘향이 집으로 걸어간다.

혼이 빠진 듯하고 정신이 없는 듯하여 아뜩아뜩 기가 막히니 이러고도 살 수가 있을까. 춘향은 집에 돌아오는 길로 향단이 시켜 대문 중문 굳이 닫아걸게 하고 제 방인 부용당 덧문조차 닫아걸고 자리 펴고 아랫목에 쓰러졌다.

상사

오류정에서 몽룡을 이별하고 돌아온 춘향은 종일 아무것도 아니 먹고 방에 누워 있었다. 월매는 딸을 생각하여 밥도 권해보고 밥을 안 먹으면 죽도 권해보고 미음노 권해보며,

"아가, 어서 무얼 좀 먹어라."

하고 애를 쓰면 춘향은 늙은 어머니가 애쓰는 것이 미안하여 일어나 숟가락을 들어보나 눈물에 목이 메어 먹는 것이 넘어가지를 아니한다.

"어머니, 목이 메어 못 먹겠소."

하고 숟가락을 놓으면 월매는 화를 더럭 내며,

"이년아, 너는 서방만 알고 어미는 모르느냐. 네가 안 먹으면 낸들 먹겠느냐. 네 앞에서 내가 목절피를 하여 죽는 것을 보랴느냐?"

하고 몸부림을 한다.

"어머니, 울지 마오. 내가 먹으리다. 울지 마오. 지금은 목이 메어 못 먹겠으니 두고 건너가시면 이따가 먹으리다."

이 모양으로 월매의 권에 못 이기어 먹으며 말며 춘향은 마치 병든 사람 모양으로 그날그날을 보낸다.

"이럴 줄 알았더면 보내지를 마옵거나 차라리 가는 님을 따라라도 가올 것을 보내고 애타는 나를 나도 모르겠네. 이별이 설운지고 님 이별이 과연 설운지고. 생각던 것보다도 한없이 더 서럽구려. 이 설움 어이 품고 살거나. 나는 못 살겠네. 사랑이 깊사오매 이별이 더 설운지고. 이리 설운 이별이면 사랑이나 말을 것을. 사랑코 이별한 몸이 차마 살기 어려워라. 울며 잡는 소매 뿌리치고 가신 도련님아. 내 이리 설울진댄 님인들 아니 설울소냐. 이 설움 어이 참아 지내시나. 눈물겨워 못 살겠네. 오늘은 어디나 가실고. 오늘 밤은 어느 여막에서 나를 헤아리시나. 님도 나와 같아 잠 못 이루시나."

이 모양으로 혼자 울고 생각하고 탄식하다가 여러 날 상사의 괴로움에 지치어 어슴푸레 잠이 들었더니 문밖에 낯익은 발자취 들리며,

"춘향아!"

하고 몽룡이 문을 열고 들어서다가 춘향이 자리에 누워 잠든 것을 보고,

"못 믿을 건 여자로다. 여자를 못 믿을레라. 나는 저를 찾아 천 리 길에 예 왔건만, 저는 나를 잊고 깊이 잠이 들었네그려. 못 믿을손 여자의 맘이로구나."

하고는 눈물을 흘리고 문을 도로 닫고 나가버린다. 춘향이 놀라 잠을 깨어 일어나서 버선발로 따라나가니 몽룡의 도포자락이 중문간에 펄렁하는 듯하고는 불러도 대답 없고 섬돌 밑에 이슬 맺힌 파초 잎만 달빛에 너울너울, 반딧불만 소리 없이 반짝반짝 오락가락할 뿐이다.

춘향이 도로 방에 들어와,

"꿈이로구나. 한바탕 꿈이로구나. 한양에 가신 님이 꿈 아니고 오실 리 있나? 꿈아, 어린 꿈아. 오신 님도 보낼 건가. 오신 님 보내느니 잠든 나를 깨우렴. 날 두고 가시기로 잊으신 줄만 여겼더니 꿈에 와 찾으시니 님도 나를 생각하시나보이."

이러구러 몽룡이 떠난 지 이십 일이 넘어서 하루는 방자가 춘향의 집으로 뛰어 들어오며,

"춘향아, 잘 있느냐. 도련님한테서 편지 왔다."

하고 편지를 내준다.

춘향은 그 편지를 받아 들고 이리 뒤적 저리 뒤적 차마 떼지는 못하고 방자더러,

"그래, 먼 길에 발덧이나 안 났소? 도련님께서 내행 모시고 무사히 득달하시었소? 그래, 가시는 길에 도련님이 나를 생각이나 하십디까?"

하고 공손하게 묻는다.

평생 '이 녀석', '저 녀석' 하던 춘향이 자기를 보고 공손하게 말하는 것을 보고는 방자 일변 이상하게도 생각하고 가엾이도 생각해서, 그렇지 아니하면 농담 마디라도 할 것이언마는 아주 의젓하게,

"다 무고히 가시고 도련님도 길에서 밤낮 네 말만 하시더라. 내가 떠나오려고 하직할 때에도 도련님께서 이 편지 주시며 차마 울지는 못하고 입만 벙긋벙긋하시는 것을 보고 내가 그만 비감해서 먼저 울었다."

하고 소매로 눈물을 씻는다.

춘향은 향단을 불러 방자에게 안주 잘 놓고 술 한상 차려 대접하라 분부하고 가슴이 두근두근하면서 몽룡의 편지를 떼었다.

"오류정 이별이 아까 같건마는 벌써 일순이 지내었으니, 세월의 흐름

이 물같이 빠르도다. 원컨댄 세월이 살같이 빠르게 흘러 그대와 상봉할 날이 속히 돌아오기를 바라노라. 그동안 네 평안하며 장모도 무고하신가 궁금하며, 나는 사당 내행 모시고 일로 평안히 서울에 득달하여 혼실이 별고 없음을 보니 행이어니와, 사랑하는 그대를 칠백 리 남원에 두고 나 홀로 한양에 돌아오니 만호장안이라 하건마는 광야에 있는 듯하도다. 그대의 용모와 음성이 주야로 내 눈과 귀에 있으니 어찌 침식인들 평안하리오. 삼각의 암암한 바위와 남산의 울울한 창송이 모두 그대인 듯하여 정히 맘을 진정할 수 없노라. 그대도 나와 같을 줄을 생각하매 만날 마음이 살보다 빠르거니와, 내 아직 그대를 찾을 수 없고 그대 아직 나를 따를 수 없으니 진실로 단장할 일이로다. 그러나 우리의 연분이 삼생에 이어 있고 우리의 언약이 철석과 같으니 반드시 다시 상봉할 날이 있으리라. 부디 마음을 변치 말고 천만보중하여 그날을 기다리라. 종이를 대하니 할 말이 무궁하도다. 면면한 정회를 붓으로 다 그릴 수 없으니 원컨댄 생각하라. 나의 마음을 그대 알고, 그대의 마음을 내 알거니 어찌 모름지기 말하리오. 돌아가는 편이 총총하매 이만 그치노라."

하고 연월일 밑에 "이몽룡은 서"라고 쓰고 나서 다시 작은 글자로,

"향단도 잘 있으며, 청삽사리 물 잘 먹고, 화계에 석류꽃은 어떠하며, 부용당 앞에 파초도 몇 잎이나 더 피었으며, 담 밑에 늙은 향나무 그늘이나 좋은지 모두 눈에 암암하도다."

하였다. 춘향은 보고 또 보고, 사오 차나 보고 나서는 혹 편지 뒷등에도 무슨 말이 써 있는가, 혹 피봉 속에 한 장 더 있지나 아니한가 하고 뒤집어보고 떨어보았으나, 아무것도 없으므로 편지를 무릎 위에 놓고 길게 한숨을 지으며,

"왜 편지라도 좀 길게 안 쓰시었나."

하고 탄식한다.

그러고는 또 한 번 무릎에 놓인 편지를 들고 읽고 나서,

"어머니!"

하고 불렀다.

월매는 방에서 낮잠을 자고 있다가,

"왜 그러느냐?"

"도련님헌테서 편지 왔소."

"응. 무어라고?"

하고 월매 일어나 문지방으로 머리를 내밀어 춘향의 방을 바라보다가 방자가 마루에 앉아 술 먹고 있는 것을 보고,

"오, 너 무사히 다녀왔니? 발덧이나 안 났느냐?"

"아주머니, 편안하시오? 그까짓 서울이야 열 번 다녀오면 발덧 나겠소?"

하고 방자는 마음 놓고 술만 마신다.

월매는 눈을 비비며,

"그래, 무어라고 했어?"

"잘 있느냐고. 어머니도 평안하냐고. 무사히 왔으니 염려 말라고. 향단이도 잘 있느냐고. 화계에 석류꽃은 어찌 되었으며, 부용당 앞에 파초는 새 잎이 몇 잎이나 나왔느냐고. 늙은 향나무, 청삽사리 다 잘 있느냐고."

월매 못마땅한 듯이 침을 퉤 뱉으며,

"방할 너석! 사내 녀석이 별 잔소리를 다 하지. 퍽도 일이 없던가 보구나. 그래, 그뿐이야? 다른 말은 없니?"

춘향은 월매의 말에 좀 불쾌하였으나 억지로 참고 공손히,

"다른 말은 없어요."

하고 창밖으로 내밀었던 고개를 돌이켜버린다.

월매는 또 한 번 침을 퉤 뱉으며,

"천하에 전깍쟁이 녀석 같으니. 이번 오는 편에도 돈 한 푼 이렇단 말이 없담."

하고 춘향이 모양으로 문지방 위로 내밀었던 목을 움츠린다.

춘향은 곧 붓을 들어 몽룡에게 답장 쓰기를 시작하였다.

"도련님 전 상사리.

도련님께오서 박석치 넘으심을 뵈옵고 천지가 아득하와, 눈물로 집에 돌아온 후로 우금 이순에 도련님 소식 몰라 궁금하고 답답하옵던 차에, 방자 편에 부치신 하서 받자와 원로에 평안히 행차하시고, 댁내 한결같이 만안하옵심 듣자오니, 깃사옵기 이로 측량 못 하오나, 주야로 사모하옵는 도련님께서는 산첩첩 수중중한 천 리 한양에 계시와 만나 뵈올 기약이 망연함을 생각하오니, 도로혀 눈물이 앞을 가리오나이다. 도련님은 대장부시라 이별의 설움을 잊을 일도 많으시려니와, 소첩은 일개 아녀자라 독수공방에 생각나니 오직 도련님뿐이오니 하루 열두 시 어느 시에 도련님을 생각지 아니하오며 어느 시에 상사의 슬픈 눈물을 흘리지 아니하오리이까. 도련님 뵈옵고 있을 때에는 과연 석화광음이라, 일 년 열두 달이 꿈결같이 지나가옵더니 도련님 이별하온 후로는 일각이 삼추 같사와 지나간 이순의 세월이 이 년보다도 더 긴 듯하오니, 이 앞에 오는 세월을 어이 굴어 보내오리이까. 생각사록 오직 눈물이요, 한숨뿐이로소이다. 그러하오나 가슴에 맺힌 일편단심이야 천만년을 지난들 가실 줄이

없사오리니, 불행히 생전에 도련님을 다시 뵈옵지 못하고 소첩의 실낱같은 목숨이 끊어진다 하오면, 도련님을 사모하옵는 혼은 반드시 훨훨 날아 한양으로 가오려니와 몸은 망부석이 되어 마지막으로 도련님을 이별하옵던 박석치에서 천년만년에 피눈물을 흘리며, 도련님을 기다릴까 하나이다. 세상에 슬픈 일이 많다 하온들 님 이별하기보다 더 슬픈 일이 있사오며 못 할 일이 많다 하온들 천 리에 계신 님을 기다리기보다 더 못 할 일이 있사오리이까. 만나지를 말았거나 만났거든 떠나지를 말았거나, 떠났거든 그리지를 말았거나 만났다가 떠나고 그리옵기는 차마 못 할 일이로소이다. 그러하오나 소첩도 다행히 옛글을 배운지라, 어찌 한갖 정만 생각하옵고 대의를 헤아릴 줄 모르리이까. 소첩은 비록 아녀자의 몸이 되어 규중에 있어 장부를 생각하므로 능사를 삼으려니와, 도련님은 대장부라 반드시 뜻을 크게 하시와 위로 성명을 도와 아래로 만민을 다스릴 직책을 가지시니, 해가에 홍규의 성을 생각하시리이까. 방지의 말을 듣사옵건댄, 도련님께서 하루라도 속히 소첩을 만나실 일을 생각하신다 하오니 그 두터우신 정은 감격하오나, 이는 소첩의 본의 아니오니, 금방에 이름을 거시고 국가에 중신이 되시기 전에 비록 소첩을 찾으시더라도 소첩은 차라리 자진할지언정 다시 뵈옵지 아닐까 하나이다. 원컨댄 도련님은 일시의 정애를 잊으시고 경국제민의 큰 의리를 생각하시옵소서. 소첩의 어미 평안하시고 향단이도 잘 있사오며 화계의 석류는 벌써 꽃잎 이울었고 부용단 앞에 파초는 도련님 가신 뒤에 두 잎이 새로 났사오며 늙은 향나무 싱싱하옵고 청삽사리도 잘 있사오나 이로부터 소첩의 집을 찾을 리 없사오니 삽사리도 짖을 일이 없을까 하나이다. 종이를 대하오매 사뢸 바를 알지 못하옵고 오직 눈물이 앞을 가리오니 아녀자의 용렬한 정을 웃어주시옵소서."
하고 연월일 밑에 "소첩 춘향은 상서"라 하고 붓을 던지고는 한참이나 말없이 망연히 앉아 입만 벙긋벙긋하더니,

"나도 어리석다. 도련님 편지는 오는 신편이 있어 왔건마는 내 편지는 누가 갖다주리라고 썼나?"

하고 한숨을 진다.

방자 마루에 앉았다가 춘향의 탄식하는 것을 듣고,

"춘향아! 네 편지어든 내 갖다주마."

"에그, 뜻은 고맙소마는 구실은 어찌하고 또 서울을 간단 말이오?"

"참, 그도 그렇구나. 옳다."

하고 방자 무릎을 치며,

"불원에 신연 하인들이 올라갈 터이니 그때에 부치어주마."

구관 사또 자제 이 도령이 서울 올라간 후에 춘향이 수절한다는 소문이 나자 남원부 내에 있는 관속, 건달, 한량 할 것 없이 오입쯤이나 한다는 작자들은 모두 춘향에게 마음을 두게 되었다. 그래도 사또 자제 이 도령이란 이름 때문에 얼마 동안은 감히 건드려볼 생각을 내지는 못하였으나 몽룡이 서울로 간 지가 한 달 지나 두 달 지나, 구관 사또도 무서움이 점점 스러지게 되니 이 패들도 움직이기를 시작한다.

"얘, 내 춘향이 놀려내랴?"

하고 한 작자가 장담하면,

"어림없다. 그년이 젖 먹을 적부터 맵기가 후추알이다."

하고 한 작자가 고개를 흔들고, 또 한 작자가,

"네깟 놈은 어림도 없다. 춘향이 놀려낼 놈은 이 세상에 나밖에는 생겨

나지를 아니하였느니라."

하고 장담하면 다른 한 작자는,

"사나이로 생겨나서 춘향이 한번 못 안아보면, 공연히 어미 배만 아프게 한 심이니."

하고 충동이를 한다.

이 모양으로 술집에서 이야깃거리가 되고 노름판에서 이야깃거리가 되고 공사 없는 때 삼문간과 장방에서까지 이야깃거리가 되니, 심지어 여염집 더부살이 놈까지,

"나도 한번 춘향이를 얼러보았으면."

하는 생각을 내게 된다.

"어떤 잡놈은 팔자가 좋아서, 춘향 아씨네 안머슴 산다네, 에히야."

하는 노래까지 생기게 되었다.

이리 되니 초어스름이면 춘향의 집 딤 모퉁이로 대문 앞으로 담뱃대를 버티고 공연히 왔다 갔다 하면서 잔기침하는 자가 하나둘 생기게 되어 춘향이 집 청삽사리를 부질없이 짖게 한다. 그러다가 혹 아는 놈끼리 서로 맞닥뜨리면,

"허, 자네 어디 가나?"

"응, 나 저기 누구 좀 보러 가네. 자네는 어디 가나?"

"나 말인가. 나도 저기 누구 좀 만나러 가네."

하고 서로 서먹하고 싱거워서 가장 바쁜 일이나 있는 듯이 빨리빨리 걸어간다.

이러기를 일마를 하노라면 그중에 가장 용기 있는 자가 호기스럽게,

"이리 오너라! 문 열어라!"

제 첩의 집이나 찾는 듯이 야단을 하고 만일 향단이나 월매가 마지못하여 문을 열어주면,

"춘향 아씨 무사한가?"

하고 바로 친구의 집에나 온 조요, 그러고는 서슴지 않고 뚜벅뚜벅 춘향의 방 앞으로 가서 제 방문 열듯이 문을 벌꺽 열어젖히고는 기생집에서 하는 조로,

"태평하오? 무사한가?"

하고 턱 들어앉아서는 누워 있는 춘향을 일으켜놓고, 담배 먹고 이야기하고 맘대로 놀다가 가고, 그중에도 뱃심 좋은 놈은,

"춘향아, 소리나 한마디 하여라!"

하고 바로 호기를 부리고, 더 심한 놈은,

"너, 이 도령 기다려야 쓸데없다. 대갓집 자식이 기생첩 여남은 개 못하면 행세를 못 하는 법이니, 그래 어느 천년에 너 찾을 줄 아느냐. 나하고 살자."

하고 직설조로 내붙이기까지 한다.

이러한 축이 하나씩 둘씩 자꾸 늘어가니 춘향의 집 문전에 거의 사람 끊일 새가 없을 지경이 되었다. 월매는 비록 일점 흑심이 있어서 이렇게 찾아오는 작자들 중에 다행히 큰 고기나 하나 걸리면, 첫째로 춘향의 상사병도 낫겠고, 둘째로 몽룡에게 헛미끼 때운 것도 보충할 생각을 하여 처음에는 딱딱하게도 굴었으나 점점 아양을 부리게 되었을지라도, 춘향은 이 작자들 찾아오는 것이 분하기도 하고 시끄럽기도 하였다. 그렇지만 사또 자제 이 도령이 없으니 어디 등을 대일 데가 있을까. 한사코 대문을 안 열어주면 발길로 차고 지랄을 하니 남부끄럽고, 방에 들어온 뒤

에 푸대접하면 당장에 수모도 수모려니와 원혐을 품어 무슨 짓을 할는지 모르겠고, 마치 뭇귀신에게 단련을 받는 사람처럼 춘향의 얼굴에는 날로 병꽃만 노랗게 핀다.

"이년! 양반 서방 했다고 건방지게……. 주리 할 년 같으니."

춘향이 조금만 빳빳이 굴면 다짜고짜로 이런 욕설이 나온다.

"이년! 양반 서방 해서 양반이 되는 것 같으면 팔도 잡년에 양반 아닌 년이 없겠고, 양반집 종년들 행랑것들 모두 다 양반 되었겠다. 아니꼬운 년 같으니."

이러한 욕설이 나오고, 또 혹 같이 살자든가 하룻밤 같이 자자는 작자더러 춘향이 몽룡을 위하여 수절한다는 뜻을 말하면,

"건방진 년 다 보겠네! 수절, 요절이 어떠냐. 기생년이라는 것이 동작이 나룻배와 같아서 양반이나 상놈이나 선가만 주면 태울 것이요, 한 뱃짐 실어 건너고 와서는 또 다른 사람 태울 것이지 기생년이 수절이 다 무엇이냐."

하고 대드는 놈까지 있다.

또 그중에는 제발 덕분에 날 사랑해줍소사, 하고 거의 날마다 밤마다 석고대죄 정하배로 빌붙는 놈도 있고, 나는 벼를 몇천 석을 하고, 어디 좋은 정자가 있고, 요전 첩도 내보낼 때에 상상답으로 몇백 석지기를 떼어주었으니 내게 오너라, 하고 중매를 보내는 중늙은이도 있고, 글씨도 곧잘 쓰고 글도 곧잘 지어 문장과 풍류를 가지고 춘향의 맘을 움직여보려는 선비도 있고,

"네가 만일 내 말을 안 들으면 모월 모일 모시에는 내 칼을 맞으리라."

하고 위협하는 놈도 있고, 또 그중에는,

"내가 너를 생각하여 병이 골수에 들어 백약이 무효하니 이 병을 고칠 자는 오직 너뿐이라. 나를 불쌍히 여겨 한 번만 나를 만나기를 허하라."

하고 병 핑계로 애걸복걸하는 자도 있고, 혹은 사람을 보내어, 혹은 월매를 꾀어, 혹은 무당 사주쟁이 같은 것을 보내어,

"춘향 아가씨는 인물도 잘나고 인복도 있지마는 팔자가 세어서 꼭 두 번 팔자를 고치어야겠는걸."

하고, 손금보기가 춘향의 손금을 보면 월매가 곁에 있다가 솔깃하여,

"그래, 팔자를 고치면 복록이 있소?"

"아이 그럼은. 어디 자세히 봅시다."

하고 곡조를 맞추어,

"곤명은 성씨요 오호…… 십팔 세는 가서 어허…… 팔자 장문, 에헤, 복록금과 자손금은 좋으나 아하…… 내외금이라……."

하고는 다시 예사말조로,

"암만해도 둘째 번에는 김씨 가문으로 들어가겠다. 본처로 가면 또 이별수가 있으니 암만해도 부실로 가야 하겠다."

하고는 또 노랫조로,

"팔자는 장문에 그렇게, 에헤, 삼신제석 칠성님께서 점지하신 것을 어찌하느냐. 김씨 가문에 부실로 가면은 아들 삼 형제 딸 삼 형제, 에헤, 가지런히 낳고, 오호, 복록이 무궁하리라……."

하고 다시 예사말조로,

"재미가 깨보숭이 같겠다."

이 모양으로까지 꾀인다.

그러나 춘향의 맘이야 움직일 리가 있으랴. 다만 날로 몸만 축하고 마

음만 상할 뿐이다.

"어려워라, 어려워라, 수절하기가 어려워라. 상년의 수절이 그 더욱 어렵다만 기생이 수절하기는 죽기보다도 어려운지고. 양반 못 되고는 수절조차 못 하겠네그려!"

하고 춘향은 혼자 한탄하였다.

그러나 그보다도 더 어려운 것은 서울 몽룡에게서 방자 편에 편지 한 장이 오고는 일 년이 넘도록 소식이 끊어진 것이다. 오늘이나 내일이나 하고 까치만 깍깍 지저귀어도 개만 콩콩 짖어도 서울 편지만 기다려도 편지는 오지 아니하고 건달만 모여들었다.

"날 잊고 가신 님을 나는 어이 못 잊고서 주주야야로 상사루만 흘리다가 잠이 들면 꿈이 되어 님의 곁을 따르는고? 차라리 님 그리는 상사몽이 귀뚜라미 넋이 되어 장장추야 깊은 밤에 님의 방에 들어 있어 날 잊고 깊이 든 잠을 깨워나 볼까나. 어쩌면 야속히도 편지 한 장 안 주시나. 죽으시었나, 잊으시었나. 죽으시었으면 혼이라도 오시려든 아마도 날 잊었네. 어찌 그리도 야속하실까. 청춘의 고운 양자 님 생각에 피골이 상접하였으니 님이 비록 대과급제하여 날 찾아오신다 한들 내가 그때까지 살아 있을까. 내 무덤이나 보러 오시려나. 언제나 오시려나. 날 이미 잊은 님을 나만 부질없이 생각하고 알뜰살뜰히도 애를 끓는 것이 아닌가. 나도 차라리 잊어버릴까, 잊어버릴까. 어이 잊어버리리오. 못 잊으리라. 님이야 잊으라 하라. 나는 잊지 못하리라."

하고 울며 탄식할 뿐이다.

수절

이 부사가 올라간 후에 김 부사라는 이가 남원에 좌정하여 한 일 년 동안 있다가 나주목사로 이배하여가고, 새로 난 남원부사가 남촌 사는 변학도라는 양반이다. 얼굴이 반반히 난 까닭인지 소년 시절부터 색을 좋아하여, 종년이고 행랑것이라도 들어오는 대로 모조리 손을 대고, 남의 유부녀 수절 과부까지도 엿보다가, 톡톡히 망신을 당하기도 한두 번이 아니어서 친척과 동류 간에, 좋게 말하면 오입쟁이, 좋지 못하게 말하면 망나니라는 이름을 들어왔다. 글이라고는 편지 한 장 변변히 쓰지 못하되, 양반이란 지체가 좋아서, 조상의 뼈 덕과 외가, 처가 결연 덕으로 남행초사로 시작하여, 이 골 저 골 조그마한 산읍으로 현령 군수를 돌아다니며, 계집과 돈 때문에 민요도 몇 번 겪어 의례히 찬 마루방 잠을 자야만 옳을 사람이건마는, 그 역시 양반 덕에 도리어 승차하여 상전에 말망 낙점으로나마 천만 의외에 남원부사 한 자리를 얻으니 변학도의 의기양양한 모양은 말할 것도 없다. 더구나 전라도 남원이 색향이란 말과 남원에 명기 춘향이 있단 말을 들으니, 일각이 삼추 같고 좌불안석하여 날로 신연 하인 오기만 기다린다.

"대체 남원이 몇 리나 되길래 사오 일이 넘도록 신연 하인 기척이 없노?"

하고 자못 불편하던 차에 잔뜩 졸라 열사흘 만에 남원부 신연 관속들이 올라와 수청 불러 거래하고 현신하러 들어온다. 신연 유리, 이방, 후방, 예방, 병방, 형방, 공방, 아전이며, 통인, 급창, 사령, 군노, 허다한 관속들이 차례로 계하에 나와,

"신연 이방 현신 아뢰오."

"신연 통인 현신 아뢰오."

"신연 수배 현신 아뢰오."

"신연 급창, 도사령, 도방자, 현신 아뢰오."

하고 현신하니 변 부사 눈도 안 거들떠보고 앉았다가 소리를 벼락같이 지르며,

"저놈들 모조리 몰아내치라. 고이한 놈들. 남원이 몇 리길래 인제서야 대령한단 말이냐. 한서부터 주리로 죽일 놈들 바삐 내치라."

하고 호령이 추상같다. 호령이 내리니 어느 영이라고 거역하랴. 꼭뒤가 세 뼘씩이나 한 주먹건대들이 벌 떼같이 달려들어 신연 이방 이하로 꼭뒤 질러 몰아내칠새, 문밖으로만 내치는 것이 아니라 호기가 뛰는 대로 나서 영에띄에 남산골 네거리까지 몰아 나와서, 그 섶에 장악원 앞까지 활활 몰아 한숨에 구리개 병문까지 몰아 내뜨리고 돌아오니 변 부사가 골김에 다 몰아 내치기는 하였으나 다시 생각하여본즉 모양도 아니 되고 제일 그곳 소식을 물을 곳이 없어 걱정이다. 청지기를 불러,

"여보아라, 남원 하인 하나도 없느냐? 가보아라."

이때에 마침 방자 하나가 발병이 나서 낙후되어 몰아 내치는 통에도 참례를 못 하고 저축저축 들어와서,

"신연 방자 현신 아뢰오."

하고 현신을 한다. 그 형상이 아주 허술하여 얼굴은 검고 한 눈은 궂고 흉악히 추하게 생겼다. 부사는 방자를 보고,

"아따, 그놈 잘났다. 외모가 심히 순박한 것이 기특한 놈이로다. 네 고을 일을 다 자세히 아느냐?"

한즉 방자는 부사의 치 살리는 말에 신이 나서,

"소인이 이십여 년 그곳에 생장하였사오니 털끝 만한 일이라도 소인이 모를 일은 괴이한 말씀이오나 없습니다."

부사 허허 웃으며,

"어허, 시원하다. 알든지 모르든지 위선 관원의 비위를 맞추어 대답하는 것이 기특하다. 네 구실은 일 년에 얼마나 먹이고 다니느냐?"

"아뢰옵기 황송하오되 소인의 원 구실은 일 년에 황조(荒租) 넉 섬뿐이온데, 그러하온 데다가 이런 때에 행차를 뫼시러 오옵거나 관가 구실로 서울 왕래를 하옵거나, 노자로 자담하는 법이옵기에 길에서 주막에 외상 먹고 다니옵거나, 여북하오면 굶고 다닐 적이 많사옵고, 그러옵기에 변지변이지리하여 주는 경주인의 빚이 무수하옵고 환상도 매양 바칠 길이 없사와 볼기 맞기를 섣달그믐날 흰떡 맞듯 하옵니다."

"불쌍하다. 네 고을 방임에 많이 먹는 방임이 얼마나 되느냐?"

"예. 젓사오되 수삼천금 쓰는 방임이 서너 자리 되옵니다."

"그러면 너를 다 시키리라."

"황송하오되 상덕이 하늘 같사오이다."

부사는 말을 이어 방자더러,

"그는 그러하고, 여보아라, 네 고을에 무엇이 있다 하더구나. 아따, 유명한 무엇이 있다 하더구나."

"젓사오되 무엇이온지 모양만 하문하옵시면 알아 바치오리다."

부사 풀갓끈에 뒷짐 지고 대청으로 거닐면서,

"아따, 이런 정신이 왜 있으리. 고약한 정신이로구나. 금시에 생각하였더니 고사이 깜빡 잊었구나. 정신이 이러하고 도임 후 수다한 공사를 어찌하리. 성화할 일이로다. 애고, 무슨 양이, 옳지 무슨 양이 있느냐. 아조 논란 없이 절묘하다더구나."

"양이라 하옵시니 무슨 양이오니까?"

"허, 그놈 그것을 모른단 말이냐? 너 나무래 무엇하리. 그는 내려가 좋차 알려니와 제일 급히 내려가놓고 볼 말이니, 네 고을이 서울서 몇 리나 되나니?"

"예, 젓사오되 본관 읍내가 꼭 육백 리로소이다."

"그러면 내일 일찍 떠났으면 저녁참에 들이다히랴?"

방자 기가 막혀 부사를 한번 힐끗 보고,

"젓사오되, 내일 숙배나 하옵시고, 각사 서경이나 하옵시고, 모레 한 겻쯤 떠나시면 자연 날 궂는 날 끼이옵고, 가압시다가 감영에 연명이나 하옵시고, 연로 각 읍에 혹 연일 유숙이나 되옵시고, 혹 구경처에 놀이나 하옵시고, 천천히 내려가옵시면 한 보름이나 하여 도임하옵시리다."

"어허, 이놈 고이한 놈. 보름이라니. 그놈 곧 구워다힐 놈이로구나. 이놈, 아까 시킨 서너 자리 방임을 나 제명하라. 그놈 쫓아내고 청지기 불러 신연 하인에게 내 분부로 제잡담하고 길 바삐 차리라 하라."

이튿날 평명에 변 부사 사은숙배 얼른 하고 장안 서경 잠깐 하고 사당에 참배하고 길을 떠나 내려간다.

전배 한 쌍 앞에 서서 통량갓에 큰 깃 꽂고 패영 한삼 너훌너훌 가치창옷 펄렁펄렁 유목곤장에 방울 달아 둘러메고 일산 앞에 죽 갈라 가서,

"예라, 이놈 나지 마라."

하고 소리치고, 그 뒤에 변 부사는 구름 같은 별연에 덩그렇게 올라앉아 모란새김 완자창을 좌우로 반쯤 열어놓고 일등 마부 경마 잡고 청창옷 입고 키 큰 사령 뒤채 잡아,

"마부야, 네 말 좋다 하고 일시 마음 놓지 말고, 두 팔에 힘을 올려 양옆 기울지 않게 마상을 우러러 고루 저어라."

하면 앞선 마부는,

"굳은 돌이야."

"지방이야."

하고 연해 소리를 지르고, 부사의 별연 좌우에는 육방 아전, 나졸, 일산 구종, 말 탈 자는 말을 타고, 걸을 자는 걸어서 따라오는데, 신연 이방의 치레를 보면 고양나의 저고리 바지, 반주동옷, 모시직령 조촐하게 차리고 갖은 부담에 올라앉아 별연 뒤를 따르고, 통인은 남방수수 누비바지, 삼팔동옷, 갑사쾌자, 발향한층 학슬안경을 알 듯 모를 듯 넌짓 차고 갖은 부담에 착전립하고 올라앉았고, 급창은 키 크고 길 잘 걷고 영리하고 말 잘하기로 유명한 놈이라. 외올망건 대모관자 진사당줄 달아 쓰고, 언월상투 산호동곳 호박풍잠에 이백줄 평포립을 한일 자 지게 반듯이 쓰고, 백수주 누비바지, 한산모시 방패철릭자락을 각기 접어 흑저사 수건으로 뒤로 젖혀 잡아매고 숙수반배 고단배자에 은장도를 비슷 차고, 청천모초

허리띠를 좌견같이 넓게 접어 무릎 아래 떨어뜨리고, 도류불수 금낭에다 대구팔사 꿰차고, 협낭쌈지 술쌍끈은 오색으로 얼른거리고, 사날짚신 엷총 따서 들메끈으로 들메어 신고, 결백한 장유지로 대님 접어 잡아매고, 청장줄 겹쳐 매고 활개를 활활 치며,

"대마구종아, 너 갈 데 보지 말고 말 갈 데 보아라. 주먹같이 내민 돌이 서슬이 퍼렁구나, 팔 힘을 올려 고로 걸어라."

하면 대마구종은,

"예, 숨은 돌이야."

하고 돌 있는 것을 알린다.

전후좌우로 옹위한 신연 군노들은, 산수털 벙거지에 남일광단 안을 받치어 날랠용자 떡 붙이고, 궁초 전복에 시뻘건 홍광대에 배자 토수 은장도 오색 수건이며 남견대에 금낭을 여럿 달아 뒤로 숙여 비스듬히 둘러메고 불량한 눈방울을 이리저리 궁글리며,

"예라, 예라, 이놈 나지 마라."

하고 소리소리 외치니 십 리나 늘어선 듯한 남원부사 행차의 위엄이 무시무시하다.

이 모양으로 위의를 갖추고 남대문 내달아 돌모루, 동적강 얼른 건너 남태령 넘어 과천군에 숙소하고, 사천평에 중화하고, 미륵당이 지나 수원군 월참하여 소사 술막 중화하고, 성환 지나 덕평을 월참하여 원터에 중화하고, 공주 감영 숙소하고, 경천 지나 노섬관에 중화하고, 사다리 지나 은진관에 숙소하고, 여산부 중화하고, 능기울 지나 삼례 긴등 넘어가서 전주 감영 현명하고, 노고바위 숙소하고, 굴바위 더위 잡아 새술막에 중화하고, 임실관 숙소하고, 운수바위 중화하고, 남원부 오류정에 개복

청 헐숙하고, 삼반 관속, 육방 아전이 지경 등후하니 연봉 육각 소리가 울려난다. 대장청도 도라청도 한 쌍, 홍문 한 쌍, 금고 한 쌍, 호총 한 쌍, 나발 한 쌍, 바라, 세악수 두 쌍, 고 두 쌍, 저 한 쌍, 순시기 한 쌍, 영기 두 쌍, 중사명, 좌관이, 우영전, 집사 한 쌍, 기패관 두 쌍, 군노, 직영 두 쌍, 주라, 나발, 호적, 행고, 태평소, 천아성이 힐니나누나네. '너나니 쾡 뚜처르르뚜 빠 삘릴리허.' 하고 천지가 진동하듯이 운다. 기치검극은 일광에 번쩍거리고 일산의 긴 노마며 권마성이 더욱 좋다.

집사, 장교 행렬 뒤에 별대마병 오십 쌍, 인신통인, 관노, 급창, 다모, 방자가 늘어서고, 그 뒤에는 아이기생은 녹의홍상으로 어른 기생은 착전립하고, 육각으로 취타하고 삼현으로 전배하여 성문에 입성포요. 관문에 하마포로 동헌으로 들어가니 위의도 장하다.

도임 후 삼 일 만에 좌기할새 좌수 별감 현알하고, 모든 장교 군례 받고 육방 아전 현신하고 기생, 통인 문안받은 후에 부사 신연 유리를 불러,

"네 고을에 대소사는 네 응당 알 것이니 바른 대로 아뢰어라."

하고 분부하니, 신연 유리 분부 듣고 환상민폐 진결복수 피수도안 대무읍사를 대강대강 아뢰니 부사 골을 내어,

"네 고을에 유명한 것 있다더구나. 그것부터 아뢰지 아니하고 웬 같잖은 딴소리만 하느냐. 무슨 양이라고 있다더구나."

유리 무슨 뜻인지 몰라 겁결에,

"양이라 하옵시니 창고에 군량이요, 육고에 우양이요, 공고에 잘양이요, 마구에 외양이요, 쥐 잡는 고양이요, 불가서 공양이요, 수줍은 놈 사양이요, 시냇가에 수양이요, 해 다 져 석양이요, 남녀 간에 음양이요, 엄동설한 휘양, 허다한 양이 무수하온데 대강 이러하외다."

부사 고개를 홰홰 내저으며,
"아따, 아따, 다 아니로다.
"젓사오대 사람 못된 것은 서울서는 무엇이라고 하옵시는지 모르거니와 소인의 고을에서는 잘양이라 하옵니다."
"모두 아니다."
좌수 곁에서 듣다가 민망하여 꿇어앉으며,
"아뢰옵기 황송하오나 민의 고을에 소산으로 물 맑은 새양이 많사외다."
부사 증을 내어,
"유리라 하는 것은 관장의 이목이니 변동 부부지간이라. 그런고로 유리라 하거늘 다 삭은 바자 틈에 노랑개 주둥이처럼 말 짓이 괴이하다."
하고 통인 불러 좌수를 몰아 내친 후에,
"여보아라, 삼반관속들이 나를 지영하느라고 모두 바쁜 모양이니, 다른 점고는 다 제폐하고, 점고를 너무 아니 하는 것도 무미하니 그편에 있는 기생 점고나 하게 하라. 네 고을이 대무관 색향이라 하니 기생이 모두 몇 마리나 되느냐?"
"형방이 아뢰오. 원기, 수비, 대비, 정속비, 모두 합하오면 한 오십 수 되옵니다."
"매우 마뜩하구나. 기생 유명한 것은 하나도 유루 말고 톡톡 떨어서 점고에 현신하게 하라."
부사의 분부 듣고 이방이 나와 모든 기생 지휘하며 혼잣말로,
"이 사또 알아보겠다. 사뭇 똥항아리요, 잘양의 아들이 내려왔구나."
형리 수노 불러 기생 도안을 들여놓고 오십여 명 남원 기생 쭉 늘어선

앞에서 높여 진양조로 호명한다.

"연면무산 십이봉에 조운모우 양대선이."

하고 형리가 부르는 소리에 행수 기생 양대선이 치마를 거듬거듬 한편으로는 걷어 안고 요만하고 앉아,

"예, 등대 나오."

"만경창파 깊은 물에 늠실늠실 능파야."

"예, 등대 나오."

"연지분이 향기롭다 마음조차 향심이."

"예, 등대 나오."

"오동복판 칠현금을 타고 나니 탄금이."

"예, 등대 나오."

"저 님아 잊지 마소 길게 사랑 영애야."

"예, 등대 나오."

"옥사창이 밝았으니 중추팔월 월색이."

"예, 등대 나오."

"칼날같이 날카롭다 버석버석 죽엽이."

"예, 등대 나오."

"녹파에도 향기로다 아침에 핀 연화야."

"예, 등대 나오."

"주황당사 벌매듭에 차고 나니 금낭이."

"예, 등대 나오."

"여무지게도 생겼다 이름조차 똑똑이."

"예, 등대 나오."

"아들 낳기 바랐더니 딸이 났다 섭섭이."

"다시는 딸 낳지 마소. 인제 그만 먹석이."

한참 이렇게 점고하는 것을 보고 듣다가 부사 참지 못하여,

"아서라. 점고 그만하여라. 조기 저 대강이로 일곱째 년 조년 나이 몇 살이니?"

하고 손가락으로 가리키니 그 기생이 황공하여 허리를 굽히며,

"서른한 살이올시다."

"아서라. 계집이 삼십이 넘었으니 시절이 다 지났다. 너는 저만큼 밧줄로 가 서라."

하고 다시 또 한 기생을 가리키며,

"저 얼굴 허연 년 이름이 무엇이니?"

"영애올시다."

"홍, 이름은 좋구나. 나이는 몇 살이니?"

영애는 부사가 나 어린 것을 좋아하는 낌을 알고 부썩 줄여,

"열여섯 살이오."

부사 호령하되,

"조년 빰 치라! 고얀 년 같으니. 이팔청춘이라니까 열여섯 살이면 좋을 줄 아느냐. 네 딸이 열여섯 살은 되었겠다. 고얀 년 같으니."

하고 부사 노발대발하여,

"한서부터 주리를 할 년들. 더벅머리 댕기 치레하듯 파리한 강아지 꽁지 치레하듯 꼴 어지러운 것들이 이름은 무엇이 무엇이 나오 나오 하고, 거 원 무엇들이니? 하나도 쓸 것이 없고 분만 바르면 되는 줄 알고, 회벽 칠하듯 하고 연지를 찍는다는 것이 쥐 잡아먹고 입 안 씻은 고양

이 주둥이 모양으로 주둥이와 볼따구니가 왼통 빨갛고, 눈썹을 짓는다는 것이 좌우에 꼭 석 대씩만 남겨놓고……. 어허 주리 할, 머리를 뽑을 년들 같으니. 이년들 다 묶어 몰아 내치라. 기생이란 이런 것들밖에 없단 말이냐?"

하고 형리를 노려본다. '옳다. 이때야말로 춘향이 년에게 무안당한 분풀이를 하리라.' 생각하고 형리 엎디어,

"전비에 춘향이 쉬오."

부사 입이 벌어지며,

"춘향이가 먹석이 아래란 말이냐?"

"예, 아직 나이 어린고로 그러하외다."

"그러면 무엇 무엇 여럿을 부르지 말고 거꾸로 그 하나만 부르면 그만이지. 그러나 그는 왜 나오, 말은 없고, 쉬오, 하니 웬일인고?"

"예, 아뢰옵기 황송하오되 기생 중 대비 마치옵고 면천하여 기안에 이름 없는 춘향이올시다."

부사 정신이 쇄락하여,

"내가 서울서부터 들으니 향명이 유명하시다더구나. 그사이 평안하시냐?"

"예, 아직 무사하외다."

"또 그 대부인도 계시다지? 안녕하시냐?"

"예, 아직 무고한 줄로 아뢰오."

부사 바싹 다가앉으며,

"춘향을 일시라도 지체 말고 속히 불러 대령하라."

곁에서 호장이 듣고 앉았다가 속으로 형리를 원망하며,

"호장이 아뢰오. 춘향이 본시 면천하와 기안에 이름이 없사올뿐더러 구관 사또 좌정 시에 책방 도련님이 머리 얹어 백년해로 언약하옵고 지금 두문하고 수절하옵니다."

부사 호장이 아뢰는 말을 듣고,

"허허, 세상에 변괴로다. 구상유취 아이들이 첩이라니. 또 본래 기생 년이 수절이란 말이 가소롭다. 기생 년이 수절을 하면 우리네 양반댁 부녀들은 기절을 한단 말이냐. 가마귀 학이 되며 각관 기생 열녀 되랴. 이제로 바삐 불러 현신시켜라."

형리 영을 듣고 방울을 덜렁 채니 사령들이 우르르 나오며,

"여이."

"춘향 바삐 대령하라."

"여이."

하고 덜렁쇠라는 김 번수가 뛰어나가며,

"이 번수야."

하고 물렁쇠라는 이 번수가,

"왜야?"

"걸리었다, 걸리었다."

"그 누구가 걸리어?"

"춘향이가 걸리었다."

"옳다. 그 난장 맞고 담양 갈 년. 양반 서방 하였다고 탯가락이 많더니라. 그물코가 삼천이면 걸릴 날이 있다더니, 아따 그년 잘 걸렸다."

덜렁쇠, 물렁쇠의 어깨를 툭 치며,

"춘향이 사정 두는 놈은 너도 네 에미를 붙고 내 에미를 붙으리라."

하며 김 번수 이 번수 두 사령이, 산수털 벙거지에 남일 공단 안을 받치어 날랠용자 떡 붙이고 총중지굴 돌상모에 눈 고운 공작미를 당사실로 꿰어 달고, 야청 쾌수, 단목 쾌자, 남수화주 전대 띠고, 환도 사슬 길이 차고, 편숙마 미투리를 들메끈으로 곱걸어 들메고, 대로상으로 발이 땅에 안 붙게 달려간다.

춘향의 집에 다다라,

"춘향아!"

하고 소리소리 지르며, 대문 중문 박차고 우루루 뛰어들어가니, 이때에 춘향은 몽룡만 생각하고 머리 싸매고 자리에 누워 울고 있다가, 사령들의 야단하는 바람에 깜짝 놀라 문틈으로 엿보니 둘이 다 평소부터 춘향에게 원혐 있는 놈들이라, 춘향은 분명 새로 도임한 신관에게 무슨 일이 생긴 것을 짐작하고 얼른 자리에서 일어나 문을 열고 뛰어나가 두 사령의 손을 잡고,

"에그, 김 패두 오라버니, 에그, 이 패두 오라버니. 오늘 무슨 바람이 불어서 이렇게 오시었소? 이번 신연 길에 노독이나 과히 안 나시었소? 형님들 다 평안하시고 어린 조카들도 다 잘 있소? 이게 얼마 만이오. 자, 들어오시오."

하고 일변 두 사령의 손목을 끌며 일변,

"향단아! 마님께 가서 향나뭇골 김 패두 오라버니 오시고, 배나뭇골 이 패두 오라버니 오시었다고 여쭈어라."

하고, 다시 두 사령을 보고,

"자, 들어오시오."

하고 누워 있던 자리를 주섬주섬 한편 구석으로 치워놓으니, 두 사령은

춘향이 손목을 잡고 반기는 통에 마음들이 모두 스르르 풀어지어서 어찌 할 줄을 모르고, 서로 힐끗힐끗 다른 놈의 눈치만 보다가 김 번수가 먼저 비단 보료 위에 들어앉으며,

"여보쇼 동생, 내가 무안하이. 자네가 오래 앓는단 말을 듣고 한번 문병도 못 하였으니 내가 무안하이."

이 번수도 김 번수를 따라 들어앉으며,

"동생 면목 없네. 그래, 서울 기별이나 종종 듣나?"

춘향이 한숨 지며,

"가신 후로 기별 없어 걱정이오."

하니 김 번수가 혀를 차며,

"아이, 저를 어찌하리."

하고 이 번수도,

"참 가엾시그려."

하고 혀를 찬다.

이때에 향단이 월매더러 무슨 귓속을 하였던지 월매 신을 거꾸로 끌고 나오며,

"이 녀석들아, 내 집에 오기에 발탈이나 안 났느냐. 어쩌면 그렇게 한 번도 안 와본단 말이냐. 그래, 다들 원로에 무사히 다녀오고 어린것들도 잘 자라며 구실이 과히 고되지나 아니하냐?"

두 사령이 일어나 허리를 굽히며 차례로,

"아주머니, 그사이 평안하시오?"

하고 공순히 인사를 한다.

이윽고 향단이 술상을 들고 나오니 춘향이 술을 붓고 월매는 권하여 두

사령은 굶주렸던 판에 두어 순배를 말도 없이 마시더니 김 번수 문어발을 씹어가며,

"말이야 바로 하지. 신관 사또라는 것이 사뭇 똥항아린데 오늘 첫 좌기에 다른 점고는 다 제폐하고 기생 점고만 하더니 아마 자네를 수청을 들이려는 모양인지 바삐 대령하라고 발광을 하기에 우리 둘이 나오기는 나왔네마는, 우리 둘이 들어서면 설마 자네 하나 못 빼어내겠나."

춘향이 술을 부으며,

"글쎄, 철 중에도 쟁쟁이라고 오빠 두 분만 믿소."

이 번수 술을 마시고 윗수염에 묻은 술을 혀를 내밀어 빨아들이며,

"그 말이야 두 번 이를 말인가."

이 모양으로 취하도록 술을 먹고 나서,

"그러면 동생 조리나 잘하소."

하고 두 사령이 일어나려 할 때에 춘향이 장문을 열고 돈 닷 냥 꾸러미를 내놓으며,

"이것이 약소하나 두 분이 돌아가시다가 약주나 사 잡수오."

덜렁쇠 그 돈을 물리치는 듯 손으로 움켜쥐이며,

"말게. 그게 말이 되나?"

하고 절반을 뚝 끊어 이 번수를 주고 일어나며,

"아주머니, 염려 마시오. 동생 조리나 잘하게."

이 번수도,

"아주머니, 염려 마시오. 우리 둘이 나서면 일 없소. 동생 조리나 잘하게."

하고 춘향의 집을 나선다.

"얘, 물렁쇠야! 사람의 마음이란 물로 되었단 말이 옳다!"
하고 김 번수가 한탄을 하니 이 번수 고개를 내두르며,
"야, 네 마음은 모지더라. 나는 춘향의 집 문전에 가니 벌써 마음이 다 녹아버리고 말더라."
두 사령이 들어가,
"춘향이 잡으러 갔던 패두 현신 아뢰오."
이 소리에 부사 고개를 쑥 내밀어 눈을 두리번두리번하더니,
"춘향 어이하고 너희 놈들만 왔단 말이냐?"
김 패두 썩 나서서 꼬박꼬박하며 혀가 안 돌아가는 소리로,
"춘향이 구관 사또 자제 이 도령 가신 후로 상사병이 나서 그만 죽었사옵고, 예, 아직 죽지는 아니하옵고 살기는 살아서 목숨은 붙어 있사와도, 피골이 상접하와 촌보도 불능하옵기로 인정에 차마 못하와 못 대령하였사오되, 만일 다시 분부 내리시오면 춘향은 못 하와도 소인의 어미라도 잡아 대령하오리다."
부사 골을 내어,
"이놈들, 어쩌고 어찌어? 웬 횡설수설이니? 이놈들, 술 얻어먹고 뇌물 받고 관장 분부 거역하니 저런 죽일 놈들이 있나."
하고 호령이 추상같은 것을 보고 물렁쇠 황겁하여,
"예, 춘향이가 아직 죽지는 아니하였삽고, 또 중문까지 마주 나온 것을 보니 촌보 불능지경은 아니오나, 여쭙기 황송하오나 사람의 마음이 물이 어렸사와, 술잔 얻어먹고 돈도 닷 냥을 얻어가지고 긍측한 정상 듣사오니 과연 잡아오기 어렵사오며, 또 피골이 상접까지는 아니 하옵더라도 오랜 상사병에 기름이 빠진 것은 분명하오니, 기름 빠진 것을 억지로

수청 들이시기보다 남원 명기 오십 명 중에서 피둥피둥한 년 하나 고르시와 이 돈 닷 냥 행하 하시고 수청 들이시면 사무송하올 줄로 아뢰오."

하고 중얼거리니 부사 대로하며,

"여보아라. 저놈들 몰아 내치고 다른 놈 보내되 술 먹을 줄 모르고 인정 한 푼어치 없는 놈 보내어 시각 지체 말고 춘향이 잡아 대령하라."

형리 영을 듣고 방울을 덜렁하여 김 패두 이 패두 두 사령을 몰아 내치라 하니 사령들이 벌 떼같이 내달아 두 사령을 꼭뒤잡이하여 끌어 삼문 밖에 내치니 두 사령 삼문 밖에 누워 노래를 부른다.

"백구야, 껑충 뛰지 마라. 너를 잡을 내 아니다. 성상이 버리시매 너를 따라 예 왔노라. 공명과 부귀란 세상 사람 맡겨두고, 이후란 술이나 대취하여 너와 나와 강호에 주인 되어 한가로이 놀아보자."

하다가 그 자리에 뒹굴며 코를 골고 잔다.

박 패두 최 패두 두 사령이 춘향의 집에 가서 대문 중문을 박차고 들이달아,

"춘향아, 나오너라!"

하고 소리를 지르니 김 패두 이 패두들을 돌려보내고 겨우 안심하고 있던 춘향과 월매는 또 한 번 깜짝 놀라 뛰어나와 박 패두 최 패두들을 붙들고,

"조카네 무사한가?"

"오라버니들 평안하시오?"

하고 정답게 인사를 하나 두 사령은 들은 체 아니 하고,

"잔말 말고 어서 나오라."

하고 재촉만 한다.

춘향이 면치 못할 줄을 아나 그래도 인정을 써 애걸이나 하여보리라 하고,

"갈 때에는 가더라도 약주나 한잔 잡수시지요!"

하고 방에 들어앉기를 권하니 박 패두 불량한 눈을 궁굴리며,

"오, 이년, 술잔이나 먹이고 우리를 달래어볼 양으로? 어림없다. 어서 나오라!"

하되 최 패두는,

"야, 박 패두야, 권하는 술 안 먹으랴. 네 싫거든 나나 먹자."

하고 먼저 잔을 들어 마시니 박 패두도 비위가 동하여,

"그래라, 나도 한잔 먹자."

하고 춘향이 권하는 대로 들이마신다. 내온 술을 다 먹고 안주까지 다 먹고 입을 씻으며 박 패두가,

"자, 나서라!"

하고 또 춘향을 재촉한다.

춘향이 그제는 장문을 열고 돈 두 냥을 내주며,

"이것이 약소하나 두 분이 약주나 한잔 사 잡수오."

최 패두, 박 패두 눈치를 보더니,

"주는 돈 안 받으랴."

하고 돈꾸러미 절반을 뚝 끊어 한 끝 매어 박 패두를 주며,

"아따, 싫거든 내 가지마."

하니 박 패두 얼른 받아 꽁무니에 단단히 차며,

"술 먹고 돈까지 받으니 무안하고 미안하다. 사또 분부 지엄하니 어서 나와 바삐 가자."

하고 풀리는 기색이 없다. 춘향이 하릴없이 머리도 안 빗은 대로 옷도 입었던 대로 신을 신고 나서며,

"가자면 가지요."

하고 월매를 돌아보며,

"어머니, 갔다 오리다. 내 지은 죄 없으려든 설마 누가 어찌하오? 염려 마오."

하고 두 사령을 따라나서니 월매 참지 못하여 두 사령의 팔에 매달리며,

"네 이 녀석들! 기어코 내 딸을 잡아가고야 마느냐. 내 딸이 무슨 죄가 있길래 잡아간단 말이냐."

하고 몸부림하고 우니 사령들은,

"죄가 있길래 잡아가지. 늙은것이 웬 발광이야?"

하고 월매를 뿌리치니, 월매 땅바닥에 구르며,

"아이고, 이게 웬일이야. 하느님 맙소사. 아이고, 이게 웬일이야."

하고 울다가 향단에게 끌려 들어가며,

"내 딸 잡아오라는 놈이나 내 딸 잡아가는 놈은 씨도 없이 멸망을 하리라. 아이고, 아이고."

하고 운다.

박 패두 최 패두 춘향을 꼭뒤를 질러 계하에 꿇려놓고,

"춘향 대령하였소."

하고 복명하니 부사 문 앞으로 다가앉으며,

"춘향 이리 오르라 하라."

춘향이 두어 번 사양하다가 상방으로 불려 올라가 부사 앞에 고개를 숙이고 앉으니, 그 시름하는 듯 원망하는 듯 의지할 곳 없는 듯 태도가 더욱

부사의 마음을 끌었다. 비록 아무 단장도 없다 하더라도 천성의 아름다움은 감출 수가 없었다.

부사가 춘향을 앞에 놓고 한참이나 고개를 기웃거리며 이리저리 뜯어보더니, 매우 볼 만한 듯이 '응' 하고 고개를 돌려 저편 구석에 글 읽는 사람 모양으로 공연히 몸을 흔들흔들하고 앉았는 정 낭청을 보며,

"이 사람! 춘향의 소문이 매우 고명하더니만 지금 보니 유명무실이로세."

정 낭청은 변 부사가 운산현감으로 나갈 때부터 책방으로 따라다니는 사람이라, 매사에 부사의 비위를 거스르는 일이 없어 부사가 팥으로 메주를 쑨다 하여도 "그러한가 보오.", 보리로 메주를 쑨다 하여도 "그렇다고도 하지요." 하는 사람이다. 그렇다고 정 낭청이 숙맥이 되어 그러한 것이 아니다. 경계는 멀끔하건마는, 자기가 애써 바른 소리를 한다고, 다 자란 변 부사가 자기 말 들어 착한 사람 될 리도 만무한즉 공연히 변 부사의 비위만 거슬러 변변치 못하나 책방 밥술 자리라도 떨어지면 왱한 것은 자기뿐이라, 차라리 "그러한가 보오.", "그러하다고도 하지요." 하고 어름어름해 넘기는 것이 너도 좋고 나도 좋은 사무송이라고 생각한 까닭이다.

그러나 정 낭청은 판은 대바른 사람이라, 이따금 곧잘 바른 소리를 하다가는 부사에게 핀잔을 먹고,

"어, 고얀 손이로군. 어서 올라가게!"

하고 올려 쫓길 뻔도 한두 번이 아니다.

이번에도 낭청은 마음에는 못마땅하게 생각하지마는 구태 비위를 거스를 생각도 없어 춘향은 돌아보지도 아니하고 눈만 스르르 내리감고 여

전히 몸을 흔들면서,

"글쎄요. 바이 유명무실이라 할 길도 없고 또 이제 유명무실 아니라고 할 길도 없나 보오."

부사 또 한 번 이윽히 춘향을 모모이 뜯어보더니 또 정 낭청을 바라보며,

"아니로세, 이 사람! 전혀 유명무실은 아니로세. 모모이 뜯어보니 한 곳도 허수한 곳은 없네그려."

하고 빙그레 웃으며 연해 춘향을 바라본다. 이 기회를 타서 통인에 윤득이 나서며,

"아뢰옵기 황송하오나 의복이 남루하고 단장을 아니 하여 그러하옵지 의복 단장을 선명히 꾸미면 세상에 짝 없는 일색이오니 용서치 마옵소서."

하고 일러바친다.

부사 윤득의 말을 듣고 또 한 번 춘향을 모모이 뜯어보더니,

"과연 듣고 보니 그럴 듯도 하이. 요사이 행창하는 것들같이 때 묻고 바라지지 아니하고 수수하고 어수룩하고 수줍어한 게 좋이."

낭청은 여전히 눈을 내리깔고 몸을 흔들면서,

"글쎄, 수수하고 어수룩하지 않다고 할 수도 없고, 또 그렇다고 할 길만도 없는 듯하오."

부사 비위가 당기는 듯이 바싹 춘향의 앞으로 다가앉으며, 한 번 더 자세히 보더니마는 부사 눈이 가느스름하여지고 입이 헤벌어지며,

"여보게, 아닌 게 아니라 미인이로세. 국색이로세. 절대가인이로세. 옥에도 티가 있다고 내가 팔도 미인을 본 것이 여간 백이요 이백만 아니

로되, 어떤 년은 코가 뾰족하여 얄망궂고 눈이 샐쭉하여 독살스럽고, 눈 각각 코 각각 뜯어보면 모두 한두 가지 흠은 있건마는 요것은 모모이 뜯어보고 샅샅이 우비어보아도 하나 흠할 곳이 없으니, 짐짓 천향국색이로세. 허, 영웅이 나면 미인이 없을 수가 있나. 내가 있거니 춘향이 없으랴, 하상견지만야로세."

하고 낭청이 무어라고 대답을 할 양으로 입을 우물거리는 것도 돌아보지 아니하고 춘향의 곁으로 조금 더 다가앉으며 춘향더러,

"네 들거라. 네가 짐짓 허술한 옷을 입고 단장도 안 하고, 네 본색을 감추려 하는 모양이다마는 형산백옥이 티끌에 묻혔기로 아는 이야 모르며, 중추명월이 잠깐 구름에 가리우기로 제 빛을 잃을쏘냐. 네 아무리 허술히 차렸기로 내가 너를 몰라볼 리가 없으니 네 나가서 소세하고 일각 지체 말고 수청 들라!"

하고 명령을 내린다.

춘향이 눈썹이 두어 번 짱깃짱깃하더니 쇳소리 같은 목소리로,

"무슨 말씀이시온지?"

하고 고개를 반짝 드니 그 태도와 말소리에서는 얼음 가루가 팔팔 날리는 듯하다.

부사 소름이 쭉 끼치는 듯하였으나 껄껄 능글 웃음을 치며,

"어허 정 낭청, 요 산드러진 말이 더욱 좋이!"

하고 다시 춘향을 바라보며 몸을 뒤로 젖히고 관장의 위엄을 갖추어,

"네 본대 본부 기생으로 내 도임 시에 현신도 안 하고 방자히 집에 있어 엄연히 불러야 들어온단 말이냐. 내가 이곳 목민지장으로 내려왔으니 너를 보니 쓸 만하다. 오늘부터 수청으로 작정하는 것이니 네 바삐 나가

소세하고 방수차로 대령하라!"
하고 호령이 추상같다.

춘향이 일어나며,

"못 합니다!"
하고 외마디로 똑 잡아뗀다.

부사 얼굴이 푸르락누르락하며,

"못 하여? 어찐 말인고?"
하고 숨소리가 커진다.

"못 합니다. 못 합니다. 소녀 비록 창기 소생이오나, 이미 대비정속 면천하였사오니 기생도 아니옵고, 또 삼 년 전 이등 사또 좌정 시에 사또 자제와 백년을 언약하와 금석같이 서로 맹세하옵고 몸을 허하였사오니, 소녀는 유부녀라. 죽사와도 송죽 같은 마음을 변할 리는 없사오니 사또께서도 소녀의 정유를 통촉하시와, 다시 그런 분부 내리시지 마옵소서."
하고 돌아선다.

춘향의 말에 부사 웃으며, 정 낭청을 돌아보고,

"계집이 한두 번 태하는 것은 전례판인 줄 아나 아주 태가 없어도 무맛이니."

"글쎄, 그러하외다. 전례판이란 길도 없고 정녕 전례판이 아니랄 길도 없나 보오."
하는 정 낭청의 말은 들은 체도 안 하고 춘향을 향하여,

"네가 기시에 아이들끼리 만나서, 살구 딸기같이 얕은 맛에 그러하나 보다마는, 하룹 비둘기가 재를 넘느냐. 그러하기로 저런 설움을 보는구나. 네 이 어른의 우거지국에 쇠 옹도리뼈 넣은 듯한 궁심한 맛을 보면 무

궁한 재미에 깜짝 반하리라. 또 네가 수청 들면 내일부터 관청은 네 집 찬장이요, 운향고 묵전고는 네 곳간이요, 일읍 주장이 다 네 주장이라. 이런 깨판이 또 어디 있느냐."

하고 정 낭청을 돌아보며,

"이 사람 정 낭청, 내가 평양서윤 갔을 적에 금절이 년 수청 들여 삼천 냥 행하 하고, 영변부사 갔을 적에 관옥이 년 수청 들여 백미 천 석 행하 하고, 기외에 전후 기생 준 것을 불가승수인 줄 자네가 잘 알지 않는가. 어찌한 성품인지 기생들은 그리 주고 싶으데."

하고 대답을 기다리는 모양으로 정 낭청을 물끄러미 본다.

정 낭청 한참이나 말없이 몸을 흔들다가 마지못하여 하는 듯이,

"글쎄, 그러한지요. 아니 그러한지요."

이 말에 부사 화를 내며,

"이 사람아, 듣고 본 대로 바로 말을 하는 게 아니라 어리뻥뻥하세 그게 무슨 대답이란 말인고?"

"듣고 본 대로 바로 말을 하라면 하지요."

"아따, 하소!"

"내가 본 대로 하면 사또께서 대동찰방 갔을 제 관비 한 년 데리고 자고, 그년의 비녀까지 빼앗고 돈 한 푼 안 주었단 말 들었고, 운산현감 갔을 때 수급비 한 년 석 달이나 수청 들이고 쇠천 한 푼 안 주고 그년의 은가락지 취색하여 주마고 서울로 가지고 가서 며느리께 예물 준 것은 보았소마는, 언제 평양서윤 영변부사로 가시어서 기생 행하를 그리 후히 하였소?"

하고 뾰롱뾰롱 바른 소리 하는 버릇을 내인다.

정 낭청의 말에 부사 기가 막히나 섣불리 하다가 바른 소리가 더 쏟아져 나올 것을 두려워하여 껄껄 웃고,

"이 사람 기롱 마소. 저런 아이 곧이듣네."

하고 춘향을 향하여,

"여보아라! 이리 돌아서거라. 네 저 말 곧이듣지 말렷다. 어찌 그럴 리가 있느냐. 나를 사귀어만 보면 자연 알 것이다. 여보아라, 알아듣느냐. 과히 사양 말고 바삐 나가 소세하고 수청 거행하여라."

춘향이 돌아서서 읍하고 부사를 정면으로 바라보고 언성을 약간 높이어,

"사또께옵서는 목민지관이시라 민지부모 되시오니 백성이 잘하는 것을 상 주시고 잘못하는 것을 벌 주시어, 삼강을 바로잡고 오륜을 밝히시는 것이 직책이시니, 어찌 옛 성인의 가르치심을 따라 열녀의 행실을 본받아 지아비를 위하여 수절하려는 아녀자의 뜻을 앗으려 하나이까. 아무리 분부 지엄하시와도 송죽같이 굳은 소녀의 절개는 변할 줄이 없사오니 돌이켜 생각하시와 밝히 처분하시옵소서."

부사 눈방울이 오르락내리락하더니 다시 능청하게,

"오, 옛글에 그런 말도 있나니라. 그러나 수절이란 것은 사대부 집 부녀들이나 할 일이지, 너 같은 아이는 노류장화라 인개가절이니 수절이란 말이 천만의외요 해괴망측한 말이다. 기생이 수절을 하면 사대부 집 부녀는 무슨 절을 한단 말이냐. 기절을 하겠구나."

하고 크게 우스운 일이나 보는 듯이 '허허허.' 하고 소리를 내어 웃더니 다시 웃음을 거두고 위엄을 갖추어,

"여보아라, 계집이 아조 탯가락이 없어도 무맛이지마는, 그것도 한두

번이지 여러 번 되면 관장 앞에 버릇없는 일이여. 그러하니까 당치 아니한 요망한 소리 말고 수청 들어라."

부사의 말에 춘향은 오장이 뒤집히도록 분기가 났다. 그러나 한 번 더 이치로써 부사의 뜻을 돌려볼 양으로 공손하게,

"충신은 불사이군이요 열녀는 불경이부라. 사또께옵서는 국록지신 되시오니 설사 부월이 당전하더라도 훼절하실 리 만무하옵고, 소녀는 백년해로 언약한 지아비 있사오니, 이 몸이 죽고 죽고 일백 번 고쳐 죽사와도 일편단심이 변할 리는 없사오니 다시 분부 마소서. 물 밑에 비친 달은 잡아내어도 보려니와, 소녀의 정한 뜻은 차생에 얻지 못하리이다. 가련한 일단혈심을 통촉긍애하옵소서."

하고 애절하는 듯이 한번 읍하고 부사의 앞에 꿇어 엎디인다.

부사 춘향이 꿇어 엎디어 애걸하는 양을 보고 빙그레 웃으며 정 낭청더러,

"여보게 이 사람 요렇게 간드러지게 애걸하는 양이 더욱 아리따외그려. 요사이 행창하는 계집들이 오로라 하기가 무섭게 어여쁘지도 않은 것이 어여쁜 체하고 연지 찍고 궁둥이를 뒤흔들고, 장마 개구리 호박잎에 뛰어오르듯이 신발 신은 채로 마련 없이 더벅더벅 오르건마는 이것은 제법 반반한 경계로세."

하니 정 낭청 심히 못마땅하여 고개를 저만치 돌리며 혼잣말 모양으로,

"응, 되기는 되겠소. 그 무얼 수절한다는 손녀뻘이나 되는 어린 계집애를 데리고……. 응!"

하고는 여러 번 '응' 하는 소리가 난다.

부사 눈살을 찌푸리며,

"자네는 왜 이리 씨앙이질만 하노? 고얀 손이로군."

하고 춘향을 보며,

"요년! 수청을 들라면 썩 들 것이지 거 무슨 잔말을 고다지 잔망스럽게 하느냐! 어서 썩 수청 들고지고!"

춘향이 생각하니 아무리 하여도 자기를 방송하여줄 것 같지 아니하다. 그러나 제아무리 저러한들 빙옥 같은 내 마음에 백골이 진토 되기로 수청을 들며, 금석같이 굳은 뜻이 혼백이기로 훼절하겠느냐 하고 맘을 단단히 먹고 수그렸던 고개를 번쩍 들어 부사를 노려보며 악을 써서 꾸짖는다. 춘향이 부사를 노려보며,

"영천수 맑은 물에 내 두 귀를 씻고지고, 에그, 더러운 말 다 들었네. 사또께서는 국록지신 되시어 출장입상하시다가, 탈유지변당하시면 한 목숨이 아까워서 도적에게 항복하고 두 임금을 섬기랴오? 충신 불사이군이요 열녀 불경이부라 하였거늘 경이부하라 하야 위력으로 겁탈하시니 사또의 충절 유무는 이로써 아나이다. 나라에 충절 모르는 사또 앞에 무슨 말을 하오리까. 말하는 것도 부질없으니 소녀를 때리려거든 때리시고 죽이려거든 죽이시되 다시는 그런 더러운 말씀은 마옵소서."

부사 관자놀이에 핏대가 불룩불룩하더니 소리를 벽력같이 지르며,

"정 낭청, 조년의 말을 보소. 날더러 역적 놈이라네그려. 이런 죽일 년이 있단 말인가."

정 낭청이 입맛을 다시며,

"글쎄, 그러하오. 사또가 역적 놈이라 할 길이야 생심인들 하겠소마는, 또 제 소견딴은 금부 죄인이 되리란 말인 듯도 하오. 그러하나 그년이 바이 죽일 년이 아니라 할 길도 없나 보오마는 또 말이야 바로 죽일 년

이라고 할 길도 없는가 싶으니, 그년의 소원대로 하여주시는 것도 상책이지요마는 또 사또께서 그년의 소원대로 아니 하여주신다고 부쩍부쩍 우기시면 그도 하릴없는가 보오."

부사 더욱 골을 내어 낭청더러,

"이 사람, 썩 들어가소. 꼴 보기 싫어. 공연히 싹 없는 소리를 기다랗게 늘어놓으니 웬 지각인고. 어허, 고얀 손이로군!"

하고 춘향을 노려보며 망근 편자가 톡 터질 듯이 관자놀이가 들먹들먹하고 숨결이 씨근씨근하더니 춘향을 대하여서는 아무 말이 없고,

"여보아라!"

하고 호령을 내리니 통인이 뛰어 나서며,

"여이."

"이년 바삐 잡아 나리어라!"

"여이 급창!"

하는 통인의 소리에 급창 계상에 나서며,

"여이."

하고 길게 소리를 뽑는다.

"춘향 잡아 나리라."

급창이 더욱 소리를 높여,

"여이 사령!"

하는 소리에 사령들이 우르르 달려 나오며,

"여이."

"춘향 잡아 나리랍신다!"

"여이!"

하고 나졸들이 벌 떼같이 달려들어 춘향의 머리채를 휘휘칭칭 감아쥐고 길이나 넘는 층계 아래로 동댕이쳐 끌어내려 형틀 위에 덩그렇게 올려 매고 나졸들이 뒷걸음치어 좌우로 쭉 갈라서며,

"춘향이 대령하였소."

부사 형틀에 올려 매인 춘향의 모양이 보이리만치 문 밑으로 바싹 다가앉으며,

"형리 부르라!"

하니 형리 나와 읍하고,

"어이, 형리 대령하였소."

부사 형리를 보고,

"저년을 때려죽일 터이니 다짐 쓰고 갖은 매 대령하라!"

형리,

"여이."

하고 필연 당기어 다짐을 써 들고,

"살등(殺等) 여의신(汝矣身)이 본시 창녀지배로 불고사체하고 수절지절이 시하곡절이며 우중 신정지초에 관령 거역뿐더러 관정발악에 능욕관장하니 사극해연인즉 죄당만사라. 즉의 타살하여 이일징백하는 다짐이니 백자 아래 수결 두라."

하고 읽고 나서 그 다짐장을 춘향의 앞에 놓으니 좌우 나졸들이,

"어서 바삐 수결 두라."

하고 우렁차게 엄포한다.

춘향이 조금도 굴하는 빛 없이 두 눈초리가 쨍긋 올라가며 형리가 주는 붓을 받아 한일 자 드르르 그은 후에 그 아래 마음심 자 초서로 쓰고 붓대

를 내던지고 태연히 있다.

춘향이 다짐장에 다짐 두고 붓대를 내던지니 키 큰 집장사령 곤장, 형장, 태장, 오갈나무 주장 갖은 매를 한 아름 안았다가 좌르르 설설 벌여 놓고, 이놈도 골라 능청능청 저놈도 잡아 능청능청 청하며 겉으로는 단매에 때려죽일 듯이 엄포를 하거니와, 형틀에 올려 매인 춘향을 내려다보니 연연약질 백설 같은 흰 다리에 어디 차마 매를 치랴. 자연히 팔이 무거워진다. 그러나 거행을 아니 하면 응당 구실은 퇴거할 것이요, 구실 퇴거하면 내일 아침부터는 입에 낫거미줄 늘일 지경이니 어찌하랴. '차마 못 할 거행이로다.' 하고 그중에 좀먹고 등심 없는 태장 하나를 골라 쥐고 이만하고 섰을 제 부사는 소리를 높여,

"네 이년을 첫 매에 두 다리 장치를 끊어 골이 드러나게 각별히 매우 치되 만일 저년을 사정 두는 폐(弊) 있으면 곤장 모로 앞정강이를 팰 것이니 그리 알라!"

하고 호령하니 청령집사 엄숙한 목소리로,

"매우 치라!"

하고 엄포한다.

집장사령이 영을 듣고 형틀 앞에 썩 나서며,

"일호 사정 두오리까. 단개에 물고를 내오리다."

하고 두 눈을 부릅뜨고 한 걸음 물러섰다가 달려들며 한 개를 딱 붙이니 부러진 태장 가지 공중에 푸르르 날며 '짝' 하는 소리 동헌을 울린다. 춘향이 사지를 바르르 떨며 이를 빠드득 갈고,

"죽이랴건 죽이시오! 일편단심 붉은 맘이 일만 번 죽사온들 일시반시 변하리까."

부사 냉소하며,

"어디 이년, 얼마나 안 변하나 보자. 매우 치라!"

둘을 딱 붙이니,

"이런 정사 또 있는가. 이부불경한다 하여 이 형벌이 어인 일고. 이 몸이 비록 죽사온들 이심 둘 리 없사오니 이글이글 타는 불에 태워라도 죽이시오!"

셋을 딱 붙이니,

"아이고고! 삼혼칠백이 다 흩어진들 삼생에 뻗은 정절 변할 리 만무하오."

넷을 딱 붙이니,

"사또도 사람이시면 사정도 있으련만 죄 없는 사람을 사정없이도 치네그려. 사대부의 행세는 이러한 법이오?"

이 말에 부사 더욱 노기등등하여,

"요년! 어쩌고 어찌어? 고년 다시는 조동이를 못 놀리도록 매우 치라!"

집장사령,

"여이, 죽도록 치오리다."

하고 다섯째를 딱 붙이니,

"아이고고!"

하고 춘향이 잠깐 까무러치었다가 깨어나며,

"오형지속이 삼천이라 하건마는 수절한다고 죄 주는 법 어디 있소? 오장에 사무친 한이 오월 남풍에 눈서리 되어 삼강도 오륜도 모르는 사또집 후원에 펄펄 날려보랴오. 이렇게 힘들게 때릴 것 없이 드는 칼로 이 몸을 오리 오리 오리시오! 오리 오리 오려내어 옹진 소금에 짜게 짜게 절여 항아리나 목함 속에 넣어두고 계집 좋아하는 사또 밥반찬 술안주나 하시다가 일생에 다 못 자시거든 두고두고 사또 대소상 기일제에까지 놓으라고 유언이라도 하시오!"
하고 이빨을 아드득아드득 간다.

부사 일어났다 앉았다 어찌할 줄을 모르고 입으로 게거품을 푹푹 토하며,

"조년을! 조년을! 밟아 죽이랴, 찢어 죽이랴? 아, 조년을! 네 이놈 조년을 단개에 못 때려죽인단 말이냐. 네 저 집장사령 놈 몰아 내치고 다른 놈 대어라!"
하고 콩 튀듯 팥 튀듯 펄펄 뛴다.

집장사령 물러나고 다른 놈 들어서니 키는 작을망정 눈방울하고 다부지게 독하게 생긴 놈이다. 태장을 어깨 위에 번쩍 둘러메고 두어 걸음 물러섰다가 동동동동 딛려 나오며 여섯째를 딱 붙이니 춘향의 하얀 살이 갈라지며 빨간 피가 주르르 흘러내린다.

춘향이 또 한 번 아뜩하여 까무러치었다가 이를 빠드득 갈며,

"육시를 하시오! 육시를 하시오!"

일곱째를 딱 붙이니,

"아이고, 이 몸이 죽네그려. 칠십 당년 노모님이 누구를 의지하리."

여덟째를 딱 붙이니,

"아이고, 내 팔자야. 전생에 무슨 죄로 기생으로 태어나서 수절조차 맘대로 못 하는고. 아고, 이 내 팔자야!"

아홉째를 딱 붙이니,

"구곡간장 맺힌 한이 구만장천 높이 날아 구중궁궐 깊은 곳에 하소연

이나 하고지고. 구차한 이 목숨이 구태 살려 아니 하오. 죽이시오, 죽이시오! 굳고 굳은 이내 정절 굽힐 줄은 생념도 마오!"

열째를 딱 붙이니 춘향이 고개를 번쩍 들어 부사를 노려보며,

"죽여주오! 죽여주오! 어서 바삐 죽여주오! 죽어서 혼이라도 남편 따라가려 하오. 당신네 법에 수절도 죄라 하면 식칼 형문이라도 쳐서 죽여주오!"

하고 그만 고개를 숙여버리니 살점은 늘어지고 뼈가 보이고 얼굴이 해쓱하여지고 입술이 푸르게 되니 보던 관속들도 모두 코가 시고 눈물이 흘러 고개를 돌린다.

부사도 춘향의 형상을 보니 속이 부쩍부쩍 조이기는 하나, 한번 내었던 영을 다시 거둘 수도 없어 하나둘 더 치는 것을 스물을 넘어 서른이 되어도 춘향은 죽었는지 살았는지 말도 없고 몸도 움직이지 아니하여 부사 정 낭청을 바라보고,

"이 사람! 과연 시골 상것이라 모질기도 하이그려. 아무리 모질기로 그토록 모질단 말인가. 신정지초에 살인하기도 어떠하니 그만 칠까."

"글쎄, 그러하외다."

"아니 이 사람, 저런 년을 삼천을 죽이기로 관계할까."

그래도 정 낭청은 몸을 흔들며,

"글쎄, 그러한가 보오."

부사 못마땅하여 얼굴을 찡그리더니,

"여보아라! 그년 독하기로 이를진댄 독사 이상이로구나. 장래 크게 일 저지를 년이로다. 후일에 다시 칠 양으로 저 년을 큰칼 씌우고 항쇄족쇄하여 하옥하라!"

사령이 영을 듣고 춘향을 끌러 형틀에서 내려놓으니 춘향이 아주 정신을 차리지 못하고 몸까지 싸늘하다. 감히 입 밖에 내어 말은 못하나, 혀도 채고 눈도 흘기고 한숨도 쉬고 모든 관속이 다 부사를 원망하면서도, 법이라 하릴없이 큰 전목칼을 춘향의 목에 씌우고 칼머리에 인봉하고 거멀못으로 꼭 수쇄하고 옥사장에게 끌려 한 걸음에 엎더지고 두 걸음에 쓰러지며 옥으로 내려가니, 보는 사람은 누구나 고개를 돌리고 차마 바로 보지 못한다.

월매 춘향을 관가로 붙들려 보내고 이제나 저제나 나오기를 기다리다가, 낮이 기울어도 안 나오고 볕이 마당 한복판까지 가도 안 나오니, 외딸 둔 어머니의 마음이라 안절부절을 할 수가 없어,

"이 애가 아마 사또 말을 거역하다가 무슨 일을 당하나 보다."

하고 향단을 데리고 관가로 들어가던 길에 삼문 밖에서 칼 쓰고 끌려 나오는 춘향의 모양을 보고 와락 달려들어 칼머리에 매달리며 목을 놓아 운다.

"아이고, 이게 웬일인고? 신관 사또 내려와서 치민선정 아니 하고 생사람을 죽이러 왔네. 생금 같은 내 딸을 무슨 죄로 저리 치었노? 하느님 맙소사. 내 딸이 죽으니 살려주오! 내 딸 죽으면 나는 살아 무엇 하리."

하고 겨우 정신을 차려 눈을 빤히 뜨는 춘향의 목을 안고,

"아가, 이것이 웬일이냐. 어린것을 얼마나 때렸으면 이렇게 될까. 남을 어찌 원망하리, 모두 다 네 탓이다! 네 탓이야, 네 탓이다! 아무리 그리한들 닭의 새끼 봉이 되며 각관 기생 열녀 되랴. 사또 분부 들었더면 이런 매도 아니 맞고 작히 좋은 깨판이랴. 돈 쓸 데 돈 쓰고, 쌀 쓸 데 쌀 쓰고, 남원 사십팔 면이 우리 집 찬광일 것을, 이년아 무엇 한다고 수절 수

절 하다가 이 꼴이 되었단 말이냐. 나도 젊었을 때 친구 상종할 제 치치면 감사 병사 수사요, 내리치면 각 읍 수령 무수히 겪을 적에 쇠 곧 많이 줄 양이면 일생 잊지 못할러라. 너 이년아, 누구는 너만 못하다더냐. 후일 사또 다시 묻거들랑 잔말 말고 수청 들어 실속이나 하려무나!"

춘향이 수청 분부 거행 안 한 죄로 엄형 받고 옥으로 내려간다는 소문 듣고 춘향이 지나가는 길에 사람이 백차일을 치고,

"끌끌!"

"아따, 맞았거든!"

"어쩌면!"

"아무려나 춘향이도 독하다!"

"어린것이 기특도 해라."

이 모양으로 수군수군하며 혹은 고개를 돌리고 혹은 눈물을 씻는다. 그러나 조용히 소리는 없고 오직 칼머리에 달려가며 하늘하늘 뛰고 우는 월매의 곡성뿐이다.

이윽고 옥에 다다라 시커먼 옥문을 열고 춘향을 몰아넣고 덜컥 닫고 잠가버리니 월매는 땅바닥에 엎더지어 기색한다.

향단이 옥문을 두드리며,

"아이고, 아씨 어이하리, 아씨 어이하리."

하고 목을 놓아 우는 것을 보고 옥사장도 소매로 눈물을 씻으며,

"차고 찬 저 옥중에 저것 죽지, 살 수 있나."

하고 들어가버린다. 옥사장이 들어가는 것을 보고 지금까지 먼발치 보고만 섰던 아는 마누라 모르는 마누라들이 하나씩 둘씩 모여들어,

"그만두오, 울지 마오! 효자 열녀는 하늘이 안다오! 그만두오, 일어

나오!"
하고 월매를 붙들고 위로하나 월매는 꺽꺽 숨이 막히어 울음소리도 잘 내이지 못한다.

이때에 옥중으로 춘향의 소리가 나온다.

"어머니, 울지 말고 그만 집으로 돌아가오! 죄 없는 춘향이 설마한들 죽으리까. 수화 검창 중이라도 안 죽고 살 터이니 걱정 마시고 집으로 가시오. 만일에 안 가시고 저리 울고 계시오면 불효한 말씀이나 지금으로 죽을 터이니 나가시오! 나가시오! 어머니 울음소리 매 맞기보다 더 아프오."

월매 벌떡 일어나 옥문에 몸을 부딪치며,

"누가 내 딸을 이 속에 가두었느냐. 내 딸이 무슨 죄를 지었더냐. 국고 투식하였더냐, 부모 불효하였더냐. 무슨 죄로 내 딸을 죽도록 따려 이 옥 속에 가두었느냐. 내 딸 내놓아라! 네 딸 내놓아라. 너를 두고 나 혼자 어디를 가리!"
하고 손톱으로 옥문을 박박 긁고 뜯으나 무거운 옥문에서는 삐걱 소리도 안 난다. 한참이나 말이 없더니 춘향이 우는 소리로,

"어머니, 나가시오! 하늘이 무너져도 이 설원 하기 전에 죽을 내가 아니오니, 나가시오. 나가시오!"
하고 목이 메어 잠깐 말이 끊였다가,

"향단아! 어머니 모시고 나가거라. 네가 내 대신 마님 위로해드려다오. 어머니 우시거든 동네 어른들 청하여 심심치 않게 하여드리고 때때로 어머니 좋아하시는 원미 쑤어드리고 조석으로 다리 밟아드리고 하여라. 안 죽고 살아나면 네 은혜 갚을 것이니 부디부디 어머니 봉양 잘하여

다오. 내 마음 네가 알고 네 마음을 내가 아니 별 당부가 있겠느냐. 울음 소리 듣기 싫다! 어서 어머니 모시고 나가거라."

그제야 월매도 하릴없이 향단에게 끌리어 여러 마누라들에게 부축을 받아 다시금 다시금 옥문을 돌아보며 미친 사람 모양으로 헛소리도 하며 비씰비씰 나간다.

월매 집으로 돌아간 뒤에 춘향이 홀로 옥중에 누웠으니 그제야 비로소 몸이 아프다. 천근만근으로 내리누르는 것도 같고 칼 송곳으로 푹푹 쑤시는 것도 같고 이따금 이따금 하도 매 맞은 자리가 아파서 정신이 아뜩아뜩하기도 하다. 얼음장같이 찬 방바닥 벽 틈 창틈으로 들이쏘는 살을 에는 듯한 찬 바람, 이 속에서 어떻게 생명을 부지하리. 꽃 같은 청춘에 애매히 죽는 것도 설우려든, 백년해로 언약한 정든 님 못 뵈옵고 죽는 몸, 칠십 노모 혼자 두고 옥중 원혼 되는 신세 생각하면 매 맞은 자리보다도 생각하는 가슴이 더욱 아프다.

"살고지고 살고지고 아무렇게라도 살아나고지고, 실 끝만치라도 살아남아 도련님 뵈옵고지고 도련님 뵈온 뒤어든 고대 죽다 서러우리."

춘향이 신음하고 누워 있노라니 문득 옥문에서 왁자지껄하는 소리 들린다.

"열라면 열어!"

하는 호통이 들리더니,

"사또께서 아시면 소인은 주리경을 치게요?"

하는 옥사장의 애걸하는 소리가 들린다.

"웬 잔소리야? 기생을 옥에 가두면 오입쟁이 따라올 줄을 모를 병신이 있더냐. 어서 열어, 바삐 열어!"

하고 소리소리 지르며 옥문을 쾅쾅 찬다.

“사또 분부에 춘향이 방에는 사내라고는 그림자도 못 비치게 하고 지나가던 수고양이도 얼씬 못 하게 하라 하시니 못 열겠소.”

하고 옥사장이 좀 딱딱히 잡아떼니 문득 여러 사람의 말소리가 나며 ‘짝’ 하고 따귀 붙이는 소리가 나며,

“아따 이놈아, 사또 아니라 오또 육또의 분부기로 두려워할 내 님이신 줄 알았더냐.”

하는 소리가 나고 또,

“여보쇼, 때릴 것은 아닐세. 걘들 무슨 죄 있나. 목구멍이 포도청이 되어서 인종지말이 하여 먹다 남겨놓은 옥사장 구실을 다닐망정 아직도 사람의 껍데기는 안 벗어놓았으니 그래도 인정 없겠나……. 여보쇼, 옥사장네 동생, 그리 말고 문을 열소. 후환 있거든 우리네가 담당함세. 사또 아니라 사또 할애비기로 사람을 초고추장 찍어서 아작아작 통으로 먹을라고.”

하는 소리가 들리고 또,

“옳이, 인숙이 말이 옳이. 춘향이가 불쌍하지 아니한가. 이렇게 덮을 것도 가지고 왔으니 문을 열소. 활인공덕 되네.”

하는 소리가 들리고 또,

“덮을 것도 덮을 것이지마는 나는 이렇게 약을 달여가지고 왔는데 이게 식으면 되겠나, 어서 열소, 어서 열어!”

하는 소리가 들리고 또,

“약보다도 미음이 제일일세. 나는 조 미음을 진케 달여 꿀 덤썩 타서 가지고 왔는데 식는 것도 걱정이어니와 손이 뜨거워 못 견디겠다고. 어

서 열게, 어서 열어."

하는 소리가 나더니 마침내,

"그러면 잠깐만 보고 가시오."

하고 옥문 열리는 소리가 들리더니 왈짜 육칠 인이 옷에 묻은 눈을 툭툭 털면서 우르르 춘향이 누운 곳으로 들어온다. 저마다 춘향의 곁으로 와서,

"어떠냐?"

"죽일 놈들 같으니."

"염려 마라. 내가 맹세코 너를 살려주마."

"주제넘은 놈 같으니. 네깐 놈이 살리기는 누구를 살려? 내야말로 너를 살려주마. 외육촌 누님의 시아주버니의 처남이 재동 대감의 청지기와 의동생이여!"

"주리를 할 놈 같으니, 그게 그리 장하냐. 내야말로 춘향이를 살려내련다. 내가 인제 무과 급제하여 전라병사 하여 오는 길이면 영락없다, 영락없어. 자, 이 미음이나 먹어라."

"육시를 할 녀석 같으니. 네 놈이 전라병사 하기를 기다리느니 내 손자가 병조판서 하기를 기다리겠다. 내야말로 춘향이를 살려내련다. 너희같이 주둥이 깐 놈들이 무엇을 안단 말이냐?"

"어디? 네까짓 놈이 어떻게 저를 살린단 말이냐?"

"어허 이놈, 내 님이 누구신 줄을 모르는구나. 내 이를게 들어보아라. 다시 사또 놈이 저를 끌어내어 때리지 아니하면 잘 생각하였으니 말할 것 없고, 만일 다시 제 몸에 손을 대는 날이면 내 님이 성큼성큼 뛰어들어가 사또 따귀를 눈에서 횃불이 나도록 딱 붙여 정신을 못 차리게 하여놓은

뒤에 춘향을 두 팔로 살짝 안고 나온단 말이여, 어떠냐.”

“이놈아, 그만 일이야 낸들 못하랴.”

“어허 그놈, 방정맞은 놈이로고. 내가 그렇게 하리라고 생각을 하고 있는데, 제가.”

이 모양으로 떠들며 그래도 춘향을 위로하느라고 상처도 만져보고 약도 먹이고 미음도 먹인다.

춘향도 인정이 고마워서,

“이렇게들 와보아주시니 황송하오.”

하고 일일이 대답을 한다.

이렇게 밤이면은 왈짜들이 모여들어 어떤 때에는,

“각설 이때에.”

하고 언문 책을 보고 어떤 때에는,

“일성옹주에 덩꽁시 가고 삼 넌 적리에 관산월이라. 장림수풀에 범이 긴다. 세목 죽었는데 네목째 간다.”

하고 투전판이 벌어지고, 어떤 날 저녁에는,

“백사 아삼 오륙하고 쥐부리 사오삼륙하고 제칠삼오 제팔관이 묘하다. 열여섯씩 들이소.”

하고 골패가 벌어지고 한편에서,

“네 대갈수야. 오구일성 어렵다. 조장이로구나. 반씩 하자.”

“석류 먹는 듯이나 가만있소. 척척 섞어 쥐어라. 석조하공정(夕鳥下空庭)이로구나.”

“일 잎은 변이요, 바닥 둘째 잎을 내놓소.”

“어디 갈까? 이 애 하자던 반이나 하지.”

하고 돈을 끌어들이고 또 한편에서는,

"삼십삼천 파루 쳤다. 먼동이를 다리고 당당홍에 정초립이 건양재로 넘나든다. 시뻘겋다 이사칠(二四七)을 들이소."

하고 야단이요.

어떤 날은 하인 시켜 바둑판 들리고 와서,

"이 말 죽네. 검은이 안말이. 오공도화 십사수로 꼭 죽었지? 옳다, 여기 한 구멍 있구나. 그러면 그렇지."

하고 떵떵 바둑을 두고, 또 어떤 날은 장기를 두느라고,

"장군렵이야귀(將軍獵而夜歸)하니 석위호어중수(石爲虎於中藪)로다. 장이야, 군이야!"

"말떠궁 비춰고 차 올나 장이야!"

"이 애, 아서라. 그것은 외통이다."

하고,

"물러라."

"못 한다."

"저 포!"

"저 포!"

하고 야단이요.

한편에서는,

"펄펄 상주 덜걱 해주, 연대 남산, 진동장군, 돌통황제, 호위 군관, 과천동작이, 뚝섬 뒤뜰, 돌아나온다 났고, 났고, 났구나, 팔왕산초도, 오호대장의, 여산 칠십리 돌아 나온다."

하고 법석이요.

그러다가 어떤 때에는 술잔이나 먹고 홍에 겨워 탁견씨름 기롱으로 옥이 떠나가도록 쿵쾅거리고 심하면 싸움이 나서 멱살을 추켜들고 따귀를 붙이고 그러면 또 싸움 말리느라고,

"이 사람아, 말게."

"어, 아니꼬운 놈 같으니."

하고 법석이 난다.

이렇듯이 분란이 나니 옥사장이 겁도 나고 화도 나나 이 패를 잘못 건드렸다가는 마른 경을 칠 지경이요, 그렇다고 그대로 두면 옥이 결단이라 공손히,

"여보, 이리 구시다가 사또 염문에 들리면 우리들이 다 죽겠소."

하고 애걸하면 한 왈짜 내달으며,

"여보아라, 사또 말고 오또라도 염문 말고 소금문을 하면 누가 나를 육포를 하랴. 기생 수금하면 우리네기 출입하는 것이 응당이지 네 걱정이 무엇이니?"

하고 호기를 부리고, 그러면 다른 왈짜가 나서며,

"그런 말이 아니라 우리네가 제 소일 하랴다가 제게 해롭게 하는 것이 의가 아니여."

하면 여러 왈짜들,

"옳다. 네 말이 옳아."

하고 춘향더러 '잘 자라.' 하고 이불귀도 눌러주고 흩어져버린다.

왈짜들이 떠들다가 돌아가면 옥중은 고요한데 살 없는 앞문과 외만 남은 뒷벽에서는 뼈를 부는 상풍이 싸라기를 흩날리며 살 쏘듯이 들어오니 골절이 다 저려온다. 눈을 감은들 잠이 오리. 끝없는 듯 긴 밤을 뜨고 새

고 울고 새니 도련님 생각, 어머니 생각, 죄 없이 형벌 받아 원통한 생각만이 들고나고 들고날 뿐이다.

월매는 춘향을 옥에 두고 집에 돌아오니 마음을 지접할 수가 없어 울며불며 끌탕만 한다. 끌탕만 하면 무엇 하나. 의원을 찾아가 약도 묻고, 무당 판수를 찾아가 무꾸리도 하고, 절에 가서 불공도 하고, 아무리 하여서라도 '춘향의 병이 나아지라, 춘향이 옥에서 나와지라.' 부등부등 애를 쓰나 날이 가고 달이 가도 병도 낫지 아니하고 옥에서 나올 길도 바이없다.

이로부터 춘향은 옥중에 매인 몸이 되어 겨울 가고 봄이 오고, 봄이 가고 여름 오고, 봄 겨울이 다녀가기 두 번이나 세 번이나 되었건마는 기다리는 서울 소식도 망연하고 놓일 기약도 망연하다.

변 부사는 술 취한 때, 생각난 때, 심사 난 때, 궁금한 때, 한 달에 세 번 좌기할 때, 춘향을 끌어들여 얼르고 달래고 조르고 수뇌하고, 호령하고 때리고 하건마는, 춘향의 굳은 마음 다질수록 더 굳으니, 털끝만치나 변할 리 있으랴마는, 갈수록 변하고 쇠하는 것은 춘향이 몸이라. 목숨이 모질어 붙어 있기는 하건마는, 살은 다 떨어지고 피골이 상접하였으니 옛날에 곱던 양자 다시 볼 길이 바이없다.

겨울에는 추워 고생, 여름에는 축축하고 곰팡 나고 냄새 나는 방바닥에 벼룩 빈대는 어찌 그리도 많으며, 모기 각다귀는 어찌 그리 극성스러운고. 물고 뜯고 쏘고 서물거리고 사르르거리니 잠은 들며 몸은 가만히 둘 수가 있을까. 문 자국 긁은 자리가 덧나고 짓무르고 어떤 것은 고름이 들고 어떤 것은 진물이 흘러 낮에나 좀 눈을 붙이려 하면 청파리, 쇠파리 모두 모여들어 기어다니고 빨아 먹으니 낮잠인들 잘 수가 있나.

가시고 안 오는 님 꿈에라도 뵈오련만
잠 못 이루오니 꿈 어이 이루리까.
여름 밤 짜르다 하옴을 못내 설워하노라.

더구나 동풍 스르르 불고 궂은비 내릴 때면 몸의 아픔 더욱 견디기 어렵고, 비 오다가 개인 밤에 캄캄한 옥창으로 길 잃은 반딧불이 소리 없이 들어와서, 높으락낮으락 번쩍번쩍 방 안으로 돌다가 말없이 나간 뒤에 어디서 부엉이 '부흥 부흥' 하는 소리나 두견이 '귀촉도 귀촉도' 하는 애 끊는 소리를 어찌 차마 들으리.

지루한 여름도 지나가고 소슬한 추풍이 나뭇잎 펄펄 날리고 벽 틈에 귀뚜라미 밤을 새워 울고,

님 그린 상사몽이 귀뚜라미 넋이 되어
추야장 긴긴 밤에 님의 방에 들었다가
날 잊고 깊이 든 잠을 깨워볼까 하노라.

한 옛 노래를 생각하고 나도 귀뚜라미 넋이나 되어 한양 칠백 리를 꿈을 타고 날아가서, 삼각산 밑 삼청동에 날 잊고 깊이 든 도련님의 잠을 깨워 놓고 슬픈 사정 하소연이라도 하고 싶건마는, 풍지를 울리는 바람 소리에 끼룩끼룩 기러기 소리 서리 치는 새벽이 되도록 끊일 줄 모르니 어느 잠이 하마 들어 어느 꿈을 타고 가리.

묻노라 저 기러기 북으로 옮일진댄

삼각산 한강수를 안 지날 리 없으려든
어찌타 님의 소식을 아니 전코 가느냐.

그러나 기러기 무슨 뜻 있으리. 한양을 지나오기는 하였으련마는 도련님 소식은 전할 줄 모르고 반야 삼경에 중천에 소리 질러 수심 많은 사람의 겨우 든 잠만 깨운다.

달이 수상히 밝으니 아마도 추석일까. 낮에 철썩철썩 울려오던 소리 떡 치는 소리다. 붉은 대추, 흰 오려 송편 그것을 생각하리라는 이날에 늙으신 어머니 얼마나 심휜들 설우시랴.

어젯밤 이불 속이 심히 찼으니 아마도 서리 쳤을 듯, 서리 쳤으면 단풍 때요, 단풍 때 지나면 김장 때다. 실고추는 누가 썰며 무 배추는 누가 다듬으리. 다듬이는 누가 하고 겨울옷은 누가 짓나. 부모님, 도련님 위해 김장도 하여보고 다듬이 바느질도 하고 싶다. 내 손수 다듬어서 내 손수 지은 옷을 님에게 입혀놓고 한 번만 보았으면 고대 죽은들 한 있으랴. 가을이 슬프단 말 내게만 진정이요 세상 사람께는 허사로다. 부모 계시고 님만 있을진대 슬픈 가을이 어디 있으랴. 삭풍 한설이 흩날릴수록 님의 품이 더욱 따삽고 오동짓달 긴긴 밤은 길사록 좋을 것이언마는 옥중에 홀로 매인 몸은 골수까지 얼어드니 이 겨울로 또 어이 지내리. 죽지 말자, 죽지 말자. 아무리 하여서라도 죽지 말고 살아나서 그리던 님 뵈온 후에 이 원통한 심회를 풀고야 말자.

어느덧 겨울도 다 지나고 옥창에도 봄바람이 불어오고 수인의 귀에도 종달새 소리가 들려오면,

"아! 봄인가, 또한 봄인가."

하는 한탄이 나오고 금할 수 없는 눈물이 쌀쌀 흐른다.

"세월은 가네 가네. 물 흐르듯 살 닫듯 세월은 가네. 세월은 가고 가도 기다리는 님은 안 오시니 어쩔까나. 옥빈홍안이 옥중에 다 늙기로 그것이 서러우랴마는 삼생에 그리던 님을 다시 못 뵈옵고 죽을진댄 혼백인들 어이 돌아가리. 마디마디 썩은 간장을 드는 칼로 점점이 저며내어 산호상 백옥함에 차곡차곡 담아다가 님의 눈에 뵈고지고. 보신 후에야 썩어진들 관계하랴마는 님 있을 때 이 썩는 이 간장을 님도 모르게 다 썩힌다면 아, 어찌하리. 참 마이산(馬耳山) 높은 봉에 자고 가는 저 구름아, 나의 슬픈 눈물 비 삼아 띄웠다가 님 계신 옥창 밖에 뿌려나 주려무나. 요렇듯 아픈 몸도 님을 보면 나으리라. 죽어 만일 혼이 있어 한양에 날아가 그리는 님을 뵈올 수만 있다 하면 차라리 칼머리에 이 머리를 받아버려 혼만 빠져나아가 나비같이 새나 같이 구름같이 님의 곁으로 날아라도 가련마는 한 생전에 꼭 한 번만이라도 뵈어지라 모진 목숨을 붙잡아간다. 삼생에 못 잊을 것은 어머님 은혜로다."

처음에는,

"이년아, 가고 안 오는 그놈을 기다리고 수절하는 네가 어리석다. 네가 이러다가 죽은들 이몽룡이 놈이 알기나 하랴. 통부를 보내어 알기로 살았을 제 안 오는 녀석이 너 죽었다고 오긴들 하며 죽은 뒤에야 그놈이 와서 네 시체를 옥함에 담아 저의 선산에 시조 할아비 무덤을 파내버리고 묻어준다 한들 무엇 하리. 쓸데없다, 쓸데없다. 사랑도 짝사랑은 어리석은 일이거든 서방도 알아주지 못하는 수절이 다 무슨 수절이냐. 수절도 값 바라고 하는 것이지, 네가 수절을 하기로 정절부인이 내린단 말이냐, 열녀정문이 내린단 말이냐. 쓸데없다, 쓸데없다. 네 수절은 헛수절이다!

아서라, 수절도 다 그만두고 사또 수청 들어라. 인생이 몇 날이리, 청춘이 몇 날이리. 살아생전뿐이다. 젊었을 때 홍청거리고 사는 게 내 것이지 수절도 다 개떡 같다."

하고 두고두고 말하였으나 그때마다 춘향은,

"마오, 마오, 그런 말씀 마오. 내 한번 이씨 가문에 몸을 허락하였으니 살아도 이씨 집 사람이요, 죽어도 이씨 집 혼이라. 철석같이 굳은 정절 변할 리 있사오리까. 또 도련님이 공부하시느라고 지금 비록 못 오시나 대장부일언 해고석란(瀣枯石爛)이라도 불변한다 하였사오니 변할 리 있사오리까. 어머님, 그리 마오. 불행히 이 몸이 도련님 못 뵈옵고 옥중에서 죽거들랑 산지도 구하지 말고 육진장포로 아무렇게나 질끈 동여 한양 성내 올려다가 도련님 다니시는 노변에 묻어주면 도련님 왕래 시에 지하에서 음성이라도 들으랴오."

하여 울며 간하므로 월매도 마침내 그 말에 감동하여 다시는 훼절하기를 권치도 아니하고 거진 날마다 파루 치면 혹은 약도 달이고 혹은 미음 원미도 달여다가 권하며,

"아나, 먹어라. 먹어야 산다. 네 정도 가소롭다. 도련님이야 꿈에나 너를 생각하랴. 소견 없는 생각 말고 미음이나 먹으려무나. 네 병세를 요량하니 회춘하기 망연하다. 님을 그려 상사병, 매를 맞아 장독병, 게다가 음식을 전폐하니 산귀신이 되었구나."

할 뿐이었다.

자식 생각은 부모라고, 월매는 이 의원 저 의원 이름난 의원은 다 찾아다니며 좋다는 약은 다 지어다 먹인다. 의원 따라 혹은 냉이오, 혹은 담이오, 혹은 습이오 하여 도담탕, 반하탕, 삼화탕, 이진탕은 담 다스린다

고 쓰고, 순기산, 강활탕, 통성산, 방풍산은 풍 다스린다고 쓰고, 향소산, 삼소음, 반총산, 오령산은 냉 다스린다고 쓰고, 여름에 더위 먹었다고는 향수산, 이향산, 익원산, 육화탕을 쓰고, 몸이 여위고 밥이 안 내리는 것은 회충이라 하여 회충 다스린다고 회충탕, 연번산, 벽금탕을 쓰고, 근심으로 난 병이니 아마도 허로라 하여 계부탕, 보허탕, 심신환을 쓰고, 아니다, 그런 것이 아니라 이 병은 울화병이라 하여 육울탕, 활혈탕, 청량산, 삼화탕을 쓰고, 또 어떤 의원 말은 그렇게 약을 써서야 쓰느냐, 모든 병은 허약하여 나는 것이 보혈기 하는 것이 으뜸이라 하여 팔물탕, 대보탕, 익기탕, 환약으로는 청심환, 보명단, 태화환, 광제환을 화제하고, 또 어떤 의원은 이 병은 항쇄족쇄에서 온 병이라 하여 서경탕을 쓰고 답답증을 푼다 하여 해울탕을 쓰건마는 님 그리는 상사병에 일분 효험이 있으랴.

어떤 의원은 중한 병에 약으로 되랴, 동인경(銅人經)에 빠른 것이 침구밖에 없다 하여 태양이니, 태음이니, 소양이니, 소음이니, 양명이니, 궐음이니 하여 태흉합곱에 사관도 하며 기혈허로에 보사도 하고 턱 아래 장수혈에 침삼분구칠장(鍼三分灸七壯)하고 결후상 겸천혈에 침삼분구오장, 포구 혈자오혈과 통천혈기문혈을 아무리 떠주어도 일신 삼백육십오혈에 님 생각이라는 혈이 없으니 무엇 하랴.

춘향이 마침내 화를 내어,

"아무것도 나는 싫어, 약도 싫어, 침도 싫고, 뜸도 싫고, 도련님만 보고지고. 이 몸이 죽어서 님을 잊어야 옳단 말가. 살아서 이토록 애타고 그리워야 옳단 말가. 혈육으로 생긴 몸이 이리 쉽고 어이 살리. 죽자 하니 청춘이요 살자 하니 고생이라. 전생 죄악 아닐진댄 가중 동티 정녕하다. 애고, 애고, 어이하리."

하고 한탄하니 월매는 더욱 기가 막혀,

"약으로도 못 나을 병이면 신에게나 빌어볼까. 옛날에도 지성이면 감천이라 하였으니 지성으로 빌진댄 설마 응치 아니하랴."

하고 곧 택일하고 목욕재계하고 소문난 판수 불러 경단을 설하고 온갖 경을 다 읽는다. 불설천지팔양경, 삼귀삼지삼재경, 금강경, 태을경, 공작경, 반야경, 삼심경, 조왕경, 천수풀이 도액경, 축사하는 옥취경을 다 읽으며 안택경도 읽어,

"여시아문 일시불여 공작보살 관세음보살마하살."

하고 사흘 이레 경 읽어도 듣지 아니하니, 이번에는 무당을 불러,

"야학산조는 삼천죽절로 풍덩 드리쳐 꽃구경 가자."

"얼시고나 조리시고 거드러거려 놀아보자."

"해진 걸립 헌 걸립에."

"얼시구나 조리시고……."

이 모양으로 굿을 하여도 반점 효험이 없다.

월매도 그만 시진하여 하루는 춘향을 찾아와서 더럭더럭 화를 내며,

"애고, 애고, 설운지고. 어인 년의 팔자가 이토록 기박한고. 조상 부모하고 중년 고생하고 말년에 너 하나를 두어 인생 낙을 보잤더니 이 지경이 되었으니 뉠 바라고 사자느니? 한군사 제갈량은 갈충보국하랴다가 오장원 추월야에 장성이 떨어지고, 서산에 백이숙제 두 임금을 안 섬기어 수양산에 굶어 죽고, 주유천하 개자추는 할고사군 하랴다가 면상산에 불타 죽고, 삼려대부 굴원이도 위국진충 애쓰다가 멱라수에 빠졌거니와, 이년아 너는 무슨 짝에 옥중 원혼이 된단 말이냐. 너도 열녀 되랴거든 개

천구멍에나 빠지려무나. 너를 배고 조심할 제 할부정불식하고 석부정부좌하고 더러운 것 볼세라, 위태한 곳 갈세라, 십삭 몸을 좋이 가져 너를 낳아 기를 적에 진자리에 내가 눕고 마른 자리 너를 뉘여 부중생남중생녀로 불면 날까 쥐면 꺼질까 금이야 옥이야 귀히 길러 금볼 같은 내 딸 아기 이리 될 줄 어이 알리."
하고 몸부림하고 우는구나.

춘향도 눈물지며,

"어머니, 울지 마오. 하늘이 설마 무심하겠소? 내가 일생에 지은 죄 없으려든 하늘이 설마 무심하리. 아니 죽고 살아나서 어머님 봉양할 터이니, 어머니, 울지 마오."
하고 정성으로 위로한다.

"너도 열녀 되랴거든 개천구멍에나 빠지려무나."
하고 월매가 돌아간 뒤에 춘향은 제 신세를 생각하고 어머니 신세를 생각하고 혼자 잠 못 이루고 울다가 문득 어슴푸레 잠이 들었는지 춘향의 몸이 구름같이 훨훨 날아 한곳에 다다르니 거울같이 맑은 물에 달빛이 비치고 우거진 푸른 대숲 여름 바람에 버석버석 소리를 낸다.

"이게 어딘가? 내가 어디를 왔나?"
하고 의아하며 홀로 배회할 때에 문득 소복 입은 차환 한 쌍이 춘향 앞에 읍하고 서며,

"낭랑께서 낭자를 청하시니 이리로 오옵소서."
하고 푸른 빛 나는 쌍등을 들고 앞길을 인도한다. 춘향이 차환의 뒤를 따라가니 대숲 다하는 곳에 한 큰 집이 있고 층계 위 검은 현판에 황금액자로,

"만고정렬황릉묘(萬古貞烈黃陵廟)."
라고 뚜렷이 쓰이어 있다.
"그러면 내가 소상강(瀟湘江)에 왔나."
하고 계상을 바라보니 촛불이 휘황한 곳에 소복 입은 부인 두 분이 앉았다가 춘향이 이름을 보고 옥패를 넌짓 들어 오르기를 청한다.
춘향이 공손히 읍하여,
"진세천인이 어찌 감히 존엄한 좌석에 오르리이까."
하고 사양한즉,
"기특하고 엄전하다. 조선이 자고로 예의지방이라 충효와 열행이 갸륵한 줄을 알거니와 너는 청루 출신으로 저토록 갸륵하니 소상 만리에 꿈길도 멀거니와 한번 보고 싶어 어진 사람으로 수고를 시켰으니 심히 불안하도다."
하고 일변 칭찬하며 일변 자리에 오르기를 청한다.
춘향이 계하에서 국궁 재배하고,
"첩이 비록 배운 배 없사오나 일찍 고서를 보아 부인의 사적을 오매 사모하옵더니 오늘날 부인을 대하오니 이제 죽사와도 한이 없나이다."
하고 시녀의 인도를 받아 계에 오르니 이상한 향기가 진동하여 정신이 황홀하여진다. 두 부인과 좌우에 벌여 있는 여러 부인에게 공손히 읍하고 자리에 앉았다.
춘향이 자리에 앉기를 기다려 부인은 춘향을 보며,
"네가 나를 안다 하니 나의 말을 들어보아라. 우리 성군 대순씨(大舜氏) 남순수하시다가 창오산(蒼梧山)에 봉하시니 속절없는 이 두 몸이 소상강에 피눈물 뿌려 소상강 대수풀이 가지마다 아롱아롱 잎잎마다 원혼이라. 창오산붕상수절(蒼悟山崩湘水絶)이라야 죽상지루내가멸(竹上之淚乃可滅)이라 천추에 깊은 한을 호소할 곳이 없었더니 너를 보고 말이로다."
하는 말이 맺지 못하여 방성대곡하니, 좌우에 앉은 부인들이 일시에 일어나 읍한다. 부인이 울음을 그치고 옥패를 넌짓 들어 좌우를 가리키며,
"여기 모인 여러 부인을 네 아마도 모르리라. 이는 태임(太姙)이요, 이는 태사(太似)요, 이는 태강(太姜)이요, 이는 맹강(孟姜)이라."
하는 부인의 말이 맺지 못하여 남벽에서 어떤 부인이 추추히 울고 나와 춘향의 등을 어루만지며,
"네가 춘향이냐. 갸륵하고 기특하다. 네가 나를 모르리라. 진루명월옥소성(秦樓明月玉蕭聲)에 농옥하던 화선이라. 소사의 아내로서 주화산(奏華山) 이별 후에 승룡비거 한이 되어 옥통소로 원을 푸니 곡종비거부지처(曲終飛去不知處)에 산하벽도춘자개(山下碧桃春自開)는 나를 두고 이른 말이라."
하는 말이 맺지 못하여 동벽에서 어떤 미인이 단정히 들어오며 춘향이 손을 잡고,
"여보게 춘향이, 자네 나를 어찌 알리. 십곡명주(十斛明珠)로 사던 석숭(石崇)의 소애 녹주(綠珠)로서 불측한 조왕륜(趙王倫)은 나와 무삼 원수런고. 누전각사분운설(樓前却似紛紜雪)하니 정시화비옥쇄시(正是花飛玉碎時)라 낙화유사타루인(落花猶似隋樓人)은 나의 원혼 그 아닌가."
말이 맺지 못하여 음풍이 일어나고 찬 기운이 소삽하며 촛불이 벌렁벌렁 휘휘쳐 툭 꺼지며 무엇이 때그르르 앞에 와 덜커덩하는데 사람도 아니요, 귀신도 아니요, 처량한 울음소리만 낭자하며,

"여보아라! 춘향아, 네가 나를 모르리라. 나는 한고조(漢高祖)의 척부인(戚夫人)이로라. 우리 황상 용비후에 여후(呂后)의 독한 손이 조왕여의(趙王如意) 참살하고 나의 수족 끊은 후에 두 눈 빼고 암약(瘖藥) 먹여 인체(人彘)라 이름하여 측간에 잡아넣으니 천추의 깊은 한을 호소할 곳 없었더니 너를 보고 이 말이라."

하는 말이 끊이매 다시 음풍이 일고 우는 소리 멀어져가며 촛불이 밝아진다.

이때에 어떤 부인이 황황히 들어오니 만좌 부인들이 일어나 맞는다. 한훤을 필한 후에 그 부인이 춘향의 손을 잡고,

"내 오기 늦었다. 유명의 길이 달라, 내 너를 여기서 보니 서로 보기가 늦었도다. 네 나를 모르리라. 나는 신라 박제상(朴堤上)의 아내로라. 가군이 국명 받아 일본으로 가신 후에 춘부춘 추부추에 돌아올 줄 모르시니 무정한 동해수를 주야로 바라다가 일생에 맺힌 원한이 수리재〔鵄鵄嶺〕 임 가신 길에 일편석이 되어 있어 일천 년 풍우 속에 혼이라도 기다리니 뉘를 보고 이 말 하리. 너를 보고 이 말이로다."

하고 흑흑 느껴 우니 만좌가 모두 눈물이다.

춘향이 무슨 말을 하려고 할 적에 동방으로 실솔의 소리 스르르 일어나며 일쌍 호접이 펄펄 난다. 깜짝 놀라 잠을 깨니 먼촌에 닭이 울고 종각에 파루 소리,

"뎅…… 뎅……."

들려온다. 전신에 땀이 쭉 흘렀다.

'꿈도 이상도 하다.' 하고 춘향은 꿈에 본 광경을 일일이 되풀이하여 생각하더니,

"아마도 내가 죽으랴는 꿈이로다."
하고 옥창으로 비껴드는 지새는 달그림자를 물끄러미 바라보니 하염없는 눈물이 스르르 두 뺨에 흘러내린다.
이날 아침에 문간 사령이 나와 옥사장을 보고,
"사또께서 또 형장 많이 깎아 올리라 하옵시니 내일은 아까운 춘향이가 또 모진 매를 맞나 보이. 이제 또 맞으면 살 수 있나. 춘향보고 서울 편지나 한번 해보라 하소."
하고 들어갔다.
옥사장이 이 말을 듣고 춘향을 보고,
"여보 서울 댁, 편지나 한 장 해보소. 서울서 알고 보면 그저 있을 리야 있소? 오늘도 사또께서 형장 깎아 올리라 하옵시니 아마 내일은 또 무슨 일이 나나 보오."
하고 근심하는 빛을 보이니, 춘향도 한숨을 지으며,
"공부하시는 도련님이 이 말을 들으시면 얼마나 놀라실까."
하고 주저하는 것을 옥사장이,
"놀라시는 것도 놀라시는 것이거니와 사또께서 조금도 마음이 풀리는 빛은 없고 갈수록 더 독만 오르는 모양이니 이대로 가다가는 무슨 일이 날는지 알 수 없으니 잔말 말고 어서 편지하소."
하고 권하는 바람에 춘향은,
"그 말도 당연하오. 그러면 사람이나 하나 얻어주오."
하고 몽룡에게 편지를 썼다.
옥사장이 몽룡을 모시던 방자 뽈짝쇠를 불러오니 춘향이 반겨하며,
"돈 열 냥 줄 것이니 서울 가 다녀오면 겨울옷 한 벌 하여주리다."

하고 편지를 내준다.

"아따, 그런 말이 당한가. 서울 댁의 일이 내 일이니 내 안 가고 누가 가리. 주야배도 다녀옴세."

하고 돈 받아 견대에 넣어 허리에 둘러매고 편지 받아 넣고 충충충 뛰어 나간다.

"편지는 간다마는 나는 어이 못 가는고."

어사

몽룡이 서울로 올라온 후로 춘향을 생각하는 정이 가슴에 못이 되어 아무리 잊으려도 잊을 길이 바이없고 깨면 생각이요 자면 꿈이다. 꿈에 다니는 길이 자취 곧 남는다면 박석치 넘는 고개 바위라도 닳으리라.

입맛이 없어지고 잠도 잘 들지 못하니 몸은 더욱 수척하고 정신은 혼몽하여진다. 부모도 다 버리고 세상 공명도 다 버리고 훌쩍 날아 춘향에게로 갈 마음이 불 일 듯하거니와 그렇게 할 수 없으니 이 일을 어찌하리.

"아니다. 이리할 수 없다. 이러다가 내 몸에 병이 들어 만일 죽어지면 부모에게 불효도 되려니와 춘향은 누구를 의지하며, 또 대장부 세상에 났다가 위로 성군을 도와 창생을 도탄에서 건지어 아름다운 이름을 죽백에 전하지 못하면 천지가 어찌 부끄럽지 아니하며 지하에 무슨 낯으로 영웅호걸을 대하랴. 아니다. 이런 것이 아니다!"

하고 몽룡은 불철주야로 공부하기를 시작하였다. '어서어서 공부하여 어서어서 대과급제하는 것이 춘향이를 속히 만나는 길이다.' 하고 몽룡은 춘향을 생각할 때마다 더욱더욱 공부에 힘썼다.

원래 신동이라 일람첩기라는 칭찬을 받는 몽룡으로서 주마가편으로 들입다 공부를 하니 마치 탄탄대로상에 천리마 달리듯이 공부가 일취월장한다. 사서오경을 통달한 지 오래거니와, 고금『사기』며 제자백가의 시집, 문집을 모조리 내리보고 노자의『도덕경』, 장자의『남화경』은 이를 것도 없고 선가(仙家) 불가(佛家)의 수없는 책을 한번 내리 열람하고, 글 읽다가 쉬일 때에는 글씨를 익히고 글씨를 익힌 뒤에는 시도 짓고 글도 지으니 삼 년이 다 못하여 이몽룡이라면 소년 문장으로 장안에 이름이 높게 되었고, 더욱이 시와 서로는 대가를 압두한다고까지 하게 되었다.

이렇게 소년 문장 이몽룡의 명성이 장안에 현자하니 대가에서 혼인을 청하는 곳도 비일비재건마는 모두 물리치고 더욱 공부에만 골몰하였다. '이백은 다 무엇인고. 한퇴지도 우습다. 황산곡 백낙천은 이를 것도 없거니와 두자미 도연명도 두려울 내가 아니로다.' 하리만큼 몽룡의 포부는 크고 높게 되었다.

이때에 알성과를 뵈옵시니 몽룡이 시지를 품에 품고, 동인 사초, 강목, 옥편, 장막, 포장, 등대, 우산, 포전, 말장목, 갖추 묶어 구종 지워 앞세우고 장중에 들어가니, 팔도 선비 구름같이 모였다. 현제판(懸題板) 아래 등대 꽂고 장전을 바라보니, 백설 같은 백목 차일을 보계 위에 높이 치고 세백목 설포장은 구름같이 들려 있고, 어전(御前)을 바라보니 양산, 일산, 청홍흑개 기번(旗幡), 보독(輔讀), 봉미선(鳳尾扇)과 용기(龍旗), 봉기(鳳旗), 호미창(虎尾槍), 자개창(紫介槍), 삼지창(三枝槍), 언월도(偃月刀)를 위의 엄숙하게 둘러 꽂고, 병조판서(兵曹判書), 도총관(都總管), 승사각신(丞司閣臣)이 어전에 늘어서고, 금관조복에 서대옥대(犀

帶玉帶) 띠고 사모(紗帽), 품대(品帶), 쌍학흉배(雙鶴胸背), 호수입식(虎鬚笠飾), 청철릭(靑綴翼)에 착군복(着軍服), 패통개(佩筒盖)는 선전관(宣傳官)이 분명하고, 선상(先廂)에 훈련대장(訓練大將), 중앙에 금군별장(禁軍別將), 후상(後廂)에 어영대장(御營大將), 총관사(總官使), 별군직(別軍職)과 좌우포장(左右捕將)이 늘어서고, 위내금군(衛內禁軍) 칠백 명과 전명사알별감(傳命司謁別監)이며 무예차지통장(武藝次知統長)이며, 가전가후별대마병(駕前駕後別隊馬兵) 좌우에 정원사령(政院使令) 팔십 명 나장(邏將)이며 근장군사(近仗軍士) 대답하고, 어전뇌자(御前牢子) 벌여 섰다.

시위가 정제한 후에 사알(司謁)이 소리 높여,

"시관전진전진(試官前進前進)."

하고 외치니 시관이 고복(叩伏)한 후에 대독관(代讀官)이 글제를 받아들고 현제판(懸製板)에 내서니 그 글세는,

"춘당춘색고금동(春塘春色古今同)."

이라 하였다.

몽룡이 글제를 보더니 꽃바다 같은 가슴속에 비단 같은 생각이 물결치듯 솟아온다. 용미연 좋은 벼루에 한림풍월 먹을 갈아 순황모필 반쯤을 흠썩 풀어 왕희지의 필법으로 조맹부체를 받아 일필휘지하니 문불가점이라. 일천(一天)에 선장(先場)하니 상시관이 글을 보고,

"과연 만고문장이요 일대명필이로구나."

하고 칭찬을 마지아니하며 자자마다 비점이요, 구구마다 관주를 주어 상지상등으로 장원을 매겨 내뜨리고, 어전에 탁봉(坼封)한 후 장원급제로 금방(金榜)에 뚜렷이 '이몽룡'이라 이름을 쓰고, 청철릭 앞을 헤치고 자

세 치 긴 소매를 보기 좋게 활개 치며, 정원사령이 충충충 걸어 나와 장원봉(壯元峰) 연못가에 뚜렷이 나서면서,

"이 준사 자제 이몽룡! 이몽룡!"

하고 두세 번을 부르니 장중이 뒤집히고 춘당대가 떠가는 듯하다.

몽룡이 세수를 다시 하고 도포를 고쳐 입고, 선걸음에 썩 나서니 정원사령이 부액하여 신래진퇴(新來進退)하고, 어전에 사배(四拜)하고, 어주삼배(御酒三杯) 마신 후에 몸에는 청삼(青衫)을 입고, 머리에는 어사화(御賜花)를 꽂고, 우으로 주시는 풍악 속에 홍화문(弘化門)을 나서서, 천금 준마상에 둥두렷이 높이 앉아 장안 대로상으로 돌아올 제 은패청개(銀牌青蓋)는 앞을 서고, 금의화동(錦衣花童)이 쌍저를 비껴 부니, 뉘라 칭찬하지 아니하며, 뉘라 부러워 아니하랴. 일문에 큰 영화로 종족이 모여 치하하니 인간에 좋은 것이 장원급제밖에 또 있을까?

사흘 동안 유가하고 선영에 소분한 후에 궐내에 들어가 인견숙배(引見肅拜)하고 계하에 복지(伏地)하니 성상이,

"너를 불차(不次)로 쓸 터이니 내외직에 무슨 벼슬을 원하느냐. 네 소원을 일러라."

하고 하교하시니 몽룡은 고두사은하고,

"소신(小臣)이 연소미재(年少微才)로 천은이 망극하와 소년 급제를 주시니 아뢰올 바를 모르오나, 구중궁궐 운심(雲深)하고 사해팔방에 왕화불급(王化不及)하여, 원방에 탐관오리 수재곡법(受財曲法) 빙공영사(憑公營私)하여 환과고독(鰥寡孤獨) 민간질곡 아올 길이 없사오며, 사직지분(社稷之分) 생민대제(生民大制)는 보국대신과 어사오니, 어사를 제주하옵시면 민간의 각색 간난이며, 각 읍의 탐관오리 역력히 살펴다가

탑하(榻下)에 아뢰오리이다."

"인재로다. 기특하다. 높은 벼슬 다 버리고 암행어사 구하는 뜻이 다시 보국충신이로다."

하고 칭찬하신 후에 전라어사를 특차하시니, 평생의 소원이라 어찌 아니 황감하랴.

어전에 하직하고 수의(繡衣) 유척(鍮尺) 삼마패(三馬牌)를 고두리뼈에 단단히 차고 물러 나오는 길로 군관(軍官) 비장(裨將) 서리(書吏) 반당(伴當)을 택출하여 변복시켜 선송(先送)하고 삼방하인(三房下人) 귀속하여 남모르게 장을 두고, 몽룡은 철대 없는 파립에 무명실로 끈을 달고, 당만 남은 헌 망건에 갖풀관자 종이당줄 걸어 매고 다 떨어진 베 도포를 아무렇게나 걸쳐 입고, 칠 푼짜리 목통대에다 다 해어진 맞붙이를 웃대님 질끈 매고, 변죽 없는 부채를 들고 암행어사란 부모처자에게도 알리지 못하는 법이라고, 사당 하직만 하고 청파 역졸 분부하고, 남대문 썩 나서서 전라도로 내려간다.

칠패, 팔패 이문골, 도저골, 쪽다리를 지나, 청파배다리, 돌모루, 밥전거리, 모래톱 지나 동재기 바삐 건너, 승방뜰 건너 남태령(南泰嶺) 넘어, 인덕원(仁德院) 지나 과천(果川)에서 중화하고, 갈뫼, 사근내, 군포내 미륵당을 지나 오봉산(五峰山) 바라보고, 지지대(遲遲臺)를 올라서서 참나무정을 얼른 지나 교구정(交龜亭) 돌아들어 팔달문(八達門) 내달아 상류천(上流川) 하류천(下流川) 대황교(大皇橋) 진개골 거쳐, 떡전거리[餠店]에 중화하고, 중밑, 오뫼, 진위(振威), 칠원(漆原), 소사(素沙), 비트리, 천안(天安) 삼거리 지나, 김제(金啼) 역마 갈아타고, 덕정(德亭) 원터, 광정, 활원, 모로원, 새술막 지나, 공주(公州), 금강(錦江)

휘끈 지나, 경천(擎天), 노성(魯城), 황화정(皇華亭)이 은진(恩津) 닥다리, 능기울, 삼례(參禮)를 지나, 여산관(礪山館)에 숙소하고, 삼례(參禮) 역졸 분부하고, 고산(高山) 지나 전주감영 들어가서 한벽루(寒壁樓)를 구경하고, 남천교(南川橋) 돌아들어 반숙말에 역리 역졸 모두 불러 모든 군호를 정하고, 은밀히 삼배도(三陪道)를 분발(分發)한다.

"너는 예서 내달아서 여산(礪山), 익산(益山), 금구(金溝), 태인(泰仁), 정읍(井邑), 고부(古阜), 흥덕(興德), 고창(高敞), 무장(茂長), 장성(長城), 광주(光州), 남평(南平), 능주(綾州), 화순(和順), 동복(同福), 창평(昌平), 옥과(玉果)로 돌아 금월 십오일 오시에 남원 광한루로 대령하라."

"여이."

"너는 예서 내달아 임피(臨陂), 옥구(沃溝), 김제(金堤), 만경(萬頃), 함열(咸悅), 부안(扶安), 영광(靈光), 함평(咸平), 무안(務安), 나주(羅州), 영암(靈岩), 해남(海南), 장흥(長興), 보성(寶城), 흥양(興陽), 낙안(樂安), 순천(順天), 광양(光陽), 좌수영(左水營), 구례(求禮) 들러 곡성(谷城) 다녀 금월 십오일 오시에 남원 광한루로 대령하라."

"여이."

"나는 예서 전주(全州), 임실(任實), 무주(茂朱), 용담(龍潭), 금산(錦山), 진안(鎭安), 장수(長水), 순창(淳昌), 담양(潭陽)을 들러, 운봉(雲峰) 다녀 남원 사십팔 면을 소소히 염탐하고 부중에 머물 것이니, 너희들은 급급히 다녀오되 백문이 불여일견이라. 남의 말을 믿지 말고 탐관오리와 불충불효하는 놈들, 친척 이웃 음해하는 놈들, 술 먹고 주정하고 우악하고 어른 존경 모르는 놈, 살인강도 하는 놈, 국고 투식하는 놈,

유부녀 통간하는 놈, 남의 분묘 사굴한 놈, 어진 아내 모함하고 가장 두고 서방하고, 제 것 두고 빌어먹고 주색잡기로 판난 놈, 남의 집에 불 놓기, 있는 소리 없는 소리 거짓말로 꾸며대는 놈, 낱낱이 적어 쥐고 금월 십오일 오시에 일각 지체 말고 남원 광한루로 대령하라."

"여이."

이렇듯 분부하여 각처로 떠나보내고 몽룡은 독행으로 전주를 떠나 내려간다.

각 읍 수령들은 어사 떴단 말을 풍편에 얻어듣고 옛 공사 다 버리고 새 공사 닦을 적에 모두 선정이요, 모두 명관이거니와 못 견디어 나는 놈은 삼판관속이요, 육방아전이라 관청비는 가슴 치고 이방아전은 속이 탄다.

관전(官錢), 목포(木布), 환상(還上), 결전(結錢), 복수(卜數) 문서를 닦으려니 동창(東倉), 서창(西倉)에 수많은 미곡과 목포는 문턱으로 내입(內入)이라 하여 반 넘어 원님이 먹어버렸으니 무엇으로 충수하며 무슨 명목으로 하기(下記)하랴. 이방은 부르거니 호방은 쓰거니 물 끓듯 한다.

몽룡은 각 읍 소문 염탐하여 듣는 대로 보는 대로 낱낱이 적어 쥐며, 노고바위를 지나 임실 경내에 다다르니 때는 마침 모춘이라 농부들이 갈거니 심거니 하다가 탁주 병에 점심 먹고, 담배를 피워 물고 쉬는 참에 몽룡도 그 곁에 앉아 담배 한 대 얻어 붙여 물고 한 농부더러 말을 붙인다.

"여보쇼, 두 소가 함께 가니 어느 소가 잘 달리노?"

"소 들으면 노여워할 텐데 그 말 하여 무얼 하노."

"그도 그럴듯하니 안 듣는 이 말이나 할까. 자네 고을 원님 정치는 어떠하다든가?"

"우리 골에 사망이라고 네 가지 망 있는 것 듣지도 못하였나. 내 이를게 들어보소. 부자는 패망, 아전은 도망, 백성은 원망, 출패는 양망, 이게 사망 아닌가."

모두 농부 하하 웃고 몽룡도 웃는다.

그러나 농부들은 몽룡의 행색이 수상한 것을 보고 서로 눈짓하며 픽픽 웃기도 하고 수군거리기도 한다.

그중에 한 농부가 두 눈이 우묵, 양볼이 쪽쪽 헛김 나는 골통대로 겯불에 푹 박고 담배를 붙이더니 몽룡을 보며,

"이분네야 어디 사나? 요런 맵시 구경하소. 실을 팔러 다니나? 망건 앞은 덜 떴는가?"

하니 다른 농부 하나가,

"가만두소 이 사람들! 입은 도포를 보아하니 그리하여도 쇠끗일세."

하고 빈정거린다.

또 한 농부가,

"기롱 마소. 갓 상하네. 보아하니 당초에는 선이 놀던 왈짜로세."

또 한 농부가,

"의복 꼴로 보아하니 그래도 옷거리가 제법일세."

또 한 어린 농부가 몽룡의 담뱃대를 가리키며,

"자시는 담뱃대는 정장을 몇 번이나 만났나요?"

또 한 늙은 농부가 댓진을 빨아들여 누런 침을 퉤하고 뱉으며,

"이 사람들 가만두소. 저런 사람 무서우니. 아닌 밤중에 다니다가 불 지르기가 일쑤니라. 이런 사람은 건드리지를 않는 것이 상수니라."

또 한 농부 고개를 저리로 돌리며,

"꼴이 저리 되었거든 진작 낙향하려무나. 우리네같이 농사나 해먹으려무나."

하고 담뱃대를 떤다.

더벅머리 아이 놈도 많이 모여와서,

"이 애, 구경났다, 거지 났다."

하고 가까이 와서 몽룡의 옆구리를 꾹 찌르기도 하고 몽룡의 등에다가 모래를 던지기도 한다.

한 농부가 담뱃대를 허리에 찌르고 채찍을 들고 일어나며,

"예라, 예라, 가만두어라. 모양 거룩하옵시다. 영종(英宗)조 시절에 났더면 인물 장사 어데 가며 남원 땅에 들어가면 춘향이 서방 갈 데 없다. 다들 갈던 밭이나 갈자. 신선놀음에 도낏자루 썩어질라."

한 농부 내달아 이 농부의 뺨을 치며,

"이 자식! 백옥 같은 춘향이를 제아무리 못 듣는다기로 뉘게다 비하느니. 미친놈, 몹쓸 놈이로구나."

하고 왁자지껄 싸우고 떠든다.

몽룡이 한참 동안 욕은 얻어먹었으나 '백옥 같은 춘향'이란 마지막 마디가 좋아서 흐뭇하여 그곳을 팽개치고 또 한 곳으로 다다르니 깊숙한 총림 속에 물소리가 더욱 좋다. 몽룡이 시냇가 반석 위에 앉아 떠도는 구름도 보고 울어오는 새 소리도 들으니 솟는 홍을 이기지 못하여 풍월 한 절구를 읊으니,

유계무석계환속(有溪無石溪還俗)이요

유석무계석불기(有石無溪石不奇)라
차지유계겸유석(此地有溪兼有石)하니
천위조화아위시(天爲造化我爲詩)를.

제필하고 돌아서니 갈 길이 아득하다. 시내를 따라 깊이깊이 들어가니 날은 이미 석양인데 어디에서 종소리 은은히 울려온다. 아마 절인가 보다. 노곤도 하고 시장도 하니 이곳에서 오늘 밤을 지내리라 하고 한 걸음 한 걸음 올라가니 골짜기 다하는 곳에 일좌 불당이 석양을 띠고 있다.

판도방에 들어가 저녁밥을 얻어먹고 밤을 지낼 제 여기 모여 공부하던 소년 선비들이 몽룡을 보고 거지로만 여겨 박장대소하며 온갖으로 보채고 기롱한다. 몽룡이 참다못하여 정색하고,

"상없이들 실체하니 선배 도리어 해연하오."

한즉 소년 공부객들도 좀 겸연쩍어 웃음을 그치고 저희끼리 의논하기를,

"제가 가장 양반인 체하니 만일 양반이면 글을 알 것이니 운자를 불러 글을 짓거든 경대하고 글을 못 짓거든 타둔방축(打臀放逐)하자."

"그러자."

하여 『규장전운』을 펴놓고 여러 선배들이 고르고 골라 강운으로만 골라 내니

푸를 창(蒼), 창포 창(菖), 되 강(羌), 소똥구리 당(螗), 기장이 량(粱).

몽룡이 운자를 보고 응구첩대하니,

우연위객도산창(偶然爲客到山蒼)하니
약포춘생구절창(藥圃春生九節菖)을

사외옥봉(寺外玉峰)은 연북극(蓮北極)이오
불전금엽(佛前金葉)은 자서강(自西羌)을
신여야학녕수붕(身如野鶴寧受鵬)하랴
심사한선불선당(心似寒蟬不羨螳)을
종파상방인진반(鐘罷上方因進飯)하니
등반선채촉취량(登盤仙菜促炊粱)을.

이 글을 보고 여러 선배들이 백배 사례하며 술을 나누어 밤이 늦도록 즐긴다. 몽룡은 눈치를 아니 채오리만큼 가끔 소문을 탐지하려고 여러 말을 물은 끝에,

"내가 남원 읍내 사람에게 취심차로 정변(呈卞)코자 하니 부사가 공사나 분변하는지요?"
하고 물었다. 한 선배 나서며,

"남원부사 말을 마오. 탐재호색하기로는 둘도 없지요. 내 말을 들어보오. 백성이 소를 잃고 도적 잡아 고과(告課) 하니 부사란 자가 양척을 불러놓고 원척에게 분부하는 말이 '네 소가 몇 필이니?' 원척 대답이 '황소 한 필, 암소 한 필 다만 두 필 두었더니 황소 한 필을 이놈이 도적하였나이다.' 한즉 부사가 '저 소 도둑놈은 소가 몇 필이니?', '소인은 적빈하와 소 한 필도 없나이다.' 그런즉 부사란 자 하는 말이 '소 임자 놈 들어보아라. 너는 무슨 복으로 두 필씩 소를 두고 또 저놈은 무슨 죄로 한 필도 없단 말인가? 어차어피에 한 필씩 나누었으면 사면이 무탈하고 송리가 공평이라.' 하고 소 임자의 소를 빼어 소 도둑놈을 주었으니 이런 공사 또 있소? 그도 그러려니와 백옥 같은 춘향이를 억지로 겁탈하려다

가 도로 춘향에게 욕을 보고 엄형 중치하여 하옥하니 춘향이 병이 든 지 해포 만에 거월 초생에 그만 죽어 저산 너머 초빈하여 묻었으니 긴들 아니 죄악이오?"

몽룡은 춘향이 죽었다는 말을 듣고 정신이 아득하여 설운 마음이 복받쳐 입시울이 비쭉비쭉하고 눈물이 그렁그렁하니, 그 선배가 밖에 나가 중을 불러,

"춘향이 죽었단 말을 하였더니 걸인의 형상을 보니 불승비감 불금유체하니 그 아니 괴이하냐. 패 하나를 깎았다가 아무 초빈한테라도 꽂아 놓고 멀리 서서 구경이나 하자."

하고 목패에 '본부기생수절원사춘향지묘(本府妓生守節寃死春香之墓)'라고 뚜렷이 써서 중놈을 주어 보내었다.

몽룡은 춘향 죽은 말을 듣고 어찌할 줄을 몰라 날도 새기 전에 절에서 나와 희미한 달빛 밑에 풀밭으로 수풀 사이로 허둥지둥 춘향의 무덤을 찾다가 마침내 찾아내어 무덤 앞에 펄썩 앉으니 모골이 송연하고 정신이 황망하다. 남부끄러운 줄도 전혀 잊고 통곡하며 하는 말이,

"아이고 춘향아, 네 이것이 웬일이니? 우리 둘의 백년기약 이제는 모두 허사로구나. 천리 원정 내 오기는 너만 보려 함일러니 죽었단 말이 웬 말이니? 공산야월 적막한데 누웠느냐, 잠자느냐? 내가 여기 왔건마는 모르는 듯 누웠구나. 산초와 야화는 해마다 네 무덤에 푸르련마는 네 옥골양혼은 다시 돌아오지 못하리라. 애고, 애고, 설운지고. 춘향아! 춘향아! 얼굴이나 잠깐 보자. 음성이나 한마디 들어보자. 너를 어디 가 다시 보리. 보고 싶어 어찌하라느냐! 차마 설워 못 살겠다. 지금 날 데려가거라."

하고 애연히 슬피 우니 초목도 눈물을 머금은 듯 금수도 느끼는 듯 밤이슬은 몽룡의 옷을 축축이 적신다.

이때에 건넛마을 강 좌수가 막내둥이 외딸을 죽여버리고 마음 붙일 곳이 없어 밤에도 잠을 이루지 못하고 담배만 피우더니 새벽닭이 재우쳐 울 때에 어이한 울음소리가 나는 것을 듣고 문을 열고 바라보니 죽은 딸의 초빈한 무덤 앞에 정녕 어떤 사나이가 앉아 운다. 괴이히 여겨 곁에서 자는 마누라를 흔들어 깨우며,

"괴이한 일이로군. 여보 마누라, 우리 아기가 살았을 때에 시집 못 간 처녀여든, 어떤 놈이 와서 백년기약이 허사니 보고 싶어 어이 살리, 하고 두드리고 울고 앉았으니 이런 요변이 또 있는가. 알마치 밤일세망정 남 들으면 망신이라. 어허, 괴이한 놈 다 보겠다."

하고는 마누라의 대답도 다 듣지 아니하고 소리소리 질러,

"이놈 여보아라, 고도쇠야, 몽치 차고 건너가서 아기씨 무덤에 앉아 있는 놈을 난장결치 박살하고 오너라!"

고도쇠 영을 듣고 눈곱을 주먹으로 뚝뚝 떼며 몽치를 차고 달려 건너가,

"이놈! 이놈! 어디서 빌어먹던 놈이완대 남의 아가씨 무덤에 와 앉아서 애고 데고 울음을 울어 남의 곤한 잠을 깨우게 하느냐?"

하고 몽치를 둘러메고 덤비니 몽룡이 착급하여 혼이 떠서 삼십육계 줄행랑으로 저사하고 달아나니 그렇지 않아도 밤이슬에 젖은 옷에 땀이 쪼르르 흘러 전신에서 무럭무럭 김이 오른다.

겨우 정신을 수습하여 바라보니 기암이 층층한 절벽이 둘린 곳에 폭포 하나가 떨어지고 좌우 반석상에는 제명이 무수하다.

"어, 봉변이로군. 춘향의 무덤 아닌 것만 다행이다. 애여, 내가 어리석

다. 여기서도 남원 부중이 삼사십 리나 되거든 춘향이 죽었기로 무덤이 여기 있을 리가 있다고, 그악 소년들한테 속았군."

하고 혼자 빙그레 웃고, 차고 맑은 시냇물에 세수를 하고 앉아서 땀을 들이며 오언절구 한 수를 지었다.

보월(步月)하니 천화영(穿花影)이요
등교(登橋)하니 답수성(踏水聲)을
산중(山中)에 다재상(多宰相)하니
석면(石面)이 반조정(半朝廷)을.

시내를 따라 풍경을 완상하며 걸음걸음 올라가니, 하늘에 닿은 뫼봉우리 중턱에 일좌 불당이 있고, 거기서 재 올리는 종소리가 들려온다.

이 절은 만복사(萬福寺)라. 일찍 월매가 자식을 비느라고 논 섬지기 시주하고 정성으로 빌던 곳이다. 춘향이 난 후에도 해마다 두 번씩 춘추에 재를 올리더니 춘향이 애매한 죄로 중장 맞고 죽게 되었다고 도량을 소세하고 불공 축원을 하는 것이다.

어떤 중은 편발을 쓰고, 어떤 중은 낙관을 쓰고, 어떤 중은 가사를 메고, 또 어떤 중은 바라를 들고, 또 어떤 중은 광쇠를 들고, 또 어떤 중은 죽비를 들고, 또 어떤 중은 목탁을 들고, 또 어떤 중은 증쇠를 들고, 조그마한 상좌 놈은 상모 단 북채를 양손에 갈라 쥐고 법고를 울리니,

"두리둥둥둥."

광쇠를 치니,

"쾡…… 쾡…… 쾡마쾡."

목탁을 치니,

"또도락, 또…… 또도락 딱."

죽비를 치니,

"차르르 차르르."

중쇠를 치니,

"땅…… 땅…… 땅땅땅."

바라를 치니,

"처르릉…… 처르릉."

그중에 늙은 중이 목탁을 또딱 치며 엎데었다 일어났다 하며,

"나무아미타불 나무서방정토 극락세계 이십육만억 구천구백 동명동호 대자대비 나무아미타불 석가여래 문수보살 지장보살 천수천안 관자재보살마하살 미륵불 관세음보살 오백나한 팔부신장 원효(元曉) 의상(義湘) 지공(指空) 무학(無學)."

이 모양으로 부르면 모든 중들은 합장하고 엎드리며,

"나무아미타불."

하고 처르르 쾡 또도락 두리둥둥 하며 울린다.

노승은 더욱 정성스러운 소리로,

"해동 조선국 전라좌도 남원부 임자생 공명 성춘향은 시운이 불길하여 옥중에 갇히어 모진 형벌에 명재경각이오니 한양 삼청동 이몽룡씨 대과급제하여 전라감사나 전라어사 점지하시기를 소…… 원…… 성…… 취."

하고 축원한다.

몽룡은 감격하여 혼잣말로,

"우리 선영 덕인 줄 알았더니 부처님의 덕이로구나."
하고 한탄하였다.

절에서 잿밥으로 요기하고 길을 떠나 앞고개로 넘어갈 제, 건너 비탈 좁은 길로 어떤 더벅머리 아이놈이 신세타령을 부르고 올라온다.

"어사 가리 너허 어이 가리 너허, 한양 천리를 네 어이 가리. 어떤 사람 팔자 좋아 대광보국 숭록대부 팔도방백 각읍수령 하여 가고, 요 내 신세 어떠하여 십 세 안에 양친 구몰하고 삼십이 다 되도록 마누라 하나 못 얻어보고 길품 팔아 먹단 말가. 단 십 리를 못 다 와서 발가락이 다 물러졌네. 잔약한 요 내 다리 몇 날 걸어 서울 가리, 조자룡의 청총마면 이제 잠깐에 가련마는, 어이, 설운지고 한양 칠백 리 어이 가려나."

몽룡이 그 아이가 다 올라오기를 기다려,

"아나, 이 애야."
하고 부른즉, 그 아이 우뚝 서며,

"아나, 이 애라니! 새파란 젊은 양반이 나 많은 총각 어른을 보고, 아나, 이 애?"

"이 애, 내가 실수하였다. 너, 어디 가느냐."

"서울 가오."

"서울 어디 가느냐."

"남원 춘향이란 아이 편지 갖고 삼청동 구관 사또 댁으로 가오."

몽룡이 반겨하며,

"그 편지 이리 다오. 너, 공교히 나를 아니 만났더면 허행할 뻔하였다."
하고 편지를 달라고 손을 내미니 그 아이 어이가 없어,

"그 어인 말씀이오? 댁이 누군데 남의 규중 편지를 달라고 하오? 헌

도포나 얻어 입고 다니면 양반이오? 행세가 양반이라야 양반이지."

"내 행세 잘못 간 것 있느냐?"

"불규인사서(不窺人私書)라니 남의 편지를 보자는 게 양반의 행세요? 후레아들 놈의 행세지."

"어, 그놈 나중에는 무슨 소리가 나올는지 모르겠구나."

하고 몽룡이 허허 웃고,

"내가 그 편지를 달랠 만하기에 달라는 게다. 염려 말고 이리 다오."

"그러면 도련님과 일가나 되시오?"

"오냐, 내가 도련님과 일가다. 또 네가 그 편지를 가지고 서울로 가더라도 도련님은 절로 공부하러 가시고 안 계시니, 그 편지 전할 길 바이없고 또 만일 대감께서 알으시면 너만 경칠 터이니 그 편지를 나를 주면 내가 대신 전하마."

"분명 그러하오?"

"두말이겠느냐."

"그러면 편지를 누구를 주었다고 하라오?"

"내가 그리 가는 길이다."

"그러면 반삭 받은 것은 어찌하란 말이오?"

"글랑 그만두어라. 양반이 두말하랴."

"꼭 떼어보지 않고 전하랴오?"

"아무렴!"

아이놈이 그제야 견대를 끌러 춘향의 편지를 내어,

"엇소."

하고 몽룡을 주며,

"꼭 신전하고 답장 맡아 보내시오. 급한 편지오. 그래야 양반이오."
하고 못 미더운 듯이 몽룡을 본다. 몽룡이 떨리는 손으로 편지를 받아 들며,

"오냐, 염려 마라."

아이놈이 산굽이를 돌아서기를 기다려 몽룡이 편지를 떼어보니,

"별후광음이 우금삼재에 천리 한양에 어안(魚雁)이 끊였사오니, 하회 봉창이 갈유기극하오리까. 부모님 뫼시옵고 채의도무(彩衣蹈舞)하옵시며, 요조숙녀와 좋은 짝을 지으시와 종고화명(鐘鼓和鳴)하옵시는지, 첨앙불급하와 복모불임하옵나이다. 소첩은 일야상사로 낭군 오시기만 기다리옵고 화조월석을 눈물로 보내옵더니, 신관 도임 후에 수청 분부 거절하온 죄로 엄형 중치를 당하옵고 항쇄족쇄로 옥에 있은 지 이미 두 성상이라, 아직 병든 몸이 일우잔명을 근보하오나, 옥졸의 말이 미구에 장하원혼이 되리라 하옵기, 삼가 척소(尺素)를 닦아 차생영결(此生永訣)이나 하옵나니 바라건댄 낭군은 천만보중하시와 공성명수(功成名遂)하신 후에, 황천에서 서로 만나 금생에 미진한 연분이나 이으시게 하시옵소서. 종이를 대하오매 억색하여 사뢰올 바를 알지 못하와 불비잠상 연월일에 남원 옥중 소첩 춘향은 상서."
라 하고 다시,

"소첩은 낭군을 위하와 수절 원사하오니 도로혀 이 몸이 영화거니와, 불쌍한 노친은 딸을 잃고 누구를 의지하오리까. 낭군께옵서 어여삐 여기시와 노모를 댁 곁에 두시옵고 생전에 구제하시다가, 사후에 해골이나 거두어주시오면 돌아갈 길 없는 원혼이 지하에 눈을 감겠사오며 결초보은하리이다."

하였다.

몽룡은 편지를 다 보지 못하여 눈물이 앞을 가리고 울음이 북받침을 깨달았다. 그러나 죽은 줄 여겼더니 살았으니 다행이요, 또 내가 왔으니 염려 없다 하고 그곳을 떠나 남원 부중을 향하고 내려갈 제, 어떤 총각 두 놈이 호미를 차고 쇠스랑을 메고 잠방이를 잔뜩 부르걷어 시커먼 다리를 볼기짝까지 내놓고 논두렁으로 걸어가면서 소리를 한다.

"어떤 사람 팔자 좋아 뻔뻔히 놀고도 호의호식 염려 없는데, 어떤 사람 팔자 기박하여 밤낮 일하고도 배곯는고. 아이구, 내 이 신세야."

하면 한 놈은,

"이 마을 총각 저 마을 처녀 시집 장가 제법일다. 공번된 하늘 아래 세상 일이 경위지다."

하고 노래를 부른다.

몽룡이 두 총각의 뒤를 따라가니 어떤 매우 큰 부자의 농터인 모양이라. 여러 십 명 남녀가 일자로 늘어 엎데어 모를 심다가, 점심 먹느라고 둘러앉아 쉬는 판에, 짓궂은 머슴들이 두레박과 꽹이를 울리며 춤추며 먹이고 받고 상사뒤를 부른다.

"두리둥둥 꽹마꽹 어여루 상사뒤요."

"선리건곤(仙李乾坤) 태평시절 강구미복(康衢微服) 동요 듣는 요임금이 버금이라."

"두둥둥 상사뒤요."

"천생 만민하실 적에 필수지직 다르것다."

"어여루 상사뒤요."

"이음양 순사시는 삼정승 육판서 대관님네 직분이오."

"어여루 상사뒤요."

"사서오경 제자백가 공부하여 대과급제하옵기는 선비님네 직분이오."

"어여루 상사뒤요."

"높은 데 갈면 밭이 되고 낮은 데 갈면 논이 된다. 오곡백과 농사지어 부모 공양하옵기는 우리네의 직분이오."

"어여루 상사뒤요."

"기러기 떼 늘어 엎데어 게걸음이 제격이라, 투고 씨운 보리밥에 보리 탁주 맞춤이라."

"어여루 상사뒤요."

"초두벌 만다리의 기음을 매어갈 제 유월 염천 더운 날에 한덕화하 어찌할꼬."

"어여루 상사뒤요."

"저것 보게 걸인 오네. 도포는 어인 일인고, 개잘량이 제격이라."

"어여루 상사뒤요."

하고 몽룡이 우두커니 섰는 양을 보고 끽끽거리고 일제히 웃는다.

"승평 세월 좋을시고 우리 성상 덕이로다. 타작한 첫 곡식은 상감님께 공을 하세."

"상사뒤 상사뒤요."

"남은 곡식 있거들랑 부모 공양하여봅세."

"두리둥둥 상사뒤요."

"또 남는 곡식이 있거들랑 차자권속 먹여봅세."

"암, 그렇지 상사뒤요."

"또 남은 곡식 있거들랑 일가친척 구제합세."

"어여루 상사뒤요."

"여봐라, 농부야 들어보소. 불쌍하고 가련하구나 남원에 춘향이 가련하다."

"어여루 상사뒤요."

"백옥 같은 춘향이가 비명횡사하단 말가. 불측한 이 도령은 한번 가고 소식 없네."

"어여루 상사뒤요."

그중에 한 농부,

"아따, 이 도령 놈이 오기만 올 양이면 논두렁에 엎어놓고 넙적하도록 가랫장부 볼기를 때려주련마는."

하니, 다른 농부들이 모두 '하하하' 웃는다.

몽룡이 말없이 이런 소리를 듣고 앉았다가 무슨 핑계로 말을 붙여볼 양으로,

"저, 농군 여봅시. 검은 소로 논을 가니 컴컴하지 아니한지?"

그 농부 몽룡을 보며,

"그렇기에 밝으라고 볏 달았지."

"볏 달았으면 응당 더우려니."

"덥기에 성애장 붙였다오."

"성애장 붙였으니 응당 차지."

"차기에 소에게 양지머리 있다오."

이렇게 수작할 때에 한 농부 나서며,

"우습고 싱거운 자식 다 보겠다. 얻어먹는 비렁뱅이 녀석이 반말지거리가 웬일이야. 저런 녀석은 근중을 알게 혀를 뿌리째 빼어줄까 보다."

하고 불량한 눈을 부라리니 그중에 늙은 농부 하나가 힐끗 몽룡을 보더니,

"아서라, 그 말 마라. 그분을 솜솜이 뜯어보니 주제는 허술해도 손길을 보아하니 양반일시 적실하고 세폭자락이 과히 맹물은 아니로다. 저런 것이 어사 같아서 무서우니라."

한 농부 '픽' 웃으며,

"영감, 너무 아는 체 마오. 손길이 희면 다 양반인가요. 나는 이놈을 뜯어보니 움 속에서 송곳질만 하던 갖바치 아들이 분명하오."

하고 하하 웃는다.

늙은 농부가 몽룡을 보고,

"어디 살며 어디로 가시오?"

하고 미안한 듯이 물으니 몽룡은,

"서울 살더니 능광주(綾光州) 땅으로 관광차로 가는 길에 노자는 떨어지고 공교히 점심때기에 요기나 할까 하고 앉았지."

하는 말을 듣고 늙은 농부가 주선하여 열에 한술 밥으로 한 그릇을 두둑이 준다. 몽룡이 잘 먹은 후에 치사하고,

"다시 보자이까."

하야 작별하고 그곳을 떠났다.

그곳을 떠나 얼마를 가니 길가에 주막이 있고, 집 뒤 정자나무 밑에 영감이 앉아 청올치 꼬며 막걸리를 파는데, 갓 쓰고 중치막 입고 긴 담뱃대 중등을 쥐고, 삼사 인이 둘러앉아 권커니 사양커니 다들 반장은 된 모양이다. 몽룡이 버선목 주머니를 똑똑 떨어 돈 한 푼을 내쥐고,

"술 한잔 내자이까."

하니 영감이 몽룡의 행색을 보고,

"돈 먼저 내시오."

한다.

몽룡이 쥐었던 돈을 내주고 한 푼어치 막걸리를 졸라 받아먹고 입 씻고 나서,

"영감도 한잔 먹으랴니까."

하니 영감이,

"앗으시오. 그만두오. 지나가는 행인이 무슨 돈이 넉넉하여 나를 한잔 먹이시려오."

하고 사양한다. 몽룡이 시치미 떼고,

"내가 무슨 돈이 있어 남을 술 먹일까. 영감의 술이니 촐촐한데 한잔이나 먹으란 말이지."

한즉 영감이 성을 내며,

"내 술을 내가 먹든지 말든지 이녁은 무엇이관대 먹어라 말아라 총집을 하옵소?"

몽룡이 웃으며,

"그야 정 먹기 싫거든 먹지 말라니까. 공연히 남과 싸움하려 드노."

하고 좌중을 돌아보며,

"그 말은 다 웃느라 말이거니와 나는 본래 서울 사람으로 소간 있어 남원에 오거니와 본관이 명관이라지?"

한즉 좌중이 모두 웃는다. 영감이 얼굴을 찡그리며,

"명관이라 하오."

"그 웬 말인고?"

좌중에 한 사람이 나앉으며,

"명관이지. 밝을 명 자 명관이 아니라 어두울 명 자 명관이지."

"그 어찌 그러하오?"

"본관이란 양반이 쇠를 매우 좋아하는 양반이지요. 송사야 옳거나 그르거나 돈만 주면 이기어주고 돈이라면 아이 고름에 채인 것까지 씨 없이 긁어가는데, 남원 사십팔 면에 녹슨 돈 한 푼 안 남았고, 이대로 가면 일후에 낳는 아이는 돈 얼굴도 못 보지요."

몽룡이 놀라는 체하고,

"어허, 민세 말 아니오?"

다른 사람이 나앉아 가래침을 도스르며,

"돈도 돈이려니와 인명이 부지할 길이 없지요. 살인이 나면 너희 동네가 본래 지광인희한데 한 사람 죽은 것도 큰일이어든 또 한 사람이 죽으면 되겠느냐, 몰아 내치라, 하니 이런 송사 또 있으며, 봄철에 매호에 계란 한 개씩 주고 가을에 영계 한 마리씩 바치라 하고, 감영에서 환상 한 섬 타오면 말가웃씩 떼어내고. 세곡 한 섬에 열 냥 하면 관수 값은 열두석 냥 받고, 향교 소임 값 받고, 하기 깎고, 소임 파니 이러고 백성이 살 수 있소?"

또 한 사람이 나앉아 담뱃대로 재떨이를 두드리며,

"그나 그뿐이오? 탐재호색이 아무리 한데 붙은 문자기로 본관처럼 호색하는 이가 어디 있단 말이오. 기생이나 희롱하는 것이야 누가 말라 하겠소마는, 반반한 계집만 눈에 띄면 사족을 못 쓰고 기어코 일을 내이니 남원 관속의 계집 하나 성한 것 없지요. 그나 그뿐인가, 수절하는 계집애까지 훼절을 하라고 때리고 가두고, 춘향이도 그 약질이 인제 장하원혼될 터이니 그런 앙급자손할 일이 또 어디 있소?"

영감이 꼬는 청올치를 홱 내던지고 돌아앉으며,

"본관도 본관이려니와 구관의 아들 이몽룡이란 자가 원체 죽일 놈이지요. 그놈이 백옥 같은 춘향이를 꾀이어 백년가약을 정하여놓고는, 한번 서울 간 뒤로 이내 소식이 없고 춘향이가 저렇게 죽게 되어도 일향 모른 체하니, 도시 그런 행세가 있단 말이오? 그놈이 남원 땅에 발을 들여놓는 날이면 하늘 높은 줄을 알려주련마는! 어, 무정 맹랑한 아이 녀석이 다 있겠나."

몽룡이 고개를 끄덕끄덕하며,

"그러면 구관도 원 노릇을 잘못하였나 보오."

하고 떠보니 영감이,

"해괴한 말 다 듣네.

하는 듯이 눈을 끔뻑거리며,

"구관이야 성관이지. 백성들이 동비를 세우자고 순가락을 거두지요."

한다.

몽룡이 주막을 떠나 점점 부중으로 가까이 들어가니 면 주인은 걸태전령(乞太傳令)하러 가고 풍헌(風憲) 약정(約正) 면임(面任)들은 답인(踏印) 수결(手訣) 받아 들고 가가호호에 민간 수렴하느라고 야단이다. 이달 십오일이 본관 원님 생신이라 하여 대주소호 분등하여 돈과 쌀을 들이라고 하고, 각 면 부민을 성책하여 일등에 송아지 한 마리, 이등에 면주 한 필 받아들이니, 민원이 창천하고 집집이 울음이다. 농시방장에 남부여대하고 부로후유하고 길에 닿은 것이 이 땅에 살 수 없어 정든 고향 이별하고 유리하는 백성이다.

백성이 도탄에 들었으니 백일이 무광하고 산천도 무색하다. 몽룡이 비

감하여 눈물을 머금고,

"이 백성 어이하리, 이 백성 어이하리, 도탄에 든 이 백성을 내 어이 하리?"

하고 한탄하며 석양을 띠고 박석치를 올라섰다.

좌우 산천 바라보니 모두 옛 보던 것이요, 길가에 늙은 소나무는 춘향과 이별할 때 가리켜 맹세하던 것이다. 사시장청을 자랑할 솔잎도 춘풍추우에 몇 번을 떨어지고 새로 피었건마는 춘향의 절개는 한 번도 이운 적이 없었다.

늘어진 수양버들은 내 나귀 매던 곳이요, 멀리 뵈는 선원사(禪院寺)는 야반 종성 듣던 데다. 교룡산(蛟龍山) 영주고개 어느 것이 안 반가우랴. 부중에 늘어선 집 예와 다름없건마는 어른은 더 늙고 아이들은 자랐으니 간혹 예 보던 모습이 눈에 익은 사람이 있다 하더라도, 폐포파립에 걸객으로 차린 구관 자제 이몽룡을 알아볼 이는 바이없다.

한 걸음 한 걸음 남문을 나서서 광한루에 오르니 오작교가 바로 앞인데 춘향이 그네 뛰던 나무는 예와 같이 잎이 피래 꾀꼬리만 울어댄다. 옛일을 생각하니 반갑기도 하건마는 인사 변천을 헤어보니 감개 또한 무량하다.

남원 부중으로 이리저리 거닐면서 민정도 살피고 옛 보던 곳을 구경도 하다가, 해가 지고 황혼이 되기를 기다려 방자 데리고 옛날 다니던 길로 춘향의 집을 찾아가니, 문전이 냉락하고 처마는 기울고 담은 무너지어 옛 면목이 간 곳 없다. 대문짝에 붙인 장수 그림은 투구와 부월머리만 남아 있고 문 위에 '춘도문전증부귀(春到門前增富貴)'라고 몽룡이 글씨로 써 붙인 것도 풍만우세에 다 떨어지고 귀할 귀 자만 남아 있고, 행랑

채는 찌그러지고 중문간도 무너지고 안채도 돌아보지를 아니하여 나간 집 같고 앞뒷벽은 자빠지고 면회한 뒷담도 간간이 무너져서 솔가지로 막아놓았고, 중문 안을 엿보니 춘향이 있던 부용당은 살만 남은 덧문을 꼭꼭 닫았는데, 붙였던 상산사호 네 신선은 간 곳도 없고 바둑판만 희미하고, 연못가에 두루미 한 쌍 놓았던 것도 한 짝은 간 데 없고, 한 짝만 남아 있어 죽지는 상하고 한 다리는 절어 외나래만 펼쳐 들고 두루쭉두루쭉하고, 섬 밑에 파초도 말라버리고, 한 떨기 푸른 대만 옛 빛을 안 고치고 오는 손을 기다린다. 향나무 밑에 비루먹은 청삽사리 기운 없이 졸다가 구면객도 몰라보고 뽀시시 일어나며 컹컹 짖고 내닫는다.

'마당에 꿀을 비고 아궁이에서 토끼 자고 부뚜막에 다람쥐 기고 물두멍에 땅벌레 집 밥솥에는 개아미집'이란 말은 옛말로 들었거니와, 어찌하면 이토록 황량하게 되었을까. 연못도 다 메우고 화초단석 가산도 모두 다 무너지고 화분은 깨어지시 이리 데굴 저리 데굴 굴렀으니 옛 모양을 어디서 찾나. 중문을 엿보아도 인기척이 끊겼으니 웬일인고 하고 한 걸음, 두 걸음 앞마당으로 들어가니 뒤꼍에서 사람의 소리가 들린다. 소리 없이 걸어가서 가만히 엿보니 월매가 황토로 모은 단 위에 새 소반에 정화수를 떠놓고 두 손을 싹싹 비비며 빈다.

"비나이다. 비나이다. 하느님 전에 비나이다. 서울 계신 이몽룡 씨 대과급제하여 전라감사나 전라어사 하여 나려와서 우리 춘향 살려주게 하옵소서."

하고 같은 소리를 세 번, 네 번, 다섯 번, 여섯 번 빌고는 절하고, 절하고는 또 빌고 향단을 시켜 정화수를 갈아놓고 또 빈다.

빌기를 다한 후에 기운 없이 비슬비슬 향단에게 손을 끌려 부엌으로 들어오더니 질탕관에 죽을 쑤느라고 진나무에 불을 불어 몽당치마로 눈을 씻으며 성화한다. 하도 불은 안 붙고 연기만 대고 나니 월매 부지깽이를 탁 내던지며,

"날 잡아갈 귀신은 어디 갔노. 곧 칼끝을 물고 엎더지기라도 하련마는 저를 두고 어찌하리. 자는 듯이 죽고지고 천산지산 할 것 없이 이가 놈이 원수로구나."

하고 몸부림을 한다.

몽룡이 살그머니 중문 밖에 나섰다가 기침하며,

"춘향 어미 게 있는가."

하고 부르니 첫 소리는 못 알아듣고 둘째 소리에 겨우,

"게 누구 와 계시오?"

하고 중문을 바라본다.

"내로세."

"내라니 누구란 말인가. 날 찾을 이 없건마는 그 누구라 날 찾는고."

"내로세, 내로세."

"내라니 동편 굴뚝의 아들이란 말인가. 걸객도 눈이 있지 집 모양을 보아하니 무엇을 주리라고 이런 집에 들어왔노. 옥에 갇힌 딸 먹이랴고 싸래기죽 한 줌을 끓이옵네. 다른 집에나 가보소."

"이 사람, 나를 몰라? 자네가 나를 몰라?"

월매 그제야 알아들은 듯이 일어나 나오며,

"오호, 김 풍헌님 와 계시오? 돈 두 냥 꾸어온 것 쉬이 가져갈 것이니 너무 그리 재촉 마시고 설운 사정이나 들어주시오. 저, 점옥이 아시지요? 금산 사는 점옥이요. 그 애는 신관 사또 수청 들어 주야통창 행락하

고, 남원읍 대소사에 제게 먼저 청을 하면 백발백중 영락없고. 사또가 대혹하여 저의 아범을 행수군관(行首軍官), 제 오라비는 서창고자(西倉庫子) 주고, 읍내 논 열 섬지기 군청 뒷밭 보름가리, 모다 치면 오륙천금어치나 주었으니 요런 것을 마다하고 춘향이 년의 짓을 보시오."

"이 사람, 내로세."

"오호, 재 넘어 이 풍헌 자제인가."

"아니로세, 나를 몰라?"

"옳아, 이제야 알겠네. 자네가 봉우재 사는 어린 돌인가. 이 사람, 향내에 먹고 간 죽값 칠 푼 주고 가소. 요사이 어려워서 못 견디겠네."
하고 월매 몽룡이 앞으로 바싹 다가서니 몽룡이 한껏 측은하고 한껏 어이없어 사면을 돌아보아 듣는 사람이나 없나 보고,

"이 사람, 나를 몰라? 내가 춘향이 서방 이 도령이로세."
하고 승분으로 들어서려 하는 것을 월매 두 손으로 몽룡의 가슴을 밀어내치고,

"애고, 이놈의 자식, 어디서 난 놈의 아들이니? 늙은 것이 곧이듣고 불러들여 재우거든 짭짤한 것 도적질하여 갈 양으로 그러느냐. 해를 곱다케 지이다가 같지 아닌 자식 다 보겠다. 향단이 나와서 이 녀석 내쫓고 대문 닫아걸어라."
하고 발을 동동 구른다.

몽룡이 중문 밖으로 떼밀려 나가면서,

"이 사람, 망령일세. 내가 정말 이 도령일세. 내 사정 들어보소. 가운이 불행하여 과거도 못 마치고 벼슬도 끊어져서 가산을 탕패하고 유리걸식 다니더니, 우연히 예 와서 소문을 들으니 자네 딸이 날로 하여 엄형 중

치당하고 옥에 들어 죽을 고생을 한다 하니, 더 볼 낯이 없건마는 옛 정리를 생각하고 한번 만나보기나 할까 하고 찾아왔네. 이미 왔던 길이니 저나 잠깐 보고 가세."

하니, 월매 이 말을 듣고 두어 걸음 뒤로 물러서더니 다시 가까이 들어와 안질 난 눈을 이리 씻고 저리 씻고 자세히 치어다보더니, 아이가 어른 되고 없는 수염은 났을망정 영락없는 이몽룡이라, 손뼉을 치고 강동강동 뛰놀면서,

"애고, 이것이 웬일인고, 이 노릇 매우 잘되었네. 대한 칠 년 비 바라듯 구 년 지수 해 바라듯 하늘같이 바라고 믿었더니 이를 어찌한단 말고. 정성도 쓸데없다, 천지신명도 무심하구나. 내 딸 춘향이 인제는 죽었네. 애고, 애고, 애고, 애이."

하고 몽룡이 옷자락을 털어 잡고 복장을 퍽퍽 치받치며 악을 쓰고 운다.

"이 사람아, 말 듣소. 내 딸을 속여놓고, 서울로 올라가서 편지 한 장 아니 하고, 삼 년이나 지났다가 내 딸이 죽게 되어도 살려주지도 못하고 요 꼴을 하고 왔으니, 이 일을 어찌한단 말인가. 날 쳐죽이고 가오. 애고, 내가 살아 무엇 하리. 인제는 하릴없이 내 딸이 죽었네그려. 아이, 아이."

하고 월매가 몽룡의 앞에서 머리를 풀어 헤치고 대굴대굴 구른다.

"너무 설워 마소. 왕사는 물론하고 사람의 일이란 도시 모르는 것이니, 과도히 끌탕 마소. 천지신명이 무심할 리 있겠는가. 지성이면 감천이니 앞날을 기다리소."

"앞날! 앞날! 앞날도 기다렸네. 삼 년이나 지성으로 빌고 기다린 앞날이 요 모양이니 이제 무슨 앞날 있나, 저승에서 기다리란 말인가!"

이때에 향단이 나와,

"마님, 그리 마오. 우리 아씨가 그 서방님을 어떻게 알으셨소?"

하고 몽룡을 향하여,

"서방님, 찬 진지 데워놓았으니 시장하신데 저녁 진지 잡수시오."

하고 다시 월매의 팔을 붙들며,

"들어가서 저녁 진지 잡수시오."

하고 안으로 인도한다.

몽룡이 풋김치와 고추장을 밥그릇에 부어 모두 함께 버무려서 시장하던 끝에 아귀아귀 퍼 넣으니 향단이 마루 끝에서 보고 눈물진다.

몽룡이 잘 먹고 나서 냉수로 양치한 뒤에 담뱃대를 내들고,

"여보 장모, 담배나 한 대 주소."

하고 손을 내미니 월매 고개를 픽근 돌리며,

"갖추갖추 믹으라네그려. 담배가 이디 있디던가. 나도 호박잎 머네."

"아무 게면 상관있나 한 대 주소."

월매 방구석을 찾아 쌈지를 내던지니 몽룡이 쌈지를 떨어 가루담배 한 대를 꽉꽉 눌러 피워 물고 태연히 앉았다.

월매는 그것이 눈꼴이 틀려 몇 번이나 입을 비쭉거리더니 몽룡의 앞으로 다시 돌려 앉으며,

"여봅쇼, 어둡기 전에 나가서 잠자리나 찾읍소."

몽룡은 빙그레 웃으며,

"내가 여기 와서 자네 집에서 안 자면 어디서 잔단 말인가."

"내 집이 어디 있다던가. 저를 옥중에 넣은 후에 자네가 농탕치듯 먹고 쓰다 남기고 간 가장집물 방매하여 삼 년간 옥바라지에 이 집인들 내 집

이리. 환상관채(還上官債) 태산이라 하릴없이 집을 팔아 환상관채 수쇄하고 집도 없는 거지라네."

"그러면 자네는 왜 와 있나."

"탕관에 죽 쑤러 왔지요."

"그러면 어디서 자나."

"읍내 과부 집, 홀어미 집 두루 가지."

향단이 곁에 섰다가 차마 보지 못하여,

"마님, 그리 마오. 모처럼 오신 서방님을 가시라기 부당하오. 모깃불 피우시고 이야기나 하시다가, 파루 치거든 옥에 가서 아씨나 만나보시고 돌아와서 아씨 계시던 방 치우고 주무시게 하시오."

하는 말에 월매도 감동이 되었는지 길게 두어 번 한숨을 쉬고 푹 까라진다.

몽룡이 향단더러,

"향단아, 기특하다. 너도 나로 하여 이 고생이니 후일에 내가 네 공을 몰라보랴."

모깃불 피워놓고 세 사람이 우두커니 마주 앉았으니 무슨 이야기인들 있으랴. 몽룡은 퇴침을 베고 누워 파루 치기만 일각이 삼추같이 기다린다.

춘향이 몽룡에게 편지를 부치고 그날 종일 몽룡을 생각하는 마음이 더욱 간절하여 밤이 깊도록 잠을 이루지 못하다가 새벽녘에 야속한 잠이 들어 한 꿈을 얻으니, 생시에 보던 체경이 복판이 깨어지고, 뒷동산에 앵두꽃이 백설같이 흩날리고, 자던 방문 얼굴 위에 허수아비가 날려 보이고, 산이 무너지고 바다가 말라 보인다.

춘향이 꿈을 깨니 전신에 소름이요, 등골에 찬 땀이 흐른다.

"아마도 내 죽을 꿈인가 보다. 허수아비 달린 것은 내가 내일 죽어 섬거적에 싸여 나갈 꿈인가 보다. 거울이 깨어져 보이니 파경이라 하였으니, 혹 도련님께 해로운 꿈이나 아닌가. 한번 가신 후에 소식이 끊였으니 어찌어찌하다가 비명횡사나 안 하시었나. 살아만 계실진댄 안 오실 리도 없건마는, 만일 돌아가셨으면 혼이라도 오시련마는, 아이고 꿈도 수상하다. 진정 도련님은 어찌 되신고. 날 사랑하던 도련님이 경성에 가신 후 나를 그려 병이 들어 그래서 못 오시나. 나보다 나은 님 얻어두고 사랑 겨워 못 오시나. 소년 금방(金榜) 괘명하여 벼슬에 올랐다가 소인의 참소 입어 천리 원적(遠謫)하셨는가. 날 찾아오시다가 도적 만나 죽으셨나. 요조숙녀 장가들어 유자생녀하고 금슬 좋아 날 잊었나. 청루주사에 풍류협객 추축하며 술이 취해 못 오시나. 이런 연고만 없으면 일정 한번 오시련만. 오시지는 못하여도 일장 서신이라도 있으려든 어인 일로 못 오시나. 꿈이 하도 수상하다. 아마도 흉몽이요, 길몽일 리 만무하니, 이팔청춘 이 내 몸이 그린 님 못 뵈옵고 남원 옥중에서 수절 원사하라는가. 원통하고 절통하고 원통하다. 그러나 차라리 흉한 것은 내 몸에만 돌아오고 우리 낭군은 부귀공명하고 백년향수하옵소서."

이렇게 혼자 한탄하고 빌 적에 날이 이미 새고 노고지리 우짖는다.

이때에 옥문 밖으로 읍내 김 판수가 지팡이로 길을 찾아,

"무꾸리를 하오! 문수하리."

하고 외치며 지나가니 춘향이 하도 답답하여 마침 들어왔던 옥사장을 보고,

"어젯밤 꿈이 하도 흉하니 장님 불러 해몽이나 하려 하오."

한즉 옥사장도 가긍히 여겨 뛰어나가,

"여보, 김 판수!"

하고 부른다.

김 판수 멈칫 서서 두리번두리번하며,

"게 누구요?"

"옥에 갇힌 춘향이가 해몽을 하려 하니 옥으로 들어갑소."

소경이 더듬더듬 옥문으로 들어올 제 굴송이 같은 눈을 번득번득번득이며 불똥 디딘 걸음으로

"어디로 갈까, 어 어디로 갈까."

하고 소리만 공구어서 건정건정 들어가다가 옥 문턱에 발을 차여 헛수 인사 한번 하고 겸연쩍어,

"대저 평안하오?"

하고 춘향의 방으로 들어가 지팡이와 담뱃대를 발부리로 꽉 누르고 두 무릎을 쪼그려서 뜸뜬 듯이 앉아 손을 내밀어 더듬더듬 춘향의 몸을 만지며,

"이 애, 무안하다. 원수의 생애에 골몰하여서, 요사이 어른들 윤감, 아이놈들 역질 배송하고 푸닥거리, 방수 보기, 날받이, 중경에 산경 읽기, 이사에 안택경 읽기, 계에도 참례하고 또 의합하는 동관들끼리 투전, 장기 소일 하느라고 네 말은 들은 지 오래건마는 한번 와서 정다이 묻지도 못하고 이리 만나니 할 말이 없다. 그래, 요새 중장을 연하여 당한다더니 상처나 과치 않으냐?"

춘향이 맹렬한 성품에 소경 놈의 빰을 개빰 치듯 하고 싶건마는 불을 꾹 참고,

"장님 여보, 소싯적에 우리 집과 격장하여 사시며 어머니와 결의남매 맺으시고, 어린 나를 무릎에 안으시고 내 딸아, 내 딸아 하고 귀여워하지 아니하셨소? 그런 것이 엊그제 같소. 그때 나도 장님을 아저씨처럼 아버지처럼 따랐으니, 장님인들 나를 친딸처럼 조카처럼 아니 생각하시겠소?"

하니, 이 말에 판수가 한편 모으로 슬며시 물러앉으며 열없어,

"고년의 자식, 정신도 좋다. 과연 그럼 한번 하거니."

하고 춘향의 몸에서 손을 떼고 물러앉는다.

소경이 열없는 김에 저만큼 멀찍이 물러앉으며,

"그는 그러하거니와 어떤 놈이 너를 이렇게 치더냐? 김 패두가 치더냐? 이 패두가 치더냐? 똑바로 일러라. 너 매질하던 놈 설치는 내 하여주마. 형방패 두 놈이 오월 오일에 날 받으러 내게로 오니 이후에 택일하러 오거든 꼭 절명일을 받아주어 생급살을 맞춰 뒤 탑색이를 먹이리라. 사람 놈이 매질을 한들 그다지 몹시 박아 쳤으랴, 응!"

하고 심히 분해하더니 음성을 낮추고 눈을 껌벅껌벅하며,

"아무렇게나 신수점이나 쳐보아라. 어디 식전 정신에 잘 쳐주마. 그래, 꿈이 어찌하여?"

하고 고개를 쑥 내민다.

춘향이 꿈 꾼 사연을 다 이야기할 때에 마침 옥담 위에서 까마귀 우는 소리를 듣고,

"또 저놈의 까마귀가 까옥까옥하는군, 아마도 날 잡아가려나 보지."

하고 비감한 빛을 보이니 판수 능청스럽게,

"그는 그렇지 아니하다. 같은 까마귀라도 흉한 집에 울면 흉조요, 길

한 집에 울면 길한 징조니라. 네 음성이 매우 길할걸!"
하고 위선 춘향을 위로한 뒤에 잠깐 머뭇머뭇하더니,
"이 애, 내가 네 점에 돈을 받겠느냐마는 무물불성이라 돈을 안 놓으면 신령이 동하지 않는 법이다."
하고 복채 놓기를 권한다.

춘향이 주머니를 떨어 돈 너 푼을 떨어놓으니 호천(戶天) 호지(戶地) 호일(戶日) 호월(戶月)이다.

"가진 것이 이뿐이니 복채 적다 말고 해몽점을 명명히 잘 쳐주오."

"오냐, 글랑 염려 마라. 내 딸의 점을 범연히 하겠느냐."
하고 판수는 코를 치씻으며 열 손가락을 거위 발 모양으로 버스럭거려 주머니를 어루만져 산통을 내어 손에 들고 눈을 희번덕거리며 산통을 눈 위에 번듯 들어 솰솰 내흔들면서,

"천하언재(天何言哉)시리오마는 고지즉응(叩之則應)하나니 신기명이시니 감이순통(感而順通), 감이순통, 감이순통, 복걸 천지신명 일월성신은 조림하토(照臨下土), 민지화복(民之禍福) 팔팔육십사괘(八八六十四卦) 삼백육십사효(三百六十四爻)······ 제갈공명 선생, 원천강 선생, 곽곽 선생, 이순풍, 강절소 선생, 마의도사 제위 선생, 배괘 동자, 척괘 동자, 원사강림 상통천문 하달지리 금우(今遇) 태세(太歲) 갑자(甲子) 오월 기해삭(己亥朔) 십사일 갑술(甲戌) 해동 조선국 전라좌도 남원부 부내면 향교동에 거하옵는 곤명(坤命) 성씨(成氏) 춘향 갑진생(甲辰生) 시을사복차로 근복문하오니 연전분에 신관 사또 도임 신정지초에 수청 거행 아니 한다 하와 횡피중장하고 인위수금하니, 지금 삼 년에 백병이 층출하고 사생을 미판증거야(간밤) 일몽이 여차여차하옵기에

지성으로 감복문하오니 유하소흉(有何所凶)이온지 이상사병(以相思病)으로 손기혈(損氣血)이연여아! 유하관재(有何官災)아! 천라지망(天羅地網)이연여아! 복걸신명을 물비소시(勿秘昭示) 물비소시."

하고 산통을 왈각왈각 흔들어서 거꾸로 잡아 산대로 빼어 세어보고 부채를 두드리고 점괘를 푼다.

"내외효(內外爻)로 작괘하니 가인지분(家人之賁) 되었구나. 초효(初爻)는 소양구진(少陽句陳)인데 묘형제천록(卯兄弟天祿)이요, 이효(二爻)는 소음등사(少陰騰蛇)로다. 축재천을지세신(丑才天乙持世身)이요, 삼효(三爻)는 소양백호(少陽白虎)로다. 해문서안정(亥文書安靜)이요, 사효(四爻)는 소음현무(少陰玄武)로다. 미형제천을(未兄弟天乙)이요, 오효(五爻)는 노양(老陽)이니 청룡(靑龍)이 발동이라 기손신관응명(己巽申官應命)되고, 육효(六爻)는 소양주작(少陽朱雀)이라 묘형제천록(卯兄弟天祿)되고 입해구주지괘(入海求珠之卦)요, 개화결실지상(開花結實之象)이라. 갑술중순신유공(甲戌中旬申酉空)하니, 방공(房空)은 아니었다. 오효에 역마(驛馬)가 발동하니 이 자손이 삼형살(三刑殺)."

하고 말을 뚝 그쳤다가, 판수 고개를 기웃거리며,

"이 애, 춘향아!"

하고 부른다.

"예."

"그 점괘 매우 묘리 있다. 천을귀인(天乙貴人)이 지세(持世)한데 응(應)이 세(世)를 생(生)하였으니 이 도령이 과거 하여 청포를 입은 격이요, 천복귀인성(天福貴人星)에 역마발동(驛馬發動)하였으니 분명 외임(外任)하여 나가는 형상이요, 연자괘(鳶子卦)가 비취었으니 둥실둥실

떠다니는 솔개 벼슬이요, 자손이라 하는 것은 공명에는 화약이다. 삼형살(三刑殺)이 띄었으니 이 아니 고이하랴. 응효(應爻)로 논지컨대 도모지 남이 없구나. 옳겄다, 아니로다. 열읍 수령 관속들을 형추파직(刑推罷職)할 것이니 암행수의(暗行繡衣) 분명하다……. 화락(花落)하니 능성실(能成實)이요. 경파(鏡破)하니 기무성(豈無聲)가. 꽃이 떨어져 보였으니 열매 맺을 꽃이요, 거울이 깨어져 보였으니 소리 내일 기상이라. 문상(門上)에 현허인(懸虛人)하니 만인개앙시(萬人皆仰視)라. 허수아비를 문 위에 달았으니 만 사람이 우러러볼 괘요. 산붕(山崩)하니 작평지(作平地)요, 해갈(海渴)하니 성공안(成空岸)이라. 허, 거, 점 좋다! 이 애 춘향아, 부디부디 잘 조섭하여 염려 말고 두고 보라. 평생에 못 잊던 낭군 미구에 올 것이니 두고 보라."

"일이 점과 같을진댄 무슨 한이 있으리까마는 맹랑한 말씀 듣기 싫소."

하고 춘향이 귀찮은 듯이 눈을 사르르 내리감으니 판수가 골을 내어,

"할 말이 그리 없어 혓부리를 놀린단 말이냐. 고름 맺고 내기하자. 어떠하든 대길하니 의심 말고 두고 보라."

하고 맹세를 하니, 춘향도,

"글쎄, 말씀과 같을진댄 작히나 좋겠소마는 이런 년의 팔자에 웬걸."

"영락없다. 두고만 보아!"

하고는 말말끝에 생각하니 복채 달라기는 어렵고 그렇다고 안 받아 가지고 가기는 더 어려워 의뭉스럽게 슬기를 낸다.

"이 애 춘향아, 이새는 내가 사망이 없고 살기가 극난극난하여 밥맛 본지 오늘조차 며칠인지 모른다. 어제 아침 건너뛰고 오늘 아침 잔입이요, 오늘 저녁 할 일 없으니 허구한 날 참 난처하다. 저번에는 동문 밖 장에

갔다가 쇠뿔참외는 한 푼에 일곱씩 수박은 한 푼에 둘씩이건마는 윗돈 한 푼이 없어 못 사 먹고 장바닥을 어루만지니 참외 껍질, 수박 껍질이 늘비하기에 배때기에 씻어 훔치고 오며 생각하니 조인광좌 중에 그런 꼴이 있느냐. 허어, 시장하고 속 쓰리다."

춘향이 이 말 듣고 비녀를 빼어주며,

"불쌍하오, 김 판수님. 이것이 비록 약소하나 팔아서 일시나 보태시오."

판수 이면을 차려,

"이 애, 아무리 무물불성이라 하였은들 적이나 하면 보태어주어야 할 터에 네 점을 치고 무엇을 받으랴. 남 들으면 무엇으로 알겠느냐. 아서라, 그만두어라. 사람의 인사 용렬하다."

하고 오른손으로 사양하면서 왼손으로 받아 집어넣고 열없어서,

"이 애, 이런 말을 하면 싫어는 하더라마는 옛말이니 하거니와 너의 어머니 소싯적엔 놀기도 좋더니라마는 너는 개천에서 용 난 세음이라. 그 속으로 나서 너의 어머니 계적은 없고 저렇듯 깨끗하니 고맙고 갸륵하다. 시장하니 다시 보자."

하고 지팡이와 담뱃대 들고 일어선다.

"아이고, 평안히 가시오."

하고 춘향은 판수를 보낸 후에 혼잣말로,

"점이 무얼 맞으리."

하고 혼자 한탄한다.

밤이 이슥하도록 몽룡은 월매와 함께 파루 치기만 기다리다가 향단에게 초롱을 들리고 옥으로 찾아갔다. 그때까지도 월매는 몽룡을 쓴 오이 보듯 하여 말 한마디도 아니 하고 몽룡이 꼴이 보일 때마다 성가신 듯이

고개를 피끈 돌려버린다.

그러나 몽룡은 상관하지 아니하고 의붓어미 따라가는 자식 모양으로 두어 걸음 서너 걸음 뒤떨어져서 따라왔다.

월매 옥문 밖에 다다라서 주먹으로 옥문을 두드리며,

"춘향아, 아가 자느냐."

하고 부르니 춘향이 잠을 이루지 못하고 앉았다가 깜짝 놀라며,

"아이고 어머니, 아닌 밤중에 왜 또 오셨소? 밤에나 평안히 쉬지 아니하시고. 이렇게 밤마다 오시다가 어머니마저 병환이 나시면 어찌하오?"

"내가 자려 한들 잠이 오느냐. 너를 안 보고 가면 맘이 놓이느냐. 그래, 오늘은 좀 어떠냐? 먹은 것이나 잘 내렸니? 먹은 것이 있어야 내릴 것이나 있지."

"오늘은 잘 내렸으니 염려 마오."

"다리 쑤시는 것은 좀 어떠냐. 오늘은 까무려뜨리는 증은 없었니?"

"괜찮아요. 나은들 그렇게 속히 낫겠소."

월매 미음 그릇을 구멍으로 들여보내며,

"옜다. 미음이나 좀 마시어보아라. 그래도 먹어야 사느니라."

춘향이 그 미음 그릇을 받아 두어 모금 마시더니 토악질을 하며,

"아이고, 싫소."

하고 미음 그릇을 도로 내보내는 것을 월매 도로 들여보내며,

"아니 먹고 어찌 사느냐. 억지로 한 모금이라도 더 먹어라. 엿다, 암치 보풀 여기 있으니 씹어서 물만 입가심하고 뱉아버려라. 비위가 가라앉느니라."

하고 암치 기름 발라 부푼 것과 약포육 놓은 접시를 들여보낸다.

"아무것도 싫소."

"그러면 흰 죽이나 쑤어다 주랴?"

"아이고, 아니꼬워 나는 싫소."

"그러면 죽원미나 쑤어다 주랴?"

"그것도 구역이 나서 싫소."

"그러면 무슨 의이나 쑤어주랴?"

"아이고, 생목 꼬워 나는 싫소."

"그러면 무엇을 먹고 싶으냐. 먹고 싶은 것을 말을 하려무나."

"아무것도 먹기 싫소. 입에서 안 받는 것을 어찌하오. 너무 성화하지 마시고 그만 돌아가시오. 서울서 오늘도 편지 아니 왔소?"

"편지는 와서 무엇 하느냐. 그까짓 놈의 편지도 인제는 다 바랐다."

춘향이 깜짝 놀라며,

"왜? 그게 무슨 말씀이오? 서울서 무슨 기별 왔소? 도련님 댁에 무슨 일이나 나시었소? 편지도 다 바랐다니 무슨 말씀이오? 꿈이 하도 흉하더니 무슨 일이 났나 보구려. 웬일이오? 말씀하오!"

하고 목소리가 떨린다.

월매 화를 내며,

"일이 나도 큰일이 났다. 네가 기다리고 기다리던 이 도령인가 서캐 도령인가 한 자가 팔도 거지에도 상상거지가 되어가지고 그래도 뻔뻔스럽게 너를 본다고 여기 왔다."

춘향이 옥문 구멍으로 매달리려고 애를 쓰다가 땅바닥에 주저앉으며,

"도련님이 오셨소? 그것이 정말이오? 어디? 어디? 어디? 어디?"

하고 일어서려고 손으로 옥문만 긁는다.

"여기 왔다. 눈깔은 멀뚱멀뚱하고 살아서 여기 왔다."

하고 월매가 뒤로 물러서니 몽룡이 그제야 월매 섰던 자리에 가 서며,

"춘향아, 내가 왔다. 내가 왔다!"

하고 눈물겨운 소리로 소리를 쳤다.

"내라니 누구란 말이오?"

"내다. 이 도령이다. 이몽룡이다."

"도련님이라니, 도련님이라니? 목소리는 분명 도련님이로구려. 얼굴을 좀 바싹 대어주시오! 우러러나 보게."

하고 춘향이 울며 일어나지 못하여 애를 쓰니 몽룡이 갓을 뒤로 젖히고 얼굴을 옥문 구멍으로 대며,

"어디 있느냐. 좀 뒤로 물러앉아 얼굴이나 보여라."

향단이 곁에서 등을 번쩍 드니 불빛이 옥문으로 흘러 초췌한 춘향의 얼굴을 비추인다.

춘향이 고개를 들어 몽룡을 바라보며,

"오셨구려! 오셨구려! 날 보러 오시기는 오셨구려! 그리도 유신하여 오시기는 오셨구려! 우리 서방님이 오셨네."

하고 정신없는 사람 모양으로 같은 소리를 여러 번 되풀이하고 희미하게 보이는 몽룡의 얼굴을 물끄러미 들어보고 앉았다.

몽룡은 눈물을 뚝뚝 떨구며,

"저 꼴이 웬일이냐. 선녀같이 아름답던 네가 나로 하여 저 꼴이 되었구나. 춘향아, 염려 마라. 만고열녀 성춘향을 하늘이 몰라보시며 천지신명인들 몰라보시랴."

"나는 고대 죽어도 한이 없소. 생전에 서방님 한번 뵈었으니 고대 죽

기로 어떠하겠소. 오늘 밤에 죽더라도 한이 없거니와 서방님은 웬일이시오? 어찌하여 얼굴은 저토록 검으시고 수염은 저토록 거칠으시고 저 망건, 저 갓끈이 웬일이시오?"

월매 곁에서 듣다가,

"거지에도 우거지 상상거지라니깐. 내 말을 무엇으로 믿느냐. 수절, 수절 하더니 과연 기절을 할 일이로다. 이런 비렁뱅이를 보고 수절을 하였으니 무슨 깨보숭이가 쏟아졌느냐. 수절도 쓸데없고 칠성기도도 모두 다 허사로다. 이년아, 애초에 내 말만 들었을 양이면 거드럭거리고 잘살 것을, 요년아, 네 팔자를 네 손으로 요따위를 만들고 내 신세까지 꺼벅꺼벅하게 만들어놓았구나! 이놈아, 이 이가 놈의 자식아! 내 딸 살려내어라! 네가 대신 죽고라도 금옥 같은 내 딸을 살려내어라! 내일이면 사또 생신 잔치 끝에 내 딸 잡아내어 죽인다 하니 네놈이 대신 죽고 내 딸 살려내이리!"

하고 몽룡의 헌 도포자락에 매달려 악을 쓰니 향단은 울며,

"마님! 마님! 이리 마시오!"

하고 월매를 붙들고 춘향은 몸부림을 하면서,

"어머니, 이리 마시오! 나 죽는 것을 보시랴오? 잘되어도 내 낭군, 못되어도 내 낭군. 유리걸식하여도 내 낭군이니, 어머니, 서방님을 괄시 마오!"

하고 몽룡을 향하여,

"서방님, 웬일이오? 어찌하여 그리되었소? 무슨 가운이 불행하여 그리되시었나요? 대감께서 높은 벼슬 하시다가 참소받아 그리되시었소? 나를 생각하시느라고 공부도 못 하시다가 그리되시었소? 대관절 웬 연

고요?"
하고 애를 쓰니 몽룡이 곧 설파해버려 시원히 알려주고 싶은 마음 불 일 듯하건마는 암행하는 봉명사신(奉命使臣)으로 그리할 길도 없고 다만 맥맥히 춘향을 내려다보고 섰을 뿐이다.

춘향은 더욱 성화하여,

"왜 말이 없소? 말이야 왜 못 하오? 시원히 알게 말이나 하시오!"
하고 콩 볶듯 보채다가 그만 울어 쓰러지며,

"서방님더러 말하라는 내가 잘못이오. 행색이 저토록 되시었으니 응당 큰일이 있었으려니, 서방님인들 차마 그 말씀을 어찌 하시겠소? 말하라고 조르는 내가 잘못이오."
하고 두 손으로 땅바닥을 치며,

"아이고, 이년의 팔자야! 내 팔자야! 전생의 무슨 죄로 털끝 만한 죄도 없이 삼 년 동안 중장 엄수 옥중 원혼 되고 하늘같이 믿고 기다리던 서방님마저 저 모양이 되었으니, 아이고, 내 신세야. 죽을 년의 팔자로다."

춘향이 고개를 들어 몽룡을 바라보며,

"서방님, 나는 이왕 죄 많아 죽는 년이니 서방님의 일생 액도 내가 맡아갈 것이니, 서방님일랑 부디부디 이제부터라도 공부 시작하셔서 대과 급제 얼른 하여 높은 벼슬에 오르시어 내 원수 갚아주시고, 명문거족에 혼인하야 요조숙녀 배필 지어 부디부디 백세를 누리시오. 백세 천세 누리실 때에 서방님만 바라고 옥중에서 썩어지다가 수절 원혼이 된 춘향을 생각이나 하여주시오! 잊지나 말아주시오!"
하고 다시 쓰러져 우니 음침한 옥중이 모두 울음소리로 변한 듯하여 처량하기 짝이 없다.

몽룡도 입술을 꼭 물고 참다못하여 울음이 터져 소리를 내어 울고, 향단도 등을 든 채로 한 팔로 눈물을 씻고 월매는 땅에 엎더져 소리가 없다.

몽룡이 고개를 흔들어 눈물을 떨어버리고,

"춘향아, 설워 마라! 내가 너를 살려낼 것이니 설워 마라. 가뜩이나 병든 몸이 기운 상할라. 울지 마라. 살려주마!"
하고 흑흑 느낀다.

"서방님 생각을 내가 아니, 말씀하여 무엇 하오?"
하고 춘향이 설움을 참고 정신을 가다듬어 똘똘한 목소리로,

"내일은 본관 생신이라, 이날이면 한 번씩 나를 잡아내어다가 열읍 수령 모인 앞에 일장 국문하고, 매우 치는 법이오. 어저께 문간사령 말이 형장 단단한 놈으로 많이 깎아 들이라고 분부하였다 하니 내일은 정녕 내가 죽을 것이오. 죽기 전에 한번 서방님을 뵈오니 그만해도 한이 없거니와 이년의 욕심이 한 번만 죽기 전에 더 뵙고 싶으니 오늘 밤에 집에 가셔서 서방님 나하고 노시던 부용당에서 나 덮던 이불 덮고 편안히 주무시고, 내일 아침 늦도록 주무시고, 옥문 밖에 와 계시다가 내 칼머리나 들어주오! 이생에 마지막 소원이니, 서방님, 들어주오!"
하다가 참던 울음에 목이 메어 입술을 물어 참고,

"그리고 내가 매를 맞을 때에도 저만치 서 계시어 매 맞는 것이라도 보시면 운명할 때에 서방님 한 번 마지막으로 더 보고 죽을 것이니 부디부디 내 소원 들어주오. 그리고 내 목숨이 딱 넘어가거든 서방님이 본관에게 말하셔서 내 시체를 서방님 몸소 안고 나와, 집에 갖다가 서방님 누우셨던 자리에 누이시고, 매 맞아 성한 곳 없는 내 몸이나 한번 손으로 쓸어

주시고 그러다가 천행으로 다시 살아나면 서방님 한 번 더 뵈오려니와 만일 명치끝이 싸늘하게 식어지거든 서방님 손수 눈이나 감겨주시고 '춘향아, 춘향아, 내 춘향아, 잘 가거라. 후생에 다시 보자.' 하고 세 번만 불러주시고, 그러고는 남의 손 내 몸에 일절 대지 말고 서방님 손수 아무렇게나 염습하여 산지도 구할 것 없이 아무런 데나 묻어주시었다가, 서방님 대과급제하시고, 높은 벼슬 하신 뒤에 내 해골을 파다가 이씨 댁 선영 한 편 구석에 묻어주시고, 춘추 성묘 오실 때에 한 번씩 찾아오셔서, '춘향아, 춘향아, 내가 왔다!' 하고 술 한 잔이라도 부어주시면, 지하에 있는 혼이라도 기뻐할 것이니 부디 잊지 말고 내 소원 들어주오."
하고 또 소리를 내어 운다.

몽룡은 불쌍하고 안타까움을 참지 못하여 두 발로 땅바닥을 탕탕 구르며,

"안 죽는다거든 내 말을 믿으려무나! 살려주마. 울지 마라!"
하여도 춘향은 믿으려 아니 하고, 만사를 단념한 듯이 도리어 눈이 반동반동하여,

"어머니!"
하고 월매를 부른다.

월매는 모기 소리 같은 목소리로,

"왜야?"

"어머니!"

"무슨 말이냐? 애고, 가엾어라."

"어머니! 어머니! 애쓰시기도 오늘뿐이오. 내일 이맘때면 내 몸은 벌써 식어버릴 것이니 불효한 이 자식을 안 낳으신 줄만 아시고 잊어버려

주시오. 늙으신 어머니 말년에 낙을 보여드리고자 주야로 빌었더니, 못하고 돌아가니 애원하고 절통하오. 내일은 아무리 하여도 죽을 터이니 어머니는 부디 오시지도 마오. 이 자식 매 맞아 죽는 꼴을 어머니가 어이 차마 보시리! 부디 오지 마오. 없는 년으로만 여기시고 부디부디 잊어주시오. 나 하나 죽어지면 어머니 설워 어이 살리. 누구를 믿고 살으리. 서방님, 부디 우리 어머니를 돌아보아주오. 춘향을 사랑하시거든 어머니를 돌아보아주오. 믿을 데 없는 늙은 어머니를 살아생전 구원하여주시다가, 우리 어머니 살으시면 며칠 살겠소. 돌아가시거든 서방님이 주장하여 물이나 안 날 데다 깊이깊이 묻어나 주오. 서방님, 부디부디 내 부탁을 잊지 말고 죽는 년의 소원을 들어주오!"

몽룡이 우는 소리로,

"안 죽는다는데 그러네. 살려주마 하여도 아니 믿네."

하고 위로하나 춘향은 고개를 살랑살랑 흔들어 믿으려고 아니 하고,

"여보 서방님, 내가 한 번만 더 맞으면 북두칠성 삼태경이 다투어 명을 주어도 살 가망은 바이없으니, 죽는 나도 섧거니와 나 죽는 것 보시는 서방님의 마음은 얼마나 하겠소. 서방님도 내일은 나 매 맞는 것 보지 마시고, 삼문 밖에 소리도 안 들리는 곳에 계시다가 내 신체를 삼문 밖으로 끌어 내치거든 서방님 마침 섰다가 신체라도 거두어주오. 집에 갖다가 곧 염습은 말고 아까 말한 대로 옷을 벗겨 자리에 뉘어놓고 서방님 더운 침이라도 흘려 넣고 고요하게 한 식경이나 기다려보아주시오. 천행으로 살아나면 서방님 모시고 하루라도 살아보게. 살고지고 살고지고."

하고 또 울다가,

"그래도 깨어나지 못하거든 '춘향아, 잘 가거라! 황천에서 다시 만나

자.' 하고 나무아미타불이나 불러주오. 그리고 아기 상두에나 담아다가 아무렇게나 묻으시되 부디 '수절원사성춘향지묘(守節寃死成春香之墓)'라고 서방님 글씨로 패 하나만 박아주오."

하고 이윽히 정신이 아득하여지는 모양이더니 다시 정신을 차려,

"서방님, 부디 우리 어머니 버리고 가지 마오. 아무 데도 가지 마시고 우리 집에 계시어 글공부나 하시오!"

하고는 다시,

"어머니!"

하고 월매를 불러,

"어머니! 나 죽는 것 설워 마시고 서방님과 같이 여년을 지내시오. 부디 서방님 괄시 말고 내 입던 옷가지 패물까지 모두 다 내어 팔아, 반값에라도 탕탕 팔아 서방님 갓, 망건, 도포, 중치막, 긴 옷, 속옷, 속속들이 장만하되 고은 나이 바꾸어서 안은 모두 면주로 하고 제일 다듬이를 곱게 하고 수품을 곱게 지어다가 서방님 입히시고, 서방님 버선본은 내 실첩 속에 들었으니 몽고삼승 바꿨다가 안팎 버선 지어드리되, 버선코가 너무 높지 말게 발에 맞게 지어 신겨드리고, 윤돌이집 갓방에 닷 냥 주고 갓을 맞추되 대우량은 맑게 하고 중밋철대 굵게 말고 은각일랑 부디 놓고 칠광 있게 하여오고, 신꼽추에게 망건을 맞추되 값을 깎지 말고 돈냥이나 넘겨주고라도 상지상으로 맞추시고, 진쇠에게 평양 본으로 울이 너무 높지 말게 조촐하게 맞추어 신기시오. 유리걸식하더라도 관망이 선명하면 남이 천대를 아니 하는 것이니 어머님 부디 그리하여 주오. 그리고 부용당 정결하게 치우시고 서방님 계시게 하시고, 조석 공궤하시되 내가 있어 할 때처럼 된 진지는 싫어하시니 진지를 축축이 지으시고, 가끔 등골

사다가 탕을 하여드리고, 즐겨하시는 냉동신직 장볶기에 제육추도 하여 놓고 괜찮은 암치 기름 발라 보풀으고 약포육 놓고 어란도 버혀놓고 편포나 좀 오려놓고 장김치를 좋아하시니 육소 넣어 장김치도 담그시고, 평생에 즐기시는 약주는 안주 겸하여 부디부디 잊지 말고 많이 드리시고, 진지 막 잡수시고 담배 한 대 떨 만하면 차관에 생강 좀 저며 넣고 황다(黃茶) 좀 집어넣고, 귤병 좀 떼어 넣어 매큼달큼 향기롭게 빛을 맞춰 곱게 달여다가 드려주오. 문방사우 서책도 소원하는 대로 장만하여드려 글공부하게 하시되, 공부하실 때에는 부디 조용하게 하여드려주오. 어머니, 어머니! 내 말대로 하여주오!"

월매 춘향의 부탁하는 말을 듣고 독을 내어,

"나는 밤낮으로 네 시중만 들건마는 전혀 말 선물뿐이지, 모주 한잔 사 먹으라고 돈 한 푼 주는 일이 이때까지 없더구마는, 이 원수 놈은 보는 듯 마는 듯 옷 팔아라, 노리개 팔아라, 호사시켜라, 잘 먹여라 하니 어찌한 곡절이냐. 자세히 알자. 내 맘 같으면 이 녀석을 숙마바로 동여매고 단단한 참나무 뭉치로 주리를 한참 틀었으면 속이 시원하겠다."

하고 악을 쓰니 춘향이 울며,

"어머니, 만일 그러면 나는 내일을 기다리지 아니하고 불효는 될지언정 당장 죽어버리랴오!"

하고 아드득 이를 가니 월매 놀라,

"오냐. 네 말대로 하마. 낸들 분수 없겠느냐. 네 말대로 한다."

"부디 내 말대로 하여주오."

하고 춘향이 향단을 불러,

"지금 내가 한 말 네가 들었으니 더할 말도 없다마는 나 죽은 후에라도 지성을 다하여 서방님을 섬겨다오. 어머니 잘 봉양하고 마음 편안하게 하여다오. 이생에서 못 갚은 네 은혜 저 생에서라도 갚으련다. 향단아, 네 부디 내 말 잊지 말고 지금 어머니와 서방님 모시고 집에 돌아가서 방 깨끗이 치우고 불도 좀 때고 서방님 편안히 주무시게 하여드려다오. 너만 믿는다. 너만 믿는다."

향단이 울며,

"아씨, 염려 마오. 말씀 아니 하시기로 범연하리이까. 과도히 설워 말고 몸을 보중하오!"

"고맙다. 네 말 들으니 맘이 가득하다. 네 맘을 내 알고 내 맘을 네 아니 무슨 별말 또 있으랴. 너만 믿는다."

하고,

"서방님, 손이나 좀 들여보내오!"

하며 두 손을 치어든다.

몽룡이 옥문 구멍으로 한 손을 들여보내니 춘향이 그 손을 덥석 잡고 매달리며,

"영결이란 말이 웬 말이오?"

하고 운다. 몽룡이 싸늘한 춘향의 손을 꼭 쥐어주며,

"영결될 리 만무하다. 남원부사 죄악이 관영하였으니 내일 안으로 무슨 일이 날 것이니 염려 말고 편안히 밤을 지내어라. 내일 또 보자."

하고 유심하게 춘향의 손을 두세 번 쥐어주나 춘향은 종시 그 뜻은 알지 못하고,

"내일 부디 오시오! 옥문 밖에 섰다가 칼머리나 들어주오! 삼문 밖에 섰다가 시체나 찾아주오!"

"오냐, 염려 마라. 내일 다시 만날 것이니 마음 놓고 잘 자거라."

"서방님, 부디 평안히 주무시오!"

"오냐, 잘 자거라. 내일 보자."

"어머니, 안녕히 주무시오."

"내 걱정은 말고 네나 잘 있거라. 식전에 미음 쑤어오랴?"

"예, 미음 쑤어주오!"

"아씨, 안녕히 주무시오!"

"오, 향단아. 잘 자거라. 어머니 잘 붙들어드려라. 아니, 향단아. 내 삼층장 속에 담배 둔 것 있으니 내어서 서방님 드려라!"

"예. 아씨, 부디 안녕히 주무시오."

"오, 조심해 가거라."

돌아가는 사람들의 발자취도 멀어지고 얼른얼른하는 등불조차 멀어지니 춘향이 억지로 참았던 울음이 다시 북받쳐 혼자 쓰러져 울 때에,

"이 애 춘향아, 그렇지 않은 일이 있다."

하고 옥문 밖에서 몽룡의 소리가 들린다.

춘향이 자기의 초췌한 몰골을 보고 여망 없이 생각하고 여자의 일편된 맘에 혹시 자수나 하지 않을까 하여 돌아온 것이다.

"어찌하여 가시다가 돌아왔소?"

하는 춘향의 말은 영영하다.

"이 애, 네가 아까 날더러 유언처럼 만 번이나 부탁한 것이 있거니와 나도 네게 부탁할 말이 있다."

"무슨 부탁이오?"

"내일이고 모레고 내 얼굴을 다시 보고 죽어야 네 부탁대로 하여주지.

만일 나를 다시 안 만나고 죽으면, 네 소원대로는 새로이 네 송장이 길가에 넘어져서 개천 구렁으로 굴러 들어가도 나는 모른 체하고 도리어 악착한 원수로 알 터이다. 그러니 부디 나를 잠깐이라도 다시 만나보고 죽고 살기를 결단하여라."

"글랑 그리하오리다. 어서 가서 주무시오. 어머니가 무슨 말을 하더라도 노여워 마시오!"

"오냐, 그리하마. 늙은이가 무슨 허물 있느냐."

몽룡이 춘향의 말을 듣고 안심하고 걸음을 빨리하여 월매를 따라가니 향단이 등불을 들고 서서 기다린다.

월매 몽룡을 힐끗 보며,

"그래, 어디로 가랴오?"

"어디로 가? 자네 집으로 가지."

"이것이 참 소위 드레질이오그려. 집 없는 줄 뻔히 알고 집이란 웬 말이오?"

"그럼 자네는 어디 가나?"

"나는 읍내 어떤 과부 집으로 가지요."

"이 사람 그렇거든 자네가 잘 곳에라도 같이 가세."

월매 픠끈 돌아서며,

"난장 맞고 발가락 뽑히고 나까지 쫓겨나서 노중에 자게 하려나? 실없는 말 말고 어서 다른 데나 가보지. 향단아, 어서 가자."

"이제 내가 어디를 간단 말인가."

하고 몽룡이 월매의 뒤를 따라서니 월매 귀찮은 듯이 멈칫하며,

"가라 하면 갈 게지 어디를 오나?"

"내가 어디로 가나? 자네 집에 안 데리고 가겠거든 갈 데를 말하소."

"자네게는 굴뚝 없는 집이 제격이지."

"굴뚝 없는 집이 어디 있담."

"객사동 대청도 없어?"

"옳아. 자네 말이 옳아. 전라도 오십삼관 객사 동대청이 다 내 집이로세. 그러면 나는 가네. 내일 또 보세."

하고 몽룡이 돌아서서 걸어가니 월매 시원섭섭하여 물끄러미 몽룡의 가는 양을 보다가,

"내일 우리 집에 올 것 없네. 아침 지을 것도 없으니 애여 올 생각도 마소."

하고 향단을 재촉하여 가버린다.

몽룡이 그 길로 객사 공청을 찾아가니 넓으나 넓은 대청에 땀내 나는 거지 떼가 우글우글 가로 눕고 세로 누워 어떤 거지는 코를 골고 어떤 거지는 잠꼬대를 하고 어떤 거지는 그리도 가려운지 한 팔을 뒤로 돌려 손도 잘 안 닿는 데를 득득 긁고 어떤 늙은 거지는 한편 구석에 일어나 앉아서 달빛을 반이나 몸에 받고 담배를 피우다가 몽룡이 오는 것을 보고,

"신수가 멀끔한 사람이 왜 객사를 찾아다니노?"

"왜 나는 못 올 사람인가?"

"와도 잘 자리가 없으니 딱하단 말일세. 금년에는 웬 젊은 거지가 이다지 많아져서 우리같이 늙은 놈은 빌어먹기도 난처하니 딱한 일이로세."

이렇게 두런두런하는 소리에 한 거지 두 거지 눈을 비비고 일어나며,

"남 곤하여 자는데 누가 이리 지껄여 싸?"

하고 한 거지가 중얼거리니 또 한 거지 손으로 마룻바닥을 탁 치고 일어

나며,

“이런 제기! 남 한창 장가들어 큰상 앞 상 받아먹고 한바탕 잘 먹으랴는 판에 객없이 떠들어 싸서 꿈을 깨워놓으니 대체 무슨 심사람.”

하고 역정을 쓰면 이 역정 쓰는 소리에 다른 거지 또 놀라 깨어 일어나며,

“이런 빌어먹다 오라를 질 자식들이 왜 아닌 밤중에 잔소리야, 어디 잠 자겠다구.”

하고 뿌시시 일어나고 그 소리에 또 한 거지 깨어나며,

“이 사람들 무어 먹을 것이나 생겼나. 혼자 먹지 말고 나도 좀 주소.”

하고 벌떡 일어나 두리번두리번 살펴보아도 먹을 것이 없는 것을 보고 열없는 듯이 도로 드러누우며,

“공연히들 떠드는군. 빌어먹을 놈들!”

하고는 코를 골기 시작한다.

그중에 한 거지 일어나더니 잠결에 암행인 것도 다 잊어버리고 몽룡의 앞에,

“소인 아뢰오.”

하고 허리를 굽신하고는 그제야 아차, 안되었다 깨닫고,

“허, 꿈 고약하다.”

하고 도로 주저앉는다.

출또

이날은 본관 사또 생신이라 하여 아침부터 인근 각 읍 수령이 모여드느라고 남원 읍내가 들끓는데, 난데없는 망건장수, 파립장수, 황화장수, 거지들이 꾸역꾸역 모여들이 옥문 앞으로, 광한루로, 삼문 앞으로 기웃기웃 돌아다니기를 시작하더니 오시가 지나자,

"허, 오늘 수상하군."

"저 거지들이 예사 거지가 아닌걸."

"쉬! 무슨 일이 나고야 말지."

하고 남원 읍내 사람들이 이 구석에서도 두런두런 저 구석에서도 두런두런 귀에 대고 수군수군 끔적끔적한다.

이때에 몽룡이 춘향이 백번 당부하던 옥문 밖으로 가지도 안 하고 삼문 밖으로 슬슬 들어가니 잔치가 한창 어우러졌다. 백설 같은 구름 차일 덩그렇게 높이 치고, 동헌 대청에는 수병풍 모란병 각색 병풍 들어차고, 화문지의홍등매(花紋地衣紅登苺)에, 만화방석, 총전보료, 몽고전담요를

깔고서, 초롱, 양각등, 유리등, 세옥주(細玉珠)를 홍목으로 줄을 하여 서까래 수대로 총총히 걸어놓았으니, 밤 깊도록 놀자는 뜻이요, 샛별 같은 요강, 타구며 와룡 촛대 여기저기 벌여놓았다.

당상에는 부사, 현감, 당하에는 만호(萬戶), 별장(別將), 그중에는 임실현감(任實縣監), 구례현감(求禮縣監), 운봉영장(雲峰營將)도 섞여 있다. 이 모양으로 인근 읍 수령들이 청천에 구름 모이듯, 용문산(龍門山)에 안개 모이듯 사방으로 모여들어 차례로 벌여 앉으니, 위풍이 늠름하고 호령이 숙숙하다. 아이 기생은 녹의홍상, 어른 기생은 쾌자 전립으로 거북 같은 거문고를 무릎 위에 비껴놓고 섬섬옥수로 이 줄 저 줄을 희롱하며, 옥같이 맑은 소리를 길게 가늘게, 끊일락 이을락 뽑고 굴려 후정화(後庭花)를 부르니, 풍류도 좋을시고. 거문고 가야고 양금 생황 삼현(三絃) 육각(六角) 소리가 반공에 어리었다. 남창에는 거문고요, 여창에는 육각이다. 중한잎〔中大葉〕 잦은한잎〔數大葉〕은 높은 하늘 너른 바다에 물구름이 흐르는 격이요, 후정화(後庭花) 시조(時調)는 부드러운 봄바람에 꽃피어 무르녹는 격이요, 소용이(騷聳耳) 편(編) 낙(樂)은 모진 바람 재우친 비에 제비 떼 비껴 나는 격이다. 노래 일편 대바침에 잡가 시조 모두 부르고 입춤〔立舞〕 검무(劍舞) 연풍대(宴豊臺)는 퇴상 후에 보기로 하고, 수파련다담상(水波蓮茶啖床)이 나오니 장진주(將進酒) 노래와 어울려 포도 미주 좋은 술이 순배가 바쁘구나.

이때에 몽룡은 때 끼인 얼굴에 걸인 행색으로 차리고 삼문 안으로 주적주적 들어오며,

"여보아라 사령들아, 멀리 있는 걸객이 좋은 잔치 만났으니 술잔이나 얻어먹자 들어온다고 좌상에 아뢰어라."

하고 진퇴하여 가까이 오니 좌상에 앉은 수령들이 호령하여 분부한다.

"거 원, 무엇이니 바삐 잡아 내떠리라."

어느 영이니 지체하랴. 뭇 사령들이 벌 떼같이 달려들어 등 밀거니 배 밀거니 팔도 잡고 다리도 잡고,

"이분네야, 아무 소리 맙소. 요란하이 이분네야."

하고 몽룡이 무슨 말을 하려는 것도 듣지 아니하고, 오줌 젖은 향단지 걸음으로 배추밭에 개똥처럼 삼문 밖으로 밀어 내친다.

몽룡이 하릴없이 문밖으로 쫓겨 나오니, 보던 사람들이 모두 좋아라고 웃는다. 이리로 저리로 두루 돌아다니면서 들어갈 틈을 엿보는 혼금(閽禁)이 엄밀하고 또 한 번 야료를 하였으니 사령들이 몽룡의 거동만 슬슬 보아 아무리 하여도 들어갈 길이 없다.

몽룡이 할 수 없이 슬슬 뒷문으로 돌아가 지적지적하더니 문을 보던 하인들이,

"여보!"

하고 몽룡을 부른다.

"왜 그러오?"

"여보, 보아하니 일 없는 사람인 듯하니 우리 잠깐 입시하고 올 것이니 문 좀 보아주오. 아무라도 들어가려 하거든 이 채찍으로 먹여주오. 문만 착실히 보아주면 잔치 파한 후에 술잔이나 먹이리다."

몽룡이 다행히 여겨,

"글랑 염려를 아주 놓고 가라이까."

하고 채찍을 받아 들고 섰다.

몽룡이 사령들에게서 받은 채찍을 들고 문에 서서 어정어정할 때에,

한 사람이 들어가고 싶어서 낌새를 보느라고 기웃기웃하며 몽룡의 눈치만 힐끗힐끗 보고, 저만치 둘러서서 구경하던 사람들은 이 사람만 들어가면 자기네도 들어가볼 양으로 발들을 내놓았다 들여놓았다 한다.

몽룡이 들었던 채찍을 문에 세우고,

"이분! 낌 좋은 판이니 아니 들어가시려오? 저기 섰는 분들도 아니 들어가시려오? 저기 있는 아이들도 내 알 것이니 모두 들어가 구경하여라."
하고 맘대로 문을 터놓으니 마치 부문(赴門)하는 선배처럼 뭉게뭉게 뒤끓어서 문이 메어 들어간다.

몽룡도 그 틈에 섞여 들어가며,

"좋다. 잘 들어온다. 에라, 한 모퉁이 치어라!"
하고 보계판(步階板)으로 부쩍부쩍 올라가니 좌중 수령들이 들었던 술잔을 놓고,

"거 원, 이게 무엇이니? 바삐 몰아 내치라!"
하고 호령이 추상같다. 그중에 운봉영장이 『마의상서』 권이나 보고 또 나이도 지긋하여, 지인지감이 있다고 자처하는 사람이다. 곁눈으로 몽룡을 살펴보니, 행색은 허술할망정 면방안활(面方顏濶)하고 미장목수(眉長目秀)하고 이곽(耳廓)이 돈후(敦厚)하고 준두(準頭)는 융기(隆起)하고 성음(聲音)이 청장(淸莊)하되, 언불요순(言不搖脣)하고 소불로치(笑不露齒)하고, 인중(人中)이 길고, 천정(天庭)이 윤택하고, 산근후(山根厚) 창고만(倉庫滿)이요, 삼정(三停)이 균정(均整)하고, 오악(五岳)이 구전하며, 언간청원(言簡淸遠)하고, 좌단침정(坐端沈靜)하고, 법령엄장(法令嚴壯)하고, 장벽방후(墻壁方厚)한데, 연견(鳶肩)에 화색(火色)하니 삼십정승(三十政丞)이요, 명주출해(明珠出海)하니 팔십태사(八十太

師)로다.

운봉이 본관을 보고,

"여보시오. 그분을 보아하니 의복이 비록 남루하나 양반인가 싶으니 좌석을 같이함이 어떠하오? 시속에 상한(常漢)들이 양반을 세웁니까? 우리네가 양반 대접을 아니 하고 누가 한단 말이오?"

하고는 본관이 가타부타 대답도 있기 전에 몽룡을 보고,

"이 양반, 이리 앉으시오!"

하고 말석에 자리를 권하니 몽룡이 웃으며,

"기야 양반이로고, 동시 양반을 아끼니 운봉이 과시 사람을 아는고."

하고 서슴지 않고 호기 있게 운봉이 권하는 자리도 마다하고, 부적부적 상좌로 올라가서 본관의 곁에 끼어 앉아 진똥 묻은 다리를 그 앞에 펴 벌리니 본관이 혀를 차며,

"세도 눈이 있지 다리를 뻗는닥게. 도로 오그리오. 허허, 운봉도 야릇하겄다. 거 원, 무엇이람."

하고 고개를 돌리니 몽룡이 점잖게,

"여북하여 그러하오? 내 다리는 뻗기는 용이하여도 오그리기는 과연 극난하오."

하고 그대로 앉았으나 아무도 권하는 이는 없고, 자기네들만 먹고 앉았으니 몽룡이 소리를 높여,

"좌상에 말씀 올라가오. 지나가는 걸객으로 복공(腹空)이 자심하니 요기를 시켜 보내시오."

이 말에 수령들은 모두 눈살을 찌푸리고 유독 운봉장이 하인을 불러,

"여보아라. 상 하나 이 양반께 받자오라."

하니 이윽고 귀신 다 된 아이놈이 상 하나를 들어다 몽룡의 코앞에 대고 눈알을 굴리며,

"팔 아프니 어서 받자."

하고 반말거리를 한다.

몽룡이 상을 받아 들고 살펴보니, 다른 사람 앞에는 모조리 열 명이 들어붙어도 다 못 먹으리만큼 산해진미를 갖추갖추 놓았는데, 이 상에는 뜯어먹던 갈비 한 대, 대추 세 개, 밤 두 낱, 소금 한 줌, 장 종지에 절인 김치 한 보시기, 이 빠진 사발에 탁주 한 사발을 덩그렇게 놓았으니, 남의 상 보고 내 상을 보니 없던 심정도 절로 나서, 실수하여 엎지르는 체하고 한복판을 뒤집어놓고,

"아차, 이 노릇 보아라! 먹을 복이 못 되나 보다."

하며 두 소매와 옷자락으로 엎친 모주를 묻혔다가 좌우 벽에 뿌리는 체하고 만좌 수령에게 함부로 대고 뿌렸다.

수령들이 모주 방울을 피하느라고 고개를 돌리고 몸을 비키면서,

"어허, 이것이 무슨 짓이란 말고. 미친 손이로고!"

몽룡이 다 뿌리고 나서,

"온통으로 묻힌 내 옷도 있소. 약간 튀는 것이야 글로 관계하오?"

하고 앉는다.

운봉이 민망하여 자기 받았던 상을 몽룡 앞에 밀어놓고,

"자, 이 상을 받으시오."

하고 권한다.

"웬일이오?"

"염려 말고 어서 자시오. 내 상은 또 나오."

몽룡이 운봉이 권하는 상을 받아 제 상같이 앞에 놓고 또 트집을 잡아,

"통인 여보아라. 상좌에 '말씀 한마디 올라가오.' 하여라. 내 가만히 보니 어떤 데는 기생 하여 권주가로 술을 드리고 어떤 데는 기생 권주가는 말고 떠꺼머리 아이 하여 얼렁얼렁하니 대체 어찌한 일인지……. '대체 술이라 하는 것은 권주가가 없으면 무맛이니 기생 중에 똑똑한 것으로 좀 나려 보내시면 술 한잔 부어 먹읍시다.' 하여라."

하니 본관이 심히 못마땅하여 관자놀이가 불룩불룩하며,

"그만하면 어량(於量)에 족의(足矣)여든 또 기생 암질러. 허, 고얀 손이로고."

몽룡이 본관을 노려보며,

"여보, 어찐 말이오. 나는 기생 권주가 하나 못 들을 사람이란 말이오?"

하고 내드는 것을 보고 운봉이 곁에 있던 기생 하나를 불러,

"네 이 양반 술 부어드리라."

기생이 귀찮아하는 듯이 이마를 찡그리고 몽룡의 곁으로 가서 술을 부어들고 외면하고 앉으니, 몽룡이 웃으며,

"묘하다! 권주가 할 줄 알거든 하나 하여서 나를 호사시키려무나."

기생이 외면한 대로 입을 비쭉하며,

"기생 노릇은 못 하겠다. 비렁뱅이도 술 부어라, 권주가까지 하라니 권주가 없으면 술이 목구멍에 아니 들어가나."

하고 쫑알거리고 나서, 그래도 마지못하여 권주가라고 한다는 것이,

"먹우 먹우 먹으시오. 이 술 한잔 먹으시오……."

몽룡이 다 듣지도 아니하고,

"여보아라. 요년 네 권주가 본이 그러냐. 행하 권주가는 응당 그러하냐. '잡수시오.' 말은 생심도 못 하느냐."

기생이 몽룡을 흘겨보고 독을 내어,

"에구, 망측해라. 갖추갖추 성가시게도 구네. 그럼 잘하오리다."

하고 권주가를 다시 부른다는 것이,

"처박으시오. 처박으시오. 꿀떡꿀떡 처들여 박으시오. 이 술 한잔 처박으시면 만년 거지 될 것이니 어서어서 들이지르시오."

하고는 술잔을 몽룡의 코끝에 내어 대며,

"자, 어서 받으오. 팔 아프지 않소?"

한다. 몽룡이 이윽히 그 기생을 뚫어지게 보더니 고개를 끄덕끄덕하고,

"예라 요년, 아서라."

하고 술을 받아 마신다.

술을 한잔 마시고 나서 몽룡은 음식상을 다가놓고 주린 판에 비위가 열려 순식간에 한 알 안 남겨놓고 다 모두 휘몰아뜨리고, 이빨 사이를 쪽쪽 빨며,

"사월 팔일에 등 올라가듯 상좌에 말씀 하나 올라가오. 음식은 잘 먹었소마는 또 괘씸한 입이 싱거워 못 견디겠으니 저 초록 저고리에 다홍치마 입은 동기(童妓) 좀 내려 보내시면 호사하는 판에 담배까지 한 대 붙여 먹겠소."

하니 운봉영장은 또 무슨 트집이 날까 보아 다른 사람이 무슨 말 하기 전에 그 동기더러,

"붙여드리라."

하고 분부하니 그 동기 샐쭉하여지며,

"그것도 수컷이라고 제반 악증의 소리가 나오네. 운봉 안전은 분부한 몫을 모두 맡았나 보다."

하고 짜증을 내고 몽룡의 곁을 와서 불쑥 손을 내밀며,

"담뱃대 내시오!"

한다. 몽룡이 골통대를 내주니 기생 담배를 아무렇게나 부스러뜨려 입담배를 가루담배로 만들어 두어 모금 빨아 붙여 몽룡을 주며,

"엇소, 잡수우."

하고 일어나 가려 한다.

몽룡의 곁에 있는 것이 싫어서 일어나 다른 데로 가려는 것을 몽룡이 굳이 손을 붙잡고 희롱하고 앉았더니, 이윽하여 몽룡의 배 속에서 별안간에 이륙좌기(二六坐起)하는 노래같이 똥땅 주루룩 탁탁 하는 별별 소리가 나며, 창자굽이가 꿈틀꿈틀하며 방귀가 나오려고 밑구멍을 내리 뚫는다.

몽룡이 발뒤축으로 잔뜩 고여 기운을 모았다가 슬며시 터놓으니 부시시하고 그저 뭇대어 연해 나오는 방귀가 온 동헌에 다 퍼진다. 그 냄새가 어찌 독하든지 코를 쏘는 듯하다. 좌중이 모두 코를 가리고,

"웅!"

"퓌!"

하는 소리가 연발하고 몽룡에게 손을 잡힌 동기는,

"애, 피, 애, 피."

하고 손으로 코를 쥐고 대굴대굴 구른다.

본관이 저만치 코를 돌리며,

"어, 고약하다. 이것이 필시 저 통인 놈의 조화로다. 사핵하여 바삐 몰

아 내치라!"
하고 호령이 추상같으니 애매한 통인은 망지소조하여 어안이 벙벙하다.
몽룡이 본관을 보며,
"통인은 애매하오. 내가 과연 방귓자루나 뀌었나 보오."
하고 무한히 슬슬 퉁퉁 뀌어버리니 온 동헌이 모두 구린내다. 모든 수령들이 혀를 차며 운봉의 탓만 하고 담배만 퍽퍽 피우니 좌중이 자못 파홍이 된다.
본관은 주인이라, 이 좋은 잔치에 파홍되는 것이 아까워서 흥을 돋우느라고 이야기를 꺼낸다.
"여보 임실(任實)! 그래, 임실 온 지가 벌써 삼 년이나 되었다 하니 그래, 과만전에 볏백이나 장만하였소."
임실이 물었던 담뱃대를 빼고,
"볏백은커녕 잔용도 부족하오."
"그럴 것이오. 묘리를 모르면 잔용도 부족하단 말이 응당 그러하지요."
하고 고개를 돌려,
"여보 함열(咸悅), 날더러 남원 와서 치부(致富)하였다고 조롱하는 듯이 말은 하오마는 나도 처음에는 준민고택(浚民膏澤)은 안 하려 하였더니, 할밖에는 없는 것이 전에 없는 별봉(別封)이 근래에 무수하고, 궁교(窮交) 빈족(貧族) 걸패(乞牌)들은 그칠 적이 바이없고, 원청강 예봉처(例封處)로 전보다 배나 늘고 실속 채울 일을 주야경륜 생각하다 못하야 묘리를 터득해내인 것이, 이방 놈과 짜고 묵은 은결(隱結) 들쳐내어 단둘이 쪽반하니 재미가 바이없지 아니하고, 또 사십팔 면 부민들을 낱낱이 추려내어, 좌수차첩(座首差牒) 풍헌차첩(風憲差牒)을 내주면 묘리가 있고, 금년에 와서는 향교 소임으로도 착실히 재미를 보았고, 또 환자요리(還子要利)도 해롭지는 아니하오. 이러나 하기에 지탱을 하여가지 그렇지도 아니하면 어림없소."

하니 만좌 수령들이 이 말을 듣고 고개를 끄덕이며 극구칭송(極口稱頌)한다.

운봉영장이 듣다 못하여,

"여보 본관, 객담 마오. 거 원, 무슨 말이라고 하오? 여차성연(如此盛宴)에 풍월귀나 합시다."

하니,

"운봉 말씀이 옳소."

하고 좌우 수령들이 모두 좋다 하여, 일변 먹을 갈려고 시축을 내놓고, 운자를 내고 어떤 수령은 글귀를 생각하느라고 눈을 내리감고 어떤 수령은 수염을 내리쓸고 어떤 수령은 몸을 흔들고 어떤 수령은 콧소리 '응홍홍' 하고 생각난 글귀를 중얼거려보고 모두 무슨 큰일이나 난 듯이 조용하다.

몽룡이 나앉으며,

"상좌에 말씀 올라가오. 나도 비록 걸객이나 오늘 좋은 잔치에 배부르게 얻어먹고 그저 가기가 섭섭하니, 지필이나 빌리시면 차운(次韻) 하나 하오리다."

걸인이 글을 짓는다는 말에 만좌가 웃고,

"저 꼴에 또 글이라니."

하고 조롱하는 것을 운봉이 만류하여,

"문무에 귀천 있소?"

하고 지필을 당기어 몽룡의 앞에 놓으니, 본관이 보고 앉았다가 무릎을 탁 치고,

"옳소. 그 손이 글을 잘못 짓거든 좌석에서 몰아 내치는 것이 어떠하오?"

하고 여러 수령을 돌아보니, 모두 좋다 한다.

몽룡이 붓을 들고 웃으며,

"만일 내가 글을 잘 지으면 본관을 몰아 내칠까."

하니, 본관이 심히 못하땅하여 '응' 하고 고개를 돌린다.

몽룡이 운자를 보니 기름 고(膏) 높을 고(高) 자 절구 운이라.

순식간에 일필휘지로 써놓고 유심하게 운봉의 옆구리를 꾹 찌르고 자리에서 일어나 나온다.

운봉이 그 글을 보니,

금준에 좋은 술은 천 사람의 피로구나(金樽美酒千人血).

옥반에 맛난 안주는 만백성의 기름이라(玉盤佳肴萬姓膏),

촉루 떨어지매 민루조차 떨어지니(燭淚落時民淚落),

가성 높은 곳에 원성이 높았세라(歌聲高處怨聲高).

글을 다 보고 나더니 눈치 빠른 운봉영장은 벌써 알아차리고 본관더러,

"나는 백성의 환자(還子) 주기를 금일로 출령하였기로 먼저 가오."

하고 일어나 나간다.

곁에 앉았던 전주판관(全州判官)이 운봉의 하는 양이 수상한 것을 보고 몽룡의 글을 당기어 보더니,

"나는 미진한 급한 공사 있어 먼저 돌아가오."
하고 일어서 나가고, 연하여 고부현감(古阜縣監)이 또,
"하관은 하루거리를 얻은 때가 되었으니 먼저 가오."
하고 황망히 일어나 나간다.

본관이 취흥이 도도하여 하다가 화를 내며,
"낙극진환(樂極盡歡)이라니 종일토록 놀지 않고 공연히들 먼저 찍찍 달아나니 남의 잔치에 파흥이라. 고얀 자들."
하며 먼저 가는 수령들을 흘겨보더니 다시 좌중을 바라보며,
"여보시오. 가는 이는 가거니와 우리는 세잔갱작(洗盞更酌)하여 홋홋이 놉시다."

이때에 삼방하인(三房下人)들이 마침 때가 되어 관문 근처로 이 골목 저 골목 난데없는 망건장수, 파립장수, 미역장수, 황화장수들이,
"헌 망선에 헌 갓 팔 것 있소?"
"미역들 안 사려오. 울산 장곽들 사오."
"바늘 사려. 실과 물감들 사오."
"헌 담뱃대 대파쇠 삽시다."
하고 야릇한 소리로 외우고 돌아다니며 어사의 부채 군호만 살피더니, 몽룡이 부채를 넌짓 들고 상방 하인 손을 치니, 어디서 나오는지 군관 서리 역졸들이 청견대를 둘러 띠고, 홍전립을 젖혀 쓰고 우르르 삼문으로 달려 들어온다. 그중에 청파 역졸이 달 같은 마패를 해같이 번쩍 들어 삼문을 꽝꽝 두드리며,
"이 고을 아전 놈아, 암행어사 출또야. 큰문 바삐 열어라!"
하고 소리가 벽력 같고, 한편으로는 봉고(封庫)하고 우지끈 와지끈 두드

리며 급히 몰아쳐 들어오며,

"암행어사 출또하오!"

이 소리 한마디에 기왓골이 터지는 듯 하늘에 닿은 해도 발을 잠깐 머무르고 공중에 나는 새도 소리를 못 하고 푸득푸득 떨어진다는 것이다.

만좌 수령이 청천벽력을 당하니 한참은 쥐죽은 듯 소리도 못 내고 몸도 못 움직이고 눈이 휘둥글하여 벌벌벌벌 떨고만 앉았고, 본관은 지랄하는 사람 모양으로 입술이 개흙빛이 되어 게거품을 푸푸 하고 풍동한 사람 모양으로 머리와 사지를 덜덜덜 떨고 앉았다.

된벼락을 맞은 수령들이 겨우 정신을 수습하였다는 것이 반밖에 수습이 되지 못하여,

"갓 내어라, 신고 가자."

"나귀 내어라, 업고 가자."

"창의 잡아라, 타고 가자."

"물 마르구나, 목을 다오."

하고 거동 언어 수작이 뒤섞여 나오니 임실현감은 갓을 급히 쓰느라고 갓 모자를 뒤집어쓰고,

"여보아라. 어느 놈이 갓구멍을 막았구나."

"갓을 뒤집어쓰셨소."

"아따. 언제 바로 쓸 새 있느냐. 좀 눌러다고."

하여 그대로 꽉 누르니 갓이 벌컥 뒤집힌다. 겨우 갓을 쓰고 나서 오줌을 눈다는 것이 칼집을 쥐고 누니 오줌 맞은 하인들이,

"허, 요사이는 하늘이 비를 끓여 내리나 보다."

하고 갈팡질팡하고 구례현감은 말을 거꾸로 타고 채찍질을 하니 말이 뒤

로 달아난다. 황겁하여,

"이 말이 웬일이냐. 본래 목이 없느냐."

"거꾸로 타셨소. 내려서 바로 타시오!"

"이 애, 어느 겨를에 바로 타랴. 목을 빼어다가 앞에 박으려무나."

하고 성화하고, 여산부사는 쥐구멍에 상투 박고,

"내 상투 좀 빼어주려무나."

하고 우는 소리를 하고, 모두 말이 빠져 이가 헛나가고, 이 모양으로 덤벙이니 차소위 말이 아니다.

이때에야 본관도 적이 정신을 차리어 바지에 똥을 싸가지고, 겁결에 내당으로 뛰어 들어갈 제 종년이 내다르며,

"큰일 났소. 큰일 났소."

"왜 또 무슨 큰일 났느냐?"

"내부인 마누라 뒤를 싸고, 실내 부인 찌를 싸고, 서방님도 소마 싸고, 도련님도 밑을 싸고, 소인네도 똥을 싸고, 온 집안이 모두 똥빛이니 이 일을 어찌하오리까."

하니 남원부사 분부하되,

"여보아라, 발 잰 놈 바삐 불러 왕십리 급히 가서 똥거름 장수 있는 대로 성화같이 착래하라!"

하고 호령이 추상같으나 대답하고 나서는 놈은 하나도 없으니 이 일을 어찌하랴.

이때에 몽치 찬 군관 역졸들이 벌 떼같이 달려들어 이리 치고 저리 치고 함부로 둘러치니, 장구통도 깨어지고, 무고통도 깨어지고, 피리젓대는 짓밟혀 부러지고, 해금대는 꺾어지고, 거문고, 가야금은 바서지고,

양금줄도 끊어지고, 교자상도 부러지고, 다담상도 깨어지고, 준화 꽂은 흩날리고, 화기 조각은 산산이 부서지고, 양각등은 으스러지고, 사초롱은 미어지고, 그만 큰 잔치고 다 깨어져서 동헌이 텅 비었는데 좌수(座首) 이방은 곡격으로 발광하여 덤벙이고 삼방관속 육방아전 내외아사(內外衙舍) 위아래 할 것 없이 쥐구멍으로, 개구멍으로, 굴뚝구멍으로 황겁하여 달아난다.

어사또 동헌 대청에 뚜렷이 앉아 삼방 하인 분부하여 대기치(大旗幟) 벌여 꽂고 숙정패(肅靖牌) 내어 꽂고 좌기(坐起)하니 남원부사 절인 배춧잎이 되어 어사 앞에 읍하고 서서 전전긍긍하고 처분을 기다린다.

어사 위의를 엄숙히 하고 소리를 가다듬어,

"국운이 망극하여 국록지신 되었거든, 성지(聖旨) 받자와서 치민선정(治民善政)이 당연하거든, 곡법학민(曲法虐民)하고 준민고혈(浚民膏血)하여 남원 일경 변시 도탄(塗炭)에 오오(嗷嗷)하니 그래, 어심(於心)에 무괴(無愧)하오?"

하니 부사는 고개를 수그리고 떨리는 음성으로,

"죄당만사(罪當萬死)오나 어사또의 관후하신 처분만 기다리오."

하고 머리가 허연 것이 눈물을 뚝뚝 흘린다.

어사또 변 부사가 정경이 가긍하지 아님이 아니나, 봉명사신으로 사곡한 정을 둘 수 없어 변 부사를 봉고파직하여 즉각으로 지경 밖에 내치라고 엄히 분부하였다. 변 부사를 파직하여 지경 밖으로 내치라고 분부한 후에, 삼공형(三公兄)을 불러 여러 가지 읍폐(邑弊)를 묻고, 도서원(都書員)을 불러 전결(田結)을 묻고, 사창빗〔社倉色〕 불러 곡부(穀簿)를 묻고, 군기빗〔軍器色〕 불러 군장과 복색을 묻고, 전세빗〔田稅色〕 불러 세미

난봉(稅米難俸)을 물어, 잘한 놈은 칭찬하고 못한 놈은 형추일치맹타(刑推一治猛打)하여 단단히 때려 방송하고, 예방(禮房) 불러 불효불순 강상 죄인을 찾아 일일이 원찬(遠竄)으로 추론(追論)하고, 형방(刑房)을 불러 살옥(殺獄)을 물어 죄 있는 놈은 곧 처결하고, 애매하게 붙들린 백성이며 무슨 죄 있어 잡아다가 가두고도 잊어버렸던 것이 이러한 해로 묵은 구수들을 모조리 찾아내어 즉각으로 방송하라 분부하고, 이 모양으로 모든 급한 공사가 얼추 끝난 뒤에 옥사장을 불러,

"춘향이 대령하되 모든 기생 안동하여 대령하라."

옥사장이 성화같이 옥으로 달려가서 옥문을 박차고 들어가,

"춘향아, 나오너라!"

하고 소리소리 외치니 춘향이 혼 없이 옥문으로 나오며,

"아이고, 인제는 죽었구나. 몸이 무쇠로 되었기로 또 맞고야 어이 살리."

하고 옥문을 나서는 길로 사방을 살펴보나 몽룡은 형적도 없다.

"아이고, 어인 일고, 백번 천번 부탁하였으니 설마 한들 잊었으리. 무정도 하신 님이로다."

하고 탄식하는 것을 보고 월매가,

"애고, 이 애, 그 녀석 달아나서 벌써 담양 갔겠다. 저도 염치가 있는 사람이지 무슨 면목에 네 낯을 대하랴. 집에서 자고 아침 처먹고 슬며시 나간 길로 일향 소식이 없으니, 아조 간 게 분명하다. 반점도 생각 마라. 그 녀석이 분명 동냥꾼이 되었더라. 들겻잠에 이를 갈며 기지개에 잠꼬대로 밥 한 술 먹이시오, 돈 한 푼 좋은 일 하오, 하고 한두 번이 아닐러라. 만일 읍중 사람들이 궐자인 줄 알 양이면 손가락질 지목하여 춘향

이 서방 춘향이 서방 할 터이니, 그런 망신 또 있느냐. 그래도 양반의 씨라 체면은 주리를 하게 보니 그래, 정녕 달아났다. 아서라 생각 마라. 그 녀석 잘 뺑소니했다. 접지를 보아하니 소도적놈이 다 되었더라. 이 집 저 집 다니다가 남의 것을 자리 내면 그런 우환 또 있으며, 물어줄 수밖에 있느냐. 그 녀석일랑 에이, 다시 꿈에도 생각 말고, 만일 금일 좌기에 사또 다시 묻거들랑 잔말 말고 허락하면 그 아니 좋겠느냐. 물라는 쥐나 물지 공연히 수절이나 화절이니…….”

춘향이 울며,

“아이고, 그만하오. 듣기 싫소.”

하고 끌려가면서 여전히 사방을 돌아보며,

“아이고, 이를 어찌하며, 부모 유체도 아끼지 아니하고, 그 무서운 형장을 맞아 뼈다귀가 부서지면서도 이를 악물고 그 님 위하여 수절을 하였건만, 전고, 천지, 우주 간에 이런 일도 또 있는가. 서방님 어디로 가고 나 죽는 줄 모르시나. 죽도록 그리다가 명천이 감동하여 꿈결같이 간신히 만나 할 말도 다 못 하고, 나 죽는 양이나 친히 보고 남의 손 대이지 말고 감장이나 하여달라고 신신부탁하였더니 끝끝이 내 마음과 같지 아니하여 서방님이 날 속였네. 서방님마저 날 저바리니 내 일을 어이할꼬. 어디를 가 계시오? 서방님, 서방님.”

하고 칼머리를 앞으로 와락 빼치면서 뒤로 벌떡 주저앉아 두 다리를 펴버리고 대성통곡한다.

“이제야 참으로 나는 죽네. 오늘날에 나는 죽네. 천지일월 성신님네야, 오늘 나는 죽소. 산천초목 금수들아, 오늘날에 나는 죽네. 이 무정한 사람들아, 오늘날에 나는 죽네. 수절하다가 나는 죽네. 내 일생은 오늘뿐이요, 오늘이 이 세상에 영결이로구나. 향단아! 마님 모시고 부디 잘 있거라. 살아가다가 서방님 만나거든 내 세세한 말씀이나 하여다고."

향단이 춘향의 칼머리를 붙들고,

"아씨, 그런 말씀 마오. 아씨 상사 만나면 쇤네는 살겠소?"
하고 운다.

춘향이 다 붙들려 일어나,

"마누라님들, 나 죽은 뒤에 우리 어머니 부디 불쌍히 여겨주오. 가끔 찾아보고 위로도 하여주시고 밥 한 술이라도 잡숫도록 권하여주오. 그리 하시면 내가 죽은 혼이라도 마누라님네 수복강녕하시고 후세에는 서왕세계 극락세계 가시게 발원하오리다."
하고 몇 걸음을 가다가는 또 혼절하여 칼머리를 안고 거꾸러지니 사령이 뭇 기생을 시켜 춘향을 떠들어다가 동헌 뜰에 놓으니, 그래도 춘향은 깨어나지 못한다.

몽룡은 곧 뛰어내려와 춘향을 들입다 안고 울고 싶건마는 체면에 그리도 못 하고,

"아까 놀음 놀던 기생 다 잡아다가 춘향의 쓴 칼을 저의 이로 물어뜯어 즉각 내로 벗기게 하라."
하고 분부하니 뭇 기생은 어인 영문을 모르고 분부를 거역하지 못하여 달려들어 젊은 년은 이로 뜯고, 늙은 년은 혀로 핥아 침만 바른다.

어사또 보고,

"조년은 어찌하여 뜯는 것이 없나니?"
하고 호령하니, 늙은 기생이 황공하여 부복하며,

"예, 소인은 이가 없어 침만 발라주면 불어서 젊은것들이 뜯기가 쉽사

이다."

하고 아뢴다.

뭇 기생이 가만히 보니 춘향의 마음을 좀 사두어야 할 모양이라, 어떤 약은 년은 춘향의 귀에다가 소곤소곤,

"춘향아, 내 거번에 산삼 넣고 속미음하여 보냈더니 먹었느냐?"

하기도 하고, 어떤 년은,

"이 애, 일전에 실백잣죽 쑤어 보낸 거 먹었니?"

하기도 하고, 또 한 년은,

"수일 전에 편강 한 봉 보냈더니 받았니?"

하기도 하고, 또 한 년은

"저 거시키 밤콩 좀 볶아 보냈더니 먹겠든?"

하기도 하고, 다투어 요공을 하니 마치 모이 주워 먹는 병아리 떼 소리와 같다.

어사또 어성을 높여,

"요 요괴스러운 년들아, 무슨 잔말을 그리하느냐? 칼 바삐 벗기라."

하고 호령이 추상같다.

기생들이 겁을 내어 죽기를 기 쓰고 아드득아드득 춘향의 칼을 뜯으니, 마치 뭇 개들이 뼈를 뜯는 것 같다. 이빠리도 빠지는 년, 입시울도 터지는 년, 볼따귀도 뚫어지는 년, 턱 아래로 벗어진 년, 쥐 뜯듯 하여 죽을 힘을 다 들여서 간신히 칼을 벗겨놓았으나, 춘향은 아직도 기절하여 피어나지를 못한다.

어사또 의원을 명하여 곧 약을 지으라 하니, 김 주부, 이 주부 서로 의논하여 두루마리 펼쳐들고 붓대춤 추어가며, 생맥산(生脈散), 통성산(通

聖山), 회생산(回生散), 패독산(敗毒散) 겁결에 함부로 약명을 내어, 발잰 놈 시켜 지어다가 바삐 다려 먹이니 춘향이 '휘유' 길게 한숨 쉬고 눈이 번히 뜨여 냉수를 찾는다. 기생들이 저마다 뛰어가서 냉수를 떠다가 춘향을 먹이려다가 못 먹인 년은 열없어 돌아서서 제가 그 물을 먹어버린다.

춘향이 회생하는 것을 보고 몽룡이 기쁨을 이기지 못하여 정신이 쇄락하여지고 마음이 상쾌하여지니 즉각에 뛰어내려가 붙들고 싶으나 한 번 더 꾹 참고 음성을 변하여,

"여보아라, 춘향아! 노류장화는 인개가절이라. 들으니 요마 창기 년이 수절을 한다 하니 사심 해괴로다. 네 본관의 분부는 아니 들었거니와 내 분부도 시행 못 하겠느냐. 이제로 방석(放釋)하야 수청을 정하는 것이니 바삐 나가 소세하고 이제 올라 수청하라."

이 말에 춘향이 땅에 고꾸라지며,

"아이고, 이 말이 웬 말이오? 더러운 소리를 또 들었네. 조약돌을 면하였더니 수만석을 만났구나! 우리나라 국록지신은 모두 이러하오? 봉명사신 어사또는 수절하는 춘향이의 애매한 죄를 밝혀주지 못할망정 이런 분부 또 하시오! 나를 죽이시오! 매로나 칼로나 죽다 남은 이 내 몸을 맘대로 죽이시오. 죽이시오. 철석같은 이 내 맘은 변할 리 만무하니 어서 어서 죽이시오!"
하고 방성통곡한다.

춘향이 이렇게 악을 쓰고 우니 몽룡이 서안을 치고 대소하며,

"열녀로다. 열녀로다. 열녀로다. 춘향의 굳은 절개는 천고에 무쌍이요, 하늘에 닿은 의기는 고금에 너뿐이로다."

하고, 이별할 때에 춘향에게 받은 옥지환을 내어 행수기생을 불러,

"이것 갖다 춘향이 주라."

행수기생이 지환을 가져다가 춘향의 앞에 놓으니, 춘향이 정신없이 지환인 줄은 알았으나 낭군 이별 시에 선물로 준 것인 줄을 채 모르고 우두커니 보고만 앉았다.

몽룡이 그런 줄 알고,

"그 지환을 모르느냐. 네 지환을 네가 모르느냐?"

그제야 춘향이 눈물을 씻고 자세히 보니, 과연 삼 년 전에 이 도령 이별할 때에 선물로 준 지환일시 분명하다.

일변 놀라고 일변 반가워,

"이것이 웬일인가."

하고 지환을 집어든다.

몽룡이 갑갑하여 본시 음성으로,

"눈을 들어 나를 보라."

그 음성이 귀에 익구나, 그 음성이 귀에 익다, 정녕 님의 음성이로다, 하고 눈을 들어 치어다보니 철관풍채(鐵冠風采) 수의어사(繡衣御史) 미망낭군(未忘郎君)이 정녕하다. 천근같이 무겁던 몸이 우화이등선(羽化而登仙)할 듯하여 한번 뛰어올라가 몽룡에게 매달려 몸을 비비 꼬고 한참이나 말이 없다가,

"꿈이오? 생시오? 내가 죽어 혼이오니까."

하고는 더 말이 없이 울고 쓰러진다.

몽룡이 춘향의 등을 어루만지며,

"기특하다. 갸륵하다."

하고는 못내 반겨하고 칭찬한다.

이때에 월매는 차마 내 딸이 맞아 죽는 것을 어찌 보랴 하여 집에 돌아가 혼자 울고 있다가 춘향이 어사또 수청 들게 되었단 말을 듣고,

"애고, 내 딸이야. 내 딸 착하다. 기특하다. 어사 사위는 참말 뜻밖이다."

하고 뛰어들어오며,

"좋을, 좋을, 좋을시고. 어사 사위가 좋을시고. 엄동설한 춥더니만 봄될 날이 또 있구나. 즐거움을 못 이기니 어깨춤이 절로 난다. 강동에 '범'이더니 길나라비가 훨훨, 소주 한잔 먹었더니 곤댓짓이 절로 난다. 탁주 한잔 먹었더니 엉덩춤이 절로 난다."

하고 삼문에 다다라 문에 있는 관속들을 보고,

"발가락을 모조리 뺄 놈들 같으니, 한서부터 주리를 할라, 삼방관속 다 나오소. 그네들 생심이나 내 돈 지고 아니 줄까. 고치려 하여도 손이 쉽고 속이려 하여도 잠깐이다."

하고 행악을 하니 관속들이 절을 하며,

"아주머니, 요사이 안녕하압시오?"

"이 사람들, 요사이 문 보는 사람들이 그리 수들이 센가? 그리들 마소. 그렇지 아니하니."

"없소. 망령입시오. 그럴 리가 있삽니까?"

한 관노 반가이 마주 나와,

"여보 자친신네, 이 애 일은 그런 기쁜 일이 없소."

월매 보니 그 관노는 밉지 아니하던 사람이라, 좋아라고 걸음을 멈추고,

"아 사람, 이제야 말이지. 어제 이 도령인가 이 서방인가 한 작자가 우리 집에를 찾아왔는데, 주제 꼴을 보니 곧 순전 거지어든. 우리 아기는

그래도 든 정이 나지 못하여 차마 박대를 하지 못하여서 날더러 그것을 집에 데려다두고, 먹이고 입히고 공부까지 시키라고 하더마는 그것이 공부를 하면 어사나 될 터인가 감사나 될 터인가. 꼴이 집에 두어야 남이 우일 듯하기에 곧 그날로 따돌렸더니, 저도 염치가 없었든지 그 길로 달아나고 말지 않았겠나. 그래, 아침에 아기더러 이 말을 하고, 다시 생각 말라고, 다시 사또가 묻거든 두말 말고 방수 들라 하였더니 저도 그 녀석의 꼴 보기 어이없어 샐죽했던 게야. 그리하였으니 고것이 내 말대로 어사수청 하락하였다 하니 참 우리 딸 상냥하지……. 말이야 바로 만일 본관 수청 들었더면 오고랑이가 또 되었을 것을 요런 깨판이 또 있나? 이제야 이 서방 녀석이 또 온다 한들 이런 소문 듣게 되면 무슨 낯에 말을 하겠나. 이제는 기탄없지……. 애고, 그런 흉한 놈을 이제는 아조 배송이다. 좋을, 좋을, 좋을시고……."

아전 하나가 나오다가 듣고,

"쉬!"

"쉬라니? 누구더러 쉬래?"

"어사또가 전등 책방 도련님이라오. 철도 모르고."

월매 깜짝 놀라다가 다시 웃으며,

"에이, 누구를 속일 양으로 그놈이 어사가 되어? 아니, 아니, 아니오. 천만의외의 말씀이오. 서울 놈이 음흉하여 가어사로 다니나 보오."

이 모양으로 아전의 말을 들은 체도 안 하고 우쭐우쭐 춤을 추며 동헌으로 들어가서 어사를 치어다보니, 어제 왔던 네로구나. 마른하늘에 된벼락이 어디로서 내려온고. 월매 기가 막혀 벙벙하고 섰다가 그만 펄쩍 주저앉아 아무 소리도 못 한다. 몽룡이 월매를 내려다보고,

"이 사람! 요사이도 집 팔기 잘하는가."

하니 월매 열없이 웃고,

"이제야 그 말씀이지 어사또 일을 벌써 그때 알았지요. 그러하기에 도로마 한 필 해남포 한 필 급히 바꾸어다가 사또 옷 지으라고 빨래 보냈지요. 저더러 물어보오. 모녀지간이건마는 그때 그 말을 일언반사나 하였는가. 내 집에 주무시면 혹시 누가 눈치나 알까 해서 아주 딱지손이 한 것이지 뉘가 몰랐다구요. 나를 누구로만 여기오. 순라골 까마중이오. 겉은 퍼래도 속은 다 익었다오."

하고 빤빤스럽게 대답을 한다.

몽룡이 기가 막혀,

"이 사람 얼굴 들고 말하소."

월매 얼굴을 숙이며,

"애고, 일굴에 쥐가 나지요……. 그렇지만 아무리 사또시기로 장모를 어찌할라오?"

하니 춘향이 아까부터 딱하여,

"여보, 그만두오."

"그만둘까, 그러하지."

하고 탈것 마련하여 춘향과 월매를 집으로 돌려보내고 그 자리로 남원부사 봉고파출(封庫罷黜)한 연유로 감영에 즉일로 보장 띄우고 본관의 미결 공사 거울같이 처결하여버리고, 이방 불러,

"내외고사(內外庫舍) 재물들이 모도 다 탐장(貪贓)이니 동헌에 있는 것은 민고(民庫)로 집장(執贓)하고 내아(內衙)에 있는 것은 모도 다 논매하여 금일 내로 관납하라."

분부하고 모든 공사 끝이 나니 벌써 황혼이 되었다. 몽룡이 사초롱에 붙들리고 예전 가던 길을 걸어 춘향의 집 찾아가니, 온 집안 구석구석이 촛불이 휘황하고, 월매는 손수 어사또의 저녁 진지상을 차리느라고 분주하다.

그날 밤을 춘향을 위로하며 지내고 이튿날 미명에 춘향의 손을 잡고,

"나는 봉명사신 몸이 되어 일각을 지체할 수 없어 이제 떠나 감영으로 가거니와, 만사는 이방에게 분부하여두었으니 너는 며칠 조리하여 어머니 모시고 서울로 치행하라. 그러면 서울서 반가이 만나리라."

하고 떠나니 춘향이 일변 기쁘고 일변 비감하여,

"또 이별이오?"

하고 웃는다.

이로부터 전라도 오십칠 관 좌우도에 못 돈 곳을 다 돌아서 승일상래(乘馹上來)로 입경하여 탑전(榻前)에 복명(復命)하니 성상이 반기며 귀히 여겨 손을 잡으시고, 원로행역을 위로하시며 민정을 물으신다. 몽룡이 경력문서(經歷文書)와 행중일기(行中日記)를 받들어 드리오니 용안이 대열하사 칭찬을 마지아니하시고 동벽응교(東壁應教)를 제수(除授)하사,

"나가 쉬라."

하시는 하교를 듣고 몽룡이 땅에 엎디어 춘향의 정절을 주달하니, 성상이 들으시고,

"그 정절 지귀하다."

하시고 곧 이조(吏曹)에 하사하사 정렬부인(貞烈婦人) 직첩을 내리시었다. 이런 영광이 또 있는가.

몽룡이 사은퇴조(謝恩退朝)하여 북당(北堂)에 현알하고 사당에 허배한 후에 부모 전에 면품하여 춘향의 일을 여짜오니, 부모도 기특히 여겨 곧 대연을 배설하고, 종족이 모이어 남원집을 부인으로 승좌하여 백년해로하고, 벼슬은 육경상공을 다 지내고, 아들이 삼 형제요, 내외손이 번성하니 이런 기사가 또 있는가. 이때부터 팔도 광대들이 춘향의 정절을 노래 지어 수백 년래로 불러오더니 후세에 춘향의 동포 중에 춘원이라는 사람이 이 노래를 모아 만고열녀 춘향의 사적을 적은 것이 이 책이다.

작품 해설

식민사회의 근대문학과 『춘향전』 다시쓰기

이민영

1. 다시 쓰는 고전

1921년 오랜 국외 생활을 정리하고 조선으로 돌아온 이광수는 식민적 현실의 모순과 그 한계를 동시에 인식한다. 계몽적 지식인으로서 자신의 생각을 드러낸 「민족개조론」(1922)이 강력하게 비판을 받기 시작했을 무렵 이광수는 『일설 춘향전』을 비롯하여 「가실」(1923), 『허생전』(1923)과 같은 작품들을 통해 고전 다시쓰기 과정에 천착한다. 그리고 소설가로서 조선적 전통을 재구해나가기 위해 노력한다. 1925년 한 신문 기사(『동아일보』, 1925. 10. 17)는 세상에 "그의 인격에 대한 비판이 많"음에도 불구하고 이광수가 지치지 않고 『춘향전』 개작을 위해 노력하고 있다고 전한다. 이광수에게 『춘향전』의 개작은 민족적 지식인으로서의 자신에 대한 불신을 누그러뜨리고 문학자로서의 역량을 제고할 수 있게 해주는 과정이었던 것이다.

이광수가 『동아일보』에 『춘향』을 연재하는 과정은 다소 복잡했는데, 그것은 이광수가 『춘향전』을 다시 쓰겠다고 결심하기 이전에 고전 다시쓰기에 대한 요청이 있었기 때문이다. 1925년 『동아일보』는 1천 원의 상금을 걸고 『춘향전』 개작을 공모한다.

하지만 만족할 만한 선정작을 찾지 못하고, 결국 이광수에게 『춘향전』 개작을 의뢰한다. 이광수의 『춘향전』 개작 소식을 알리는 연재 예고에는 『춘향전』 개작을 기획한 『동아일보』 측의 요구가 비교적 선명하게 드러나 있다. 『동아일보』는 『춘향전』을 "조선 사람의 전통적 정신"을 계승하는 작품으로 설정하고 이를 다시 씀으로써 "참된 국민문학"을 만들어 낼 것을 요청한다. 이러한 개작의 방향은 계몽주의적 태도를 전제로 하는 이광수의 창작의 방식과 교호하면서 근대적인 문학의 체제를 갖춘 새로운 『춘향전』을 탄생시킨다.

『일설 춘향전』은 『춘향』이라는 이름으로 『동아일보』에 1925년 9월 30일부터 1926년 1월 3일까지 총 96회분의 분량으로 연재된다. 이후 1929년 한성도서에서 『일설 춘향전』이라는 이름을 붙여 단행본으로 간행되었고, 광영사, 삼중당 등을 통해 『일설 춘향전』이라는 제호로 재간행된다. 동아일보본과 한성도서본은 내용이나 구조상에서 크게 차이를 드러내지 않는다. 작품을 연재할 당시의 제목은 『춘향』이었으나 이를 단행본에서 『일설 춘향전』으로 수정하였다는 정도가 눈에 띄는 차이점이다. 소설은 일곱 개의 장으로 나뉘는데, 연재본과 단행본은 모두 동일한 장의 구조를 갖추고 있다. 그리고 연재본의 1회 분량에 따라 단행본도 장을 나눠 기록하였다. 장 내부의 구획은 내용적인 분절이라기보다 신문 연재라는 방식에 기인한 것이기 때문에 대화의 중간이나 사건의 흐름 중간에 단락이 끊긴 경우도 많다. 이는 단행본이 연재본의 체제에 크게 의존하여 신문 연재 당시의 구획을 모두 수용하고 있다는 점을 알려준다. 특히 『일설 춘향전』이 『동아일보』라는 신문 매체와 긴밀하게 상호작용하면서 다시 쓰였다는 점은 연재본의 중요성을 간과할 수 없게 한다.

당시 『춘향전』 다시쓰기의 필요성을 설명하는 『동아일보』의 논리는 매우 선명했는데, 그것은 기존의 『춘향전』이 시속의 낮은 취미에 맞춰 "야비한 재담"과 "음담패설"을 많이 담고 있기 때문이라는 것이었다. 『동아일보』는 연재 예고를 통해 이광수의 『춘향전』을 광고하는 동시에 이 작품을 통해 『춘향전』의 서사가 "씻기고 정리"될 것임을 선언한다. 다시쓰기를 통해 기존의 『춘향전』의 전통을 따르는 것이 아니라 새로운 전통을 만들어내기를 요청하고 있는 것이다.

이러한 요청에 맞추어 재생산된 이광수의 『일설 춘향전』에서는 '사랑가' 장면을 중심으로 하는 외설적인 내용들이 대폭 삭제되거나 수정된다. 『일설 춘향전』은 춘향의 절개를 강조하면서 숭고한 사랑을 중심으로 하는 열녀 춘향의 서사를 완성해낸다. 따라서 이광수의 『춘향전』 다시쓰기는 단순히 다양한 『춘향전』의 이본들 중에서 원전을 택해 현대화하는 과정이 아니다. 그것은 작가적 의도를 바탕으로 대상을 재의미화하는 창작 과정의 일부라 할 수 있다.

『일설 춘향전』은 이몽룡과 성춘향의 기본적인 서사를 바탕으로 하되, 식민사회에서 요청되었던 조선적 전통을 기획하는 과정의 일환이었다. 따라서 『일설 춘향전』의 창작은 적층적이고 서민적인 형태로 유통되었던 『춘향전』에 작가적 주체의 자리를 만들어내고, 이를 근대적인 소설의 형태로 확정하였다는 의미를 지닌다. 조선인이라는 민족적 정체성을 기반으로 재탄생된 『일설 춘향전』을 통해 비로소 고전 서사 『춘향전』은 근대적인 문학의 영역으로 유입되고 있는 것이다.

2. 고전 변용을 통한 근대성의 기획

『동아일보』 연재 당시 『춘향』이라는 이름으로 발표되었던 이광수의 『춘향전』은 단행본으로 출간되면서 『일설 춘향전』이라는 이름을 얻는다. 대중에게 익숙한 춘향이라는 인물을 강조하는 연재본의 제목과 달리, 단행본의 제목은 이광수의 작품이 다양한 이본을 지닌 『춘향전』을 전제하고 있음을 밝히고, 그러한 『춘향전』의 계보 속에서 자신의 『춘향전』을 '일설(一說)'이라는 이름으로 재위치화 한다.

근대 이후 소설의 형태로 발간된 『춘향』의 서사는 이광수의 『일설 춘향전』이 최초가 아니다. 앞서 1912년 이해조가 『옥중화』라는 이름으로 『춘향전』의 개작을 시도한 바가 있으며, 최남선 역시 1913년 『고본 춘향전』이라는 이름으로 『춘향전』 다시쓰기 작업을 수행한 바 있다. 특히 신소설의 서술 방식을 기반으로 하였던 『옥중화』는 당시 많은 인기를 누리면서 『춘향전』의 또 다른 계보로 설명되기도 하였다. 하지만 이와 같은 『춘향전』들은 이광수의 『일설 춘향전』과는 다른 방식으로 전통적 춘향의 서사를 계승하고 있다. 최남선의 『고본 춘향전』은 당시 세책본으로 유통되었던 『춘향전』의 내용을 현대적 형태로 변용하는 것에 중점을 두고 『남원고사』를 저본으로 삼아 서사의 큰 틀을 변용하지 않고 그대로 계승하고 있다. 『옥중화』는 이와 달리 『열녀춘향수절가』를 저본으로 삼되, 어사출또 이후의 내용을 교훈적인 내용으로 재창조하였다.

이해조와 최남선의 『춘향전』은 전승되어오는 『춘향전』의 특정한 계보를 선택하고 이를 중심으로 작가적 변용을 시도하고 있다. 하지만 이광수의 『일설 춘향전』은 구성과 전개 방식에 변용을 가하면서도 기존에 알려진 『춘향전』의 서사를 크게 바꾸지 않는다. 다만 이광수의 『일설 춘향전』에서 주목할 것은 『남원고사』 계열의 서사와 『열녀춘향수절가』 계열의 서사를 모두 종합하여 기록하는 방식을 취하고 있다는 점이다. 이러한 특징을 드러내는 것이 바로 춘향의 꿈과 관련된 서사이다.

『일설 춘향전』에는 춘향이 과거에 절개를 지킨 역사적인 인물들을 만나게 되는 꿈과 이 도령의 장원급제를 예고하는 꿈이 두 번에 걸쳐 서사화된다. 이 중 첫 번째 꿈은 『열녀춘향수절가』의 내용을 바탕으로 하는 것이고, 두 번째 꿈은 세부적인 내용에서 차이는 있으나 『남원고사』와 『열녀춘향수절가』 모두에서 등장한다. 구비 전승되던 『춘향전』들은 꿈 장면을 하나로 처리하여 극적인 긴장감을 강화하고 있으나 이광수는 서사의 재배치 과정에서 꿈 장면을 두 개로 나눈다. 그리고 두 꿈의 시간차를 통해 수절하는 춘향의 모습에서 시간적 경과를 드러낸다. 이러한 서술 방식은 이광수의 『춘향전』이 일설(一說), 하나의 떠도는 이야기를 자진하고 있음에도 불구하고 기존의 『춘향전』의 서사를 종합하여 최종의 지위에 놓인 하나의 『춘향전』을 의도하고 있음을 드러낸다. 이광수는 변증법적인 방식을 통해 다양한 춘향의 서사를 하나의 원류로 합하고 이를 통해 정전으로 완성되는 근대적인 춘향의 서사를 창안하겠다는 의욕을 보여주는 것이다.

다양한 이본들로 존재하는 『춘향전』의 서사를 종합하는 과정은 고전을 읽어내는 능력뿐만 아니라 서로 다른 서사들을 취사선택해야 한다는 점에서 작가적인 경륜을 요구한다. 이광수는 『춘향전』 서사를 새롭게 창작하기보다는 특정의 서사를 선택하고 종합하는 방식으로 작가적 역할을 수행한다. 그 과정에서 주목할 만한 것은 상이한 서사를 종합하는 이광수만의 원칙이다. 다양한 서사들이 충돌할 경우, 이광수는 작품 창작의 원칙에 따라 서로 다른 서사를 선택 혹은 변용한다. 따라서 다양한 『춘향전』 서사들이 충돌하는 지점과 이를 형상화하는 『일설 춘향전』의 서사를 살펴보는 것은 이광수의 『춘향전』 다시쓰기의 목표를 확인시켜 주는 중요한 근거가 된다.

앞서 알려진 『열녀춘향수절가』와 『남원고사』의 서사는 춘향의 정체성을 어디에 두는가에 따라서 서로 일치될 수 없는 지점을 드러낸다. 『열녀춘향수절가』가 그 제목에서 알 수 있는 바와 같이 춘향의 비범함을 전제로 기생이 아닌 열녀의 정체성을 강조하고 있다면, 『남원고사』는 열녀인 동시에 기생이었던 춘향의 신분적 한계를 그대로 노출한다. 『춘향전』의 서사가 '불망기계 춘향전'과 '비불망기계 춘향전'으로 나뉘는 이유도 바로 여기에 있다.

다양한 방식으로 기록된 『춘향전』의 서사에는 춘향과 이 도령의 첫날밤 장면에 관한 중요한 차이점이 존재한다. 그것은 춘향이 이 도령에게 불망기(不忘記)를 요구하는지에 따라 나뉜다. 춘향의 신분을 기생에서 벗어난 것으로 설정하는 경우, 이 도령과 춘향의 결합 과정에 향후 이 도령이 춘향과의 약속을 어기지 않도록 기약하는 불망기가 요구되지 않는다. 하지만 기생의 신분을 전제할 경우, 춘향이 이 도령에게 불망기를 요구하고 이를 기반으로 서울로 떠나는 이 도령을 붙잡는 춘향의 모습이 서술된다. 이광수는 이와 같이 극명하게 갈리는 서사의 변곡점에서 불망기를 요구하는 춘향의 모습을 삭제한다. 그리고 이들의 관계를 근대적인 자유연애의 한 장면으로 변용하는데, 이를 가능하게 하는 것이 바로 편지이다.

월매는 편지를 한참이나 보더니 한 손으로 무릎을 탁 치며 평조로 몽룡의 노래를 읊는다.

어지어 내일이어 인연도 기이할사
언뜻 뵈온 님이 그 님일시 분명하이
광한루 옛 보던 벗이 찾아온다 일러라.

다 부르고 나서 월매는 이상한 듯이 고개를 기울이며,

"아가, 광한루 옛 보던 벗이라 하였으니, 이전에도 네가 광한루에서 도련님을 본 일이 있느냐?"

하고 춘향을 본다.

춘향은 수줍은 듯이 몸을 비비 꼬다가 월매의 손에서 그 편지를 빼앗으며,

"그 광한루가 어디 이 광한루요?"

"그럼 광한루가 또 어디 있니?"

"옥경 광한루요. 하늘에 있는 광한루 말이오. 하늘에 선관, 선녀로 있을 때에 서로 보던 벗이라고 해서 옛 보던 벗이라고 했지요."

『일설 춘향전』에서 춘향과 이 도령은 광한루에서 처음 마주하지 않는다. 이들의 만남은 편지를 통해 연기되는데, 『일설 춘향전』은 방자를 통해 이 도령이 편지를 전달하고 춘향이 이 편지에 응답하는 방식으로 첫날 밤의 만남을 예고한다. 기존의 서사에서 이 도령과 춘향이 운명적인 대상임을 확인하는 과정—이 도령과 춘향이 동갑으로, 『열녀춘향수절가』

에 등장하는 바와 같이 옥황상제의 궁(광한옥)과 인연이 있었던 춘향이 광한루에서 이 도령을 다시 만나게 되었다는 것—이 모두 두 인물의 편지 교환을 통해 이루어진다. 기생과 양반이라는 신분적 차이를 무화시키는 이와 같은 만남의 형태를 통해 두 사람의 연애 과정은 개인과 개인의 관계를 전제로 하는 근대적인 자유연애의 한 장면으로 목격되는 것이다.

춘향과 이 도령의 만남 이후 역시 이와 같은 서술적 기조를 유지하면서 진행된다. 기존의 『춘향전』 서사들은 이 도령과 춘향의 첫날밤을 자세히 기록하면서 독자층의 흥미를 유발하고 대중적인 인기를 구가해왔다. 하지만 이광수의 『춘향전』은 "씻고 정리"하여 국민의 문학으로 재설정되어야 한다는 다시쓰기의 목표를 잊지 않고 첫날밤의 장면을 축소 혹은 상징화하여 처리한다. 이를 통해 저속한 대중문화로 간주되었던 『춘향전』에 근대적 정전의 지위를 부여하고자 한다.

첫날밤의 서사를 축소하는 대신 『일설 춘향전』은 춘향과 이 도령의 연애 과정을 확장하여 서술한다. 두 인물의 관계에 시간성을 부여하여 이들의 사랑을 지속적인 연애 과정으로 설정하고 있는 것이다. 기존의 서사에서 하룻밤의 이야기로 극화되었던 춘향과 이 도령의 사랑 장면은 1여 년간의 과정으로 확장되고, 이 과정에서 춘향과 이 도령이 다투고 다시 화해하는 장면 등이 추가된다. 그리고 이 도령이 춘향을 떠난 뒤에 혼자 남은 춘향을 기록하는 '상사'의 장을 따로 기록하여 헤어짐 이후 장원급제의 사이에 놓인 시간적 흐름을 서사에 반영한다. 『일설 춘향전』의 서사는 근대적인 시간개념을 바탕으로 이 도령과 춘향의 연애담을 구성해내고 있는 것이다.

이광수의 『일설 춘향전』이 근대적인 국민문학의 정전으로 재설정되면서 가장 극적인 변화를 보여주는 부분은 바로 서두의 변모이다. 고전소설 『춘향전』은 춘향과 이 도령의 만남에 앞서 이들의 만남의 근간이 되는 전사(前史)를 장황하게 설명한다. 『남원고사』가 『구운몽』의 서사를 차용하고 백두대간의 공간을 차례로 설명하면서 남원이라는 공간에 도달하고 있다면, 『열녀춘향수절가』는 춘향의 탄생 전 춘향 모와 성 참판의 관계를 자세히 서술한다. 『일설 춘향전』은 이와 달리, 광한루에서의 이 도령과 춘향의 만남 장면을 바로 서사의 시작 지점으로 삼는다. 소설 내부의 사건을 중심으로 시간을 재구성하여 그 속에서 서사의 흐름을 규율하는 근대적 소설의 서술 방식을 확보하고 있는 것이다.

"여봐라, 방자야!"라는 이 도령의 목소리로 시작하는 『일설 춘향전』은 고전소설의 『춘향전』이 서사화하지 못했던 개인들의 목소리를 반영하면서 근대적 소설의 다성성을 확보해나간다. 『춘향전』의 서사에서 대화적 공간을 통해 가능해진 것은 바로 방자와 향단, 월매의 목소리의 복원이다. 고전소설 『춘향전』은 이 도령과 춘향의 목소리를 그대로 드러내는 데 제약을 지닐 뿐만 아니라 이들을 제외한 주변 인물들의 성격을 형상화하는 데에도 일정의 한계를 보인다. 분명한 선악의 갈등 구조를 지닌 『춘향전』은 춘향과 이 도령의 애정 관계, 춘향과 변 사또의 갈등 관계를 중심으로 인물의 성격을 구체화한다. 중심인물과 주변인물의 관계가 신분제적 관계와 동일하게 설정되면서 양반 계층에 속하는 이 도령의 목소리에 비해 방자의 성격화가 충실하게 이루어지지 않는다.

『일설 춘향전』은 월매를 비롯하여 방자와 향단에게 특정한 서사적 기능을 부여하고, 이를 통해 서사를 입체적으로 구성해낸다. 특히 방자의 성격화 과정이 주목되는데, 어린 이 도령은 아버지의 규율을 어기게 되면서 겪는 내적 갈등을 방자를 통해 극복하고 춘향과의 관계에 대해서도 조언을 얻을 수 있게 된다. 이 과정에서 이 도령을 바라보는 방자의 내면이 서술될 뿐만 아니라, 이 도령과 방자의 관계가 신분제를 초월한 우정 어린 관계로 설정된다.

『일설 춘향전』에서는 방자가 유복자라는 설정을 통해 두 사람이 아버지에 대한 감정을 공유하고 서로의 관계를 확장할 수 있게 한다. 춘향을 찾아가던 날 밤 이 도령이 인생의 유한함을 깨닫게 되었을 때, "슬픈 것, 괴로운 것, 모든 좋지 못한 것은 이 팔자 사나운 방자 놈이 도매로 다 맡을 것이라 이야기하며 이 도령을 위로한다. 이때 방자의 목소리는 『일설 춘향전』의 서사가 '열녀 춘향'의 절개를 강조하기 위한 권선징악류의 전근대적 서사의 구도에서 벗어나 조선 민중의 다양한 삶을 반영하고 이들의 애환을 위무하는 근대적 문학의 형태로 나아가게 되었음을 드러낸다.

이광수의 『일설 춘향전』은 서사의 내용적인 변용보다 형식적인 차원에서 더욱 근대적인 특성을 드러낸다. 『일설 춘향전』은 개별적인 인물의 목소리를 직접적인 발화의 형식으로 복원하고, 구비문학적 특징을 지닌 서사에 띄어쓰기를 도입하여 명확한 문자성을 부여하고 있으며, 각각의 내용을 서사의 흐름에 따라 분절된 장으로 나누고 있다. 서사의 시작을 만남의 장면으로 삼고 있는 『일설 춘향전』의 서사는 '발단-전개-위기-절정-결말'이라는 서사의 극적 구조를 충실히 체현하면서 춘향과 이 도령의 연애담을 중심으로 하는 하나의 통일성 있는 서사 구도를 확보한다.

고전 서사에서 "이때", "차설" 등의 어구를 통해 이루어진 서사적 전환 장면들 역시 인물 중심으로 재배치된다. 『일설 춘향전』은 이 도령과 춘향이 헤어진 이후의 서사를 '수절'과 '어사'의 장으로 나눈다. 인물 중심으로 장을 분절함으로써 서사 내부의 시간은 선형적인 순서에서 벗어나 서사의 흐름에 맞게 재조정된다. 서사 외부의 시간적 순서에 크게 의존하는 고전 서사의 서술 방식에서 벗어나 작품 외부의 시간과 작품 내부의 시간을 구분하여 작품 내부의 시간을 작가적 차원에서 재구성하는 근대소설의 이중적 시간의 구조가 반영되고 있는 것이다. 이 밖에도 이 도령과 함께 있으면서도 앞으로의 일을 걱정하는 춘향의 모습을 통해 헤어짐에 대한 복선을 제시하는 등 『일설 춘향전』은 서사의 인과성을 강화하면서 근대적 소설의 서사적 틀을 만들어나간다.

3. 하나의 이야기, 『일설 춘향전』

근대적인 소설의 형식으로 재구성된 『일설 춘향전』의 서사는 『춘향전』의 서두를 혁신적으로 변경하고 띄어쓰기와 인물 간의 대화를 통해 『춘향전』을 독서의 대상으로 만들어냈다. 근대적 문화의 일부가 된 『춘향전』에는 이제 대중의 흥미와 관심을 자극하는 것에서 벗어나 조선 민족의 전통을 표지해야 한다는 숭고한 역할이 부여된다. 이는 『춘향전』 개작 공모를 진행하였던 『동아일보』가 의도한 것인 동시에, 민족의 운명을 고민하였던 이광수의 문제의식을 드러내는 것이기도 하다. 하지만 식민적 상황 속에서 조선적 전통을 기획해내려는 일련의 시도들은 본질적인 모순을 지니게 된다. "조선 사람의 전통적 정신"을 전하고자 하는 『춘향전』 개작 과정을 결국 "참된 국민문학"이 되어야 할 운명으로 귀결시킨 「춘향전 연재 예고」는 식민사회에서 진행된 고전의 정전화 과정이 지닌 근본적인 한계를 목도하게 한다.

조선적 전통을 새롭게 기획해내려는 의욕적인 작업 앞에서 식민지민의 "국민문학"을 달성해야 한다는 목표는 모순적일 수밖에 없다. 다시 쓰인 『춘향전』은 조선인의 전통인 동시에 식민적 근대화의 산물로 존재할 수밖에 없는 것이다. 이광수의 『일설 춘향전』은 이와 같은 모순적인 상황 속에서 스스로의 이야기를 일설(一說), 하나의 이야기로 설명한다. 서사의 변용을 통해 『춘향전』의 정전화 과정에 적극적으로 개입하고 있음에도 불구하고 작품의 지위를 하나의 『춘향전』으로 축소하고 있는 것이다.

> 몽룡이 사은퇴조(謝恩退朝)하여 북당(北堂)에 현알하고 사당에 허배한 후에 부모 전에 면품하여 춘향의 일을 여짜오니, 부모도 기특히 여겨 곧 대연을 배설하고, 종족이 모이어 남원집을 부인으로 승좌하여 백년해로하고, 벼슬은 육경상공을 다 지내고, 아들이 삼 형제요, 내외손이 번성하니 이런 기사가 또 있는가. 이때부터 팔도 광대들이 춘향의 정절을 노래 지어 수백 년래로 불러오더니 후세에 춘향의 동포 중에 춘원이라는 사람이 이 노래를 모아 만고열녀 춘향의 사적을 적은 것이 이 책이다.

고전소설인 『춘향전』의 서사를 비교적 충실하게 반영하는 『일설 춘향전』의 서사에서 작가 이광수의 목소리를 가장 정확하게 들을 수 있는 부분은 바로 소설의 결말부이다. 이광수는 정렬부인이 되어 행복한 결말을 맺는 춘향과 이 도령의 이야기를 마무리 지으면서 비로소 '춘원'이라는 자신의 이름을 등장시킨다. 서사의 내부이면서 동시에 외부라 할 수 있는 이 장면에서 『일설 춘향전』이라는 제목의 의미를 추측할 수 있게 된다.

이광수의 『춘향전』은 "수백 년래로" 전해오는 춘향의 정절을 기리기 위한 과정의 일환이었다. 기생이 아닌 열녀 춘향의 이야기를 전제로 이광수는 『춘향전』을 근대적인 사랑의 형태로 재구하였다. 표면적으로 이때 이광수의 역할은 단순히 노래를 모아 적은 것에 한정된다. 하지만 정전의 지위가 부여되지 않는 다양한 이본들 사이에서 여러 서사들을 총망라하여 이를 전달하였다는 것은 이광수의 춘향이 단순히 또 하나의 『춘향전』이 될 수 없음을 의미한다. 『일설 춘향전』은 『춘향전』의 여러 계보 중의 하나가 아니라 여러 『춘향전』의 계보들을 하나로 종합하는 가장 최종의 『춘향전』으로서의 지위를 확보한다. 그리고 이는 식민사회에서 조선적 전통을 기획하겠다는 포부에 맞닿아 있는 것이며, 그러한 전통을 기획하는 절대적인 지위에 작가 자신의 이름을 올려놓는 과정이라 할 수 있다.